Freiheit für Blacky

Tango Argentino in Buenos Aires

Reinhold Hartl

Freiheit für Blacky

Tango Argentino in Buenos Aires

Roman

Bibliografische Information der Deutschen Nationalbibliothek: Die Deutsche Nationalbibliothek verzeichnet diese Publikation in der Deutschen Nationalbibliografie; detaillierte bibliografische Daten sind im Internet über http://dnb.dnb.de abrufbar.

Reinhold Hartl
Agnes-Bernauer-Straße 62
80687 München

Verlag: BoD · Books on Demand GmbH, Überseering 33, 22297 Hamburg, bod@bod.de
Druck: Libri Plureos GmbH, Friedensallee 273, 22763 Hamburg

ISBN: 978-3-8192-4719-4

KAPITEL 1

Ich traute meinen Augen nicht: Hinter der Hecke wanderte ein Baum durch den Schlosspark.

Ich sagte zu Graf Viktor, der mir gegenübersaß: »Hast du einen mobilen Baum bestellt?«

Er lachte und antwortete: »Ja, das ist die neueste Züchtung. Ein Baum mit Wurzelbeinen, der sich selbstständig fortbewegen kann.«

Jetzt sah ich den Stapler, auf dessen Gabeln eine ausgewachsene Pappel befördert wurde.

Ich war verwundert, wie schnell die durch die Geburtstagsparty des Grafen bewirkten Verwüstungen im Schlosspark behoben wurden. Ein Heer von Arbeitern hatte tausende abgebrannte Kerzen und Fackeln eingesammelt und den Rasen gesäubert. Die verbrannte Fahne mit dem Wappen des Grafen hatten sie durch eine neue ersetzt und die Fontäne des Brunnens wieder zum Springen gebracht. Nachdem sie auch noch den steinernen Pavillon gespachtelt und gestrichen hatten, erstrahlte der Schlosspark wieder in altem Glanz.

Während wir zusahen, wie zwei Gärtner die Pappel in das ausgehobene Loch setzten, läutete mein Handy.

Ich ging ran und hörte einen Mann sagen: »Blacky wurde entführt.«

»Was?«

»Hier ist Lukas. Blacky wurde entführt.«

»Wo?«

»Aus einem Hundesalon.«

»Ich meine, wo bist du?«

»In Buenos Aires.«

Ich flüsterte zu Viktor: »Blacky wurde in Buenos Aires entführt.«

Ich fragte Lukas: »Warst du bei der Polizei?«

»Ja, aber die haben nur gelacht. Wegen einem Hund machen die keinen Finger krumm, auch wenn er adelig und reich ist.«

»Hast du's mit einem Privatdetektiv versucht?«

»Nein, ich habe kein Vertrauen in einen argentinischen Schnüffler.«

Jetzt hielt es Viktor nicht mehr aus und riss mir das Handy aus der Hand.

Er fragte: »Haben sich die Entführer gemeldet?«

Ich schaltete das Handy auf Lautsprecher, so konnte ich Lukas sagen hören: »Genau das ist das Problem. Es ist jetzt zehn Stunden her und sie haben noch nicht angerufen. Deshalb bin ich ja so besorgt, vielleicht hat ein Hundefänger Blacky für ein Labor gefangen, wo sie schreckliche Dinge mit ihm anstellen …«

Der Graf sagte: »Das glaub ich nicht, dafür ist der Aufwand zu groß. Wenn Labore Versuchstiere brauchen, dann fangen sie Straßenhunde, was es übrigens nicht besser macht.«

Lukas sagte flehentlich: »Könnt ihr bitte kommen?«

Ich nickte Viktor zu und er sagte: »Okay, wir nehmen den nächsten Flug nach Buenos Aires.«

»Den braucht ihr nicht, mein Privatjet landet in drei Stunden auf dem Flughafen München Erding.«

Viktor sagte: »Gut, wir sind schon unterwegs.«

Er gab mir mein Handy zurück und wollte nach Jean, dem Butler klingeln, doch dieser kam mit einem kleinen Mann auf die Terrasse spaziert.

Viktor sagte zu Jean: »Ich habe schlechte Neuigkeiten: Blacky wurde in Buenos Aires entführt! Jimmy und ich werden in drei Stunden mit Lukas' Privatjet nach Argentinien fliegen.«

Jean sagte: »Ich komme mit.«

»Das ist nicht nötig; wir werden den Baron schon ausfindig machen. Im Übrigen sollst du während meiner Abwesenheit mein Statthalter sein und die eintrudelnden Anekdoten sammeln.«

Jean fragte: »Du willst dich als weiterhin als Anekdotenjäger betätigen?«

»Ja, diese amüsante Gewohnheit gebe ich nicht auf.«

»Gut, dann packe ich mal die Koffer.«

Der kleine Mann machte sich jetzt bemerkbar: »Ähm, störe ich?«

Jean antwortete schmunzelnd: »Ach ja, das ist Signor Carlo Tinelli, er möchte eine lustige Geschichte zum Besten geben.«

Viktor sagte: »Sie kommen wie gerufen, wir können ein bisschen Aufheiterung gebrauchen.«

Jean ging ins Schloss und der Italiener setzte sich zu uns.

Er sagte: »Wenn ich fragen darf. Wer ist Blacky?«

Ich antwortete: »Ein adeliger Hund.«

»Wieso entführt jemand einen adeligen Hund?«

Der Graf antwortete: »Wegen 300 Millionen.«

Der Italiener schaute uns fragend an.

Ich erläuterte: »Blacky heißt mit vollem Namen Frederick, 7. Baron of Devonshire. Er wurde von einer amerikanischen Multimillionärin gekauft und zum Alleinerben eingesetzt. Seit ihrem Tod trachten ihm die enterbten Erben nach dem Leben.«

Der Italiener lachte auf: »Ein Hund – ein Multimillionär? Wo gibt's denn so was?«

Der Graf antwortete: »In den USA.«

»Ah, verstehe und die Erben, die leer ausgegangen sind, wollen ihn …«, er machte eine Geste, als wollte er einem Huhn den Hals umdrehen.

Viktor und ich nickten.

»Und er wurde nun entführt?«

Ich sagte: »So ist es.«

»Dann kann ich nur hoffen, dass ihn die Erben nicht haben.«

Viktor sagte: »Das glaub ich nicht. Denn dann hätten sie das Erbe schon längst für sich beansprucht.«

»Das ist auch wieder wahr. Aber wieso ich eigentlich gekommen bin …«

Er schaute uns fragend an: »Ähm, wollen wir uns nicht duzen?«

Wir waren mit dem Du einverstanden und der kleine Mann mit dem starren Blick und den großen Augenringen begann zu erzählen:

»Ich bin Taxifahrer, wisst ihr. Letzten Freitagabend hat mich ein Mann angerufen, ich soll seine Frau in seinem Penthouse abholen.

Als ich im zehnten Stock ankam, stand die Wohnungstür offen und alles in der Wohnung war unordentlich und unaufgeräumt. Es sah aus, als hätte hier eine Zimmerschlacht stattgefunden.

Ich trat vorsichtig ein und erblickte eine etwa dreißig Jahre alte Frau in einem Sessel sitzen. Sie war aschfahl im Gesicht und stierte auf den Boden. Als Italiener hab ich gleich kapiert, was los war. Sie hatte ihren Mann wohl in flagranti mit einer anderen Frau erwischt und jetzt gab's un grande dramma.

Ich sprach sie an: ›Ihr Taxi ist hier.‹

Doch sie reagierte nicht.

Ich räusperte mich lautstark und sagte mit fester Stimme: ›Hallo, Ihr Taxi ist hier.‹

Mit Grabesstimme flüsterte sie: ›Ach so, ja, ich komme gleich.‹

Ich fuhr mit dem Lift nach unten und einer Weile kam sie zum Auto und stieg ein.

Ich fragte sie: ›Wohin?‹

Sie antwortete mit apathischer Stimme: ›Egal‹.

›Egal?‹

Sie sagte: ›Fahren Sie, wohin Sie wollen.‹

Ich überriss sofort, dass sie einfach nur weg wollte und fuhr los. Ich fuhr die Ringstraße entlang, da starrte sie mich an. Sie fixierte mich endlos lange, sicher einige Minuten.

Plötzlich sagte sie: ›Sie sehen gut aus.‹

›Grazie.‹

›Sie sind Italiener, nicht wahr?‹

›Sì‹

Sie fuhr fort: ›Können wir reden?‹

›Aber natürlich.‹

›Darf ich Ihnen das Du anbieten?‹

›Wenn Sie wollen.‹

›Ich bin Felicitas.‹

›Ich bin Carlo.‹

Sie fragte: ›Findest du mich attraktiv?‹

›Ja, doch.‹

›Warum betrügt mich dann mein Mann?‹

›Ich weiß nicht, vielleicht braucht er etwas Abwechslung.‹

›Findest du mich zu alt?‹

›Kein bisschen.‹

›Hast du etwas Zeit?‹

›Sì, die ganze Nacht, ich fahre bis 6 Uhr früh.‹

Sie beugte sich zu mir herüber und sagte: ›Darf ich dir ein unmoralisches Angebot machen?‹

Ich lachte und antwortete im Scherz: ›Natürlich, immer.‹

›Ich sage es ganz offen: Ich möchte mich an meinem Mann rächen; er hat mich betrogen und ich möchte ihn mit dir betrügen.‹

Ich dachte mir, Mamma mia, die geht aber ran.

Ich fragte sie: ›Wie stellst du dir das vor?‹

Sie antwortete: ›Weißt du, ich habe in Kitzbühel ein Ferienhaus. Wir könnten übers Wochenende dorthin fahren.‹

›Aber ich muss doch heute Nacht Taxi fahren.‹

Sie sagte: ›Ich werde dich reich für den Verdienstausfall entschädigen.‹

Ich überlegte ... so etwas hatte mir noch kein Fahrgast angeboten.

Sie kam ganz nah, küsste meine Wange und flüsterte mir ins Ohr: ›Du kannst alles mit mir machen, was du willst.‹

›Wirklich?‹

›Natürlich, mio caro.‹

Ich dachte mir, na sowas ...

Sie wisperte: ›Ich möchte, dass du mich richtig rannimmst, damit ich meinem Mann möglichst viel erzählen kann ...‹

Ich sagte: ›Also, ich weiß nicht recht ...‹«

Graf Viktor ging jetzt dazwischen: »Sie Dummkopf!«

Der Taxifahrer machte eine abwehrende Handbewegung und setzte seine Erzählung fort.

»Felicitas sagte: ›Wenn dir jemand eine Tafel Schokolade schenken will, nur um jemanden zu ärgern. Was macht das schon, wenn sie doch so süß schmeckt?‹«

Viktor sagte: »Da hat sie recht.«

Ich bejahte ebenfalls.

Carlo fuhr fort: »Dann öffnete sie ihre Bluse und lehnte sich mir entgegen.

Sie sagte: ›Sind das nicht leckere Pralinés?‹

Ich riskierte einen Blick nach rechts und stammelte: ›Jaja, durchaus.‹

›Du kannst daran lutschen, so oft du willst‹.«

Graf Viktor girrte: »Hohoho.«

Carlo sagte: »Sie machte mich richtig an.«

Er machte eine entschuldigende Geste.

»Wissen Sie, ich bin Italiener …«

Viktor sagte: »Ist schon klar – los, weiter!«

Carlo fuhr fort: »Sie zog ihren Rock hoch und wie ich sehen konnte, hatte sie kein Höschen an.

Sie säuselte: ›Und hier habe ich noch mehr Köstlichkeiten, das ist alles für dich.‹

In meinem Unterleib rumorte es und ich hätte beinahe eine Straßenlaterne umgefahren.

Sie flötete: ›Und wenn du unerfüllte Wünsche hast – ich bin deine erotische Fee und werde sie dir alle erfüllen.‹

Meine Hose spannte … Und als sie mir dann in meinen Schritt griff, war mein Widerstand gebrochen. Ich machte eine Vollbremsung und nahm eine Kostprobe …«

Carlo machte eine Pause.

Graf Viktor fragte: »Und?«

Der Taxifahrer lehnte sich zurück und summte das bekannte italienische Lied:

> Volare, oh, oh,
> Cantare, oh, oh, oh, oh.

Viktor verlor jetzt die Geduld: »Carlo, sag schon, wie war sie?«

»Sie schmeckte exquisit.«

»Welches Aroma?«

»Ich würde sagen ... zartschmelzende Vollmilch mit Vanillegeschmack.«

»Welcher Abgang?«

»Fruchtig-süß.«

»Nicht vielleicht nussig-herb?«

»Nein, eher dezent würzig.«

»Fabelhaft!«

Der Graf ließ nun seine Zunge über die Lippen streichen und Carlo fuhr mit seiner Erzählung fort: »Ich fuhr ich zum nächsten Parkplatz und genoss auch den Rest ihres verlockenden Feinkostladens. Und dann begann sie, die Tour de Confiserie! Von Raststätte zu Raststätte arbeiteten wir uns Richtung Österreich vor. Es war göttlich. Sie zeigte mir Sexualpraktiken, die man im Lexikon nachschlagen muss. Manchmal hielt ich einfach auf dem Parkstreifen, weil sie mir schon wieder ihre Leckereien in den Mund steckte. So brauchten wir die ganze Nacht bis nach Kitzbühel. Jedenfalls gaben wir ihrem Mann genügend Gründe, eifersüchtig zu sein.«

Der Graf säuselte: »Ich sag's ja immer: Die Taxifahrer, die erleben was – Wie ging's weiter?«

»Am Sonntagabend war ich völlig fertig. Mein Egon war wundgerubbelt und mein Körper ausgesogen bis aufs Mark. Zu sagen, ich kam auf dem Zahnfleisch daher, wäre noch untertrieben. Am liebsten hätte ich selbst ein Taxi genommen nach Bayern. Aber meins konnte ich natürlich nicht in Kitzbühel stehen lassen. So schlich ich im Rentnertempo zurück und nahm einen Tag Urlaub. Erst heute Abend bin ich fit genug, Ihnen mein Abenteuer zu schildern.«

Viktor fragte: »Und sie?«

»Sie blieb vorerst in Kitzbühel. Beim Abschied wollte sie mir Geld geben, aber das habe ich abgelehnt.«

Der Graf sagte: »Verstehe, ein wahrer Gentleman lässt sich nicht bezahlen.«

»Doch sie hat meine Nummer, falls mal wieder Rache angesagt ist.«

Der Graf war spendabel. Er gab Carlo fünf Goldstücke und sagte: »Sie haben mich glänzend unterhalten.«

In diesem Augenblick läutete Carlos Handy. Er warf einen Blick darauf und sagte schelmisch: »Es ist sie!«

Viktor fragte: »Wirklich?«

Der Italiener nickte.

»Darf ich mal?«

Carlo gab ihm das Handy. Viktor horchte und grinste sogleich.

Er hielt das Mikrofon zu und sagte: »Sie preist ihr Konfekt an.«

Er lauschte wieder: »Ob ich ihre Mon Chéris kosten möchte …«

Nun riss Carlo ihm das Handy aus der Hand und sagte: »Aber natürlich, Felicitas. – Was? Er hat schon wieder mit einer anderen Frau geflirtet? Das geht gar nicht. Du hast recht, wir müssen uns rächen. – Nächstes Wochenende habe ich Zeit. Ich werde auch neue Stoßdämpfer einbauen lassen …«

Ein spitzer Schrei ertönte!

Carlos Handy klingelte erneut und er sagte: »Du, ein Kunde ruft an, ich muss jetzt auflegen – Ciao, mia cara.«

Und er küsste das Handy.

Danach nahm er den zweiten Anruf entgegen: »Okay, ich komme gleich.«

Der Graf sagte: »Wie ich Sie beneide – ich wäre auch gerne ein Racheengel der Liebe.«

Carlo stand auf und sagte: »Das sind die angenehmen Seiten meines Berufs«.

Er verabschiedete sich mit den Worten: »Viel Glück bei der Verbrecherjagd in Buenos Aires« und ging zum Parkplatz auf der Rückseite des Schlosses.

Als wir eine Stunde später unsere Koffer in den Rolls-Royce bugsierten, fragte ich den Grafen: »Was ist mit Svetlana?«

»Die bleibt hier. Sie will in der Stadt ein Fitnessstudio eröffnen.«

»Dann hat sie ja genug zu tun.«

Viktor nickte.

Anschließend fuhr uns Ramon, der Chauffeur, zum Privatflughafen.

Am Tor angekommen, konnte ich schon den Learjet sehen, der gerade aufgetankt wurde. »Das ist ja ein Riesending«, murmelte ich.

»Ja, Lukas lässt es gewaltig krachen«, bemerkte der Graf, »nur zu verständlich, dass er den Baron zurückhaben will.«

Als wir die Gangway hinaufstiegen, bot uns am Eingang eine Stewardess Sekt an.

Sie sagte: »Ich heiße Annabelle und heiße Sie im Namen von Kovačević-Air willkommen.«

Ich nahm ein Glas und sagte als Trinkspruch: »Thank you for flying Kovačević-Air.«

Sie lächelte und meinte: »Ich musste diesen Spruch bei Ryanair immer am Ende einer Reise sagen, obwohl mir dabei nicht wohl zumute war.«

Viktor bemerkte: »Ich hoffe, dass wir hier ein bisschen mehr Beinfreiheit haben als in der Economy Class eines Billigfliegers.«

»Bitte, Sehen Sie selbst«, sagte sie und machte eine einladende Geste.

Ich betrat darauf den Innenraum und war wie geblendet. In einer geräumigen Kabine standen weiße Ledersessel herum und an einer Querwand hing ein riesiger Flatscreen.

»Na?«, sagte sie, »genug Beinfreiheit?«

»Was heißt hier Beinfreiheit?«, sagte ich, »hier könnte man Tennis spielen.«

»Kein Problem«, meinte sie und ging zu einem Schrank: »Hier sind Schläger und ein Netz.«

Viktor lachte lauthals: »Lukas hat's faustdick hinter den Ohren.«

Die Flugbegleiterin schloss die Schranktür wieder und fragte uns: »Was wünschen die Herren zum Abendessen?«

»Was haben Sie denn?«, fragte ich zurück.

Sie reichte uns eine Speisekarte.

Ich war erstaunt, in einem Privatflieger wie in einem Restaurant bedient zu werden. Noch mehr wunderten mich jedoch die edlen Speisen, die hier zur Auswahl standen.

Nachdem wir die Speisekarte studiert hatten, bestellen Viktor und ich jeweils ein geflämmtes Rinderfilet und als Nachspeise Nougat-Mousse mit gebrannter Birne.

Während die Flugbegleiterin das Abendessen kochte, erläuterte uns der Copilot die Flugdaten: »Die Flugzeit beträgt 16 Stunden. Wegen der 5-stündigen Zeitverschiebung kommen wir aber bereits nach 11 Stunden an, also gegen 8 Uhr früh. Wir machen einen Zwischenstopp in Barcelona …«

Er schien das Funkeln in unseren Augen bemerkt zu haben, denn er wehrte mit den Händen ab: »Leider ist keine Zeit für einen Stadtbummel. Wir tanken auf und dann geht's über den großen Teich.«

Der Graf bildete mit Daumen und Zeigefinger eine winzige Spanne und sagte: »Und wenn wir nur ein bisschen …«

Der Pilot schüttelte den Kopf: »Ich habe den Auftrag, Sie möglichst schnell nach Buenos Aires zu bringen.«

Viktor meinte: »Na gut, dann nicht.«

Nachdem der Copilot im Cockpit verschwunden war, sagte ich: »Lukas ist ganz schön kurz angebunden.«

Viktor meinte: »Verständlich. Schließlich geht es um seine Existenz. – Aber wir werden auch ohne Barcelona-Abstecher unser Vergnügen haben. Es sind nämlich ein paar lustige Anekdoten eingetrudelt und die werden wir uns nach dem Essen zu Gemüte führen.«

Anschließend servierte die Stewardess das Abendessen. Das Rinderfilet schmeckte ausgezeichnet. Und auch die Nougat-Mousse mit gebrannter Birne war lecker.

Als wir nach dem Dessert Cognac tranken, las Viktor eine Geschichte vor, die ein gewisser Herr Schlotterbeck berichtet hatte:

Ich hatte mir nachmittags wegen einem Arzttermin frei genommen und ging nach dem Arztbesuch in der Stadt spazieren. Als ich in einer schmalen Straße an einem stattlichen Portal vorbeikam, erregte es wegen seinen großen Dimensionen meine Aufmerksamkeit. Ich schritt hindurch und kam in einen viereckigen Innenhof, dessen Fassaden mit Loggien ausgestattet waren. Im zweiten Stock stand ein Mann mittleren Alters auf dem Balkon und winkte mir zu.

Er rief: »Hallo Sie, kommen Sie bitte.«

Ich war mir nicht sicher, ob er wirklich mich meinte und drehte mich um. Doch hinter mir war niemand.

Der Mann rief erneut: »Kommen Sie bitte, das Treppenhaus ist links von Ihnen.«

Na gut, dachte ich, mal sehen, was er will. Vielleicht wird das ja ganz amüsant.

Ich stieg also die Wendeltreppe hoch und fand im zweiten Stock eine geöffnete Wohnungstür vor.

Ich klopfte an die Tür und der Mann begrüßte mich mit den Worten: »Sie sind sehr pünktlich, ich liebe Pünktlichkeit.«

Ich ließ mich zur Plattitüde hinreißen: »Pünktlichkeit ist eine Zier ...«

»Ja«, fiel er mir ins Wort, »Sie steht Ihnen vorzüglich – aber lassen wir das Süßholzgerasple.«

»Wie Sie meinen.«

Er erläuterte: »Die Agenturleiterin hat mir mitgeteilt, dass sie jemand anders schicken würde. Nun, Ihr Kollege war nicht das Richtige für meine Frau, aber ich hoffe, dass sie nun mit Ihnen die richtige Wahl getroffen hat ...«

Ich fragte ihn: »Es geht um Ihre Frau?«

»Ja, aber ich muss Sie warnen: Sie ist sehr kapriziös und stellt hohe Ansprüche.«

Ich wollte ihn schon fragen, ob er als ihr Ehemann sie nicht mehr befriedigen ... doch der Mann fuhr fort: »Ich hoffe doch, der Tarif wird sich dadurch nicht ändern?«

»Nein, unsere Agentur ist in dieser Hinsicht äußerst seriös.«

»Schön. Dann darf ich Ihnen meine Frau vorstellen.«

Er schob die Schiebetür zum Salon zur Seite und sagte: »Wenn Sie mir bitte folgen würden ...«

Die wildesten Spekulationen durchzuckten meinen Kopf. Ich erwartete eine Frau im Negligé und in Strapsen auf dem Bett liegen ... Dennoch folgte ich ihm ohne zu Murren.

Wir durchschritten den Salon und kamen zu einer Tür, die nur angelehnt war. Durch den Türspalt konnte ich eine Frau vor einem Spiegel sitzen sehen. Sie war Mitte dreißig und hatte eine hübsche Kurzhaarfrisur. Seltsam, dachte ich, wieso lässt ihr Mann jemand von einem Escortservice kommen, wenn sie doch begehrenswert ist …

Er klopfte an die Tür uns sagte: »Liebling, der Mann von der Agentur ist da.«

»Ach, schon?«, sagte sie, »ich dachte, er käme etwas später, aber egal, wenn er schon mal da ist … Sag ihm, er soll draußen antichambrieren, ich werde mich ihm widmen, wenn ich mit der Toilette fertig bin.«

Ich tat, wie mir geheißen und setzte mich auf einen Sessel im Salon.

Nach einer Weile öffnete sich die Tür und sie kam herein.

Sie sagte: »Ich hoffe, Sie haben etwas mehr zu bieten als ihr Vorgänger, der war ja wirklich indiskutabel, schon nach kurzer Zeit war er völlig fertig …«

Also doch Matratzensport, dachte ich.

Sie setzte sich mir gegenüber und starrte mich an.

Warum starrt sie so, fragte ich mich. Erwartet sie von mir, dass ich ihr erst den Hof mache, bevor wir zur Sache kommen?

Da sie keine Anstalten machte, die Situation aufzuklären, sagte ich: »Wissen Sie, meine Chefin war bei der Instruktion etwas in Eile und hat es dabei versäumt, mich über die Besonderheiten meiner Pflichten aufzuklären. So möchte ich Sie fragen, was Sie sich im Detail von mir erwarten.«

»Eigentlich nicht viel. Sie sollen nur meinem Egon Französisch beibringen.«

»Ihrem Egon? Meinen Sie Ihren Sohn?«

Sie lachte lauthals und sagte: »Meinem Sohn? Das wäre was. Obwohl, sein Französisch könnte besser sein. Aber deshalb habe ich Sie nicht kommen lassen.«

Ich hörte eine krächzende Stimme aus dem Nebenzimmer: »Salut, enchanté.«

Ich sagte: »Also Ihrem Großvater?«

Sie lachte noch lauter: »Sie sind wirklich witzig. Man hat Sie also gar nicht unterwiesen?«

»Ehrlich gesagt, nein; aber das macht nichts.«

Die Tür öffnete sich und auf dem Boden bildete sich ein gezackter Schatten. Der sah aus wie eine riesige Fledermaus. Hat sich ihr Großvater vielleicht als Batman verkleidet, fragte ich mich.

Jetzt kam der Butler herein und voilà, das Rätsel wurde gelöst: Mein Schüler war – ein Papagei!

Der Butler sagte: »Darf ich vorstellen: Monsieur Egon!«

Der Ara krächzte: »Bonjour, je suis echanté!«

Jetzt musste ich lachen. Französisch-Unterricht für einen Papagei! Damit hatte ich wirklich nicht gerechnet. Aber ich wollte die Komödie weiterspielen; mein Schulfranzösisch würde schon ausreichen.

Um für gute Stimmung zu sorgen, lobte ich sein buntes Federkleid, doch der Schuss ging nach hinten los. Der Ara begann zu schimpfen: »Idiot! Cochon! Imbécile!«

Die Dame des Hauses errötete und sagte: »Monsieur Egon, je vous en prie!«

Zu mir sagte sie: »Verzeihen Sie, ich habe vergessen, Sie darauf hinzuweisen: Sie sollen ihm nicht nur Französisch, sondern auch Manieren beibringen. Ich möchte ihn nämlich bald meinen Bekannten vorstellen, aber sein derzeitiges Vokabular ist dafür absolut untauglich. Sie hören ja selbst ...«

Der Papagei krakeelte: »Enculé! Salaud!«

Ich fragte sie: »Woher hat er eigentlich die vielen Schimpfwörter?«

»Vermutlich aus einer Marseiller Hafenkneipe. Wissen Sie, Egon gehörte meinem verstorbenen Onkel, der in Marseille eine Bar betrieb.«

»Ah, daher. Nun gut, ich werde mein Glück versuchen.«

»Das wäre nett.«

Die Dame des Hauses zog sich in ihre Gemächer zurück und begann meine Arbeit als Sprach- und Anstandslehrer.

Ich sagte zu meinem gefiederten Schüler: »Das Wichtigste auf der Welt ist Höflichkeit.«

»Hau ab!«, war seine Erwiderung.

»Non«, sagte ich, »ein guter Papagei ist höflich.«

»Zieh Leine!«

»Aber Monsieur.«

»Nichtsnutz! Taugenichts!«

»Also ... so geht das nicht.«

»Tagedieb! Tunichtgut!«

Ich hob drohend den Zeigefinger und sagte: »Pfui, schäm dich!«

»Hampelmann! Haderlump!«

So ging es in einem fort ... Nach einer Weile ging mir die Gaul durch und ich begann meinerseits, den Papagei wüst zu beschimpfen: »Drecksvieh! Schweinigel! Kackvogel!«

Das schien den Ara zu beeindrucken, denn er hielt zum ersten Mal seinen Schnabel. Doch kurz darauf öffnete sich die Tür einen Spalt und die Dame des Hauses schwang ihren Zeigefinger: »Na, na, na!«

Ich entschuldigte mich für die Entgleisung, verwies gleichzeitig aber auch auf die pädagogische Bedeutung, man müsse sich schließlich als Lehrer Respekt verschaffen. Das sah sie ein.

Nach einer halben Stunde, ich war schweißgebadet vor Anstrengung, beendete ich meinen »Unterricht« und verließ die Wohnung. Im Innenhof traf ich auf einen zarten Jüngling, der mich mit Fistelstimme fragte: »Wären Sie so freundlich, mir zu verraten, ob hier eine Familie Kranzbichler wohnt? Ich soll ihrem Egon Französisch beibringen.«

Ich musste schmunzeln und gab ihm die gewünschte Auskunft. Und während ich nach Hause ging, fragte ich mich, ob dieser zartbesaitete Schöngeist mit dem Mistvieh fertig werden würde?

Der Graf schrieb mit einem roten Kugelschreiber 300 Euro auf das Blatt Papier. Das bedeutete, Jean würde nach unserer Rückkehr den Betrag an Herrn Schlotterbeck überweisen.

Wir befanden uns mittlerweile im Anflug auf Barcelona und man konnte in der Ferne das Lichtermeer der Stadt funkeln sehen.

Der Graf schwärmte: »Was für ein Anblick! Ich liebe es, in der Nacht erleuchtete Städte zu sehen, das ist so romantisch und verheißungsvoll … als würden Tausende Liebesabenteuer auf mich warten …«

»Ja«, sagte ich, »es ist echt ein Jammer, dass wir heute Abend nicht auf den Las Ramblas spazieren gehen können.«

»Aber dafür werden wir in Buenos Aires mit der Calle Florida entlohnt.«

Die Aussicht, die argentinische Hauptstadt besuchen zu können, tröstete mich über den Verzicht hinweg.

Dann setzten wir auf der Landebahn auf.

Als wir nach halben Stunde wieder abhoben, las Viktor die zweite Geschichte vor, die eine Frau Tennhagen berichtet hatte:

Letzte Woche besuchte ich das Till Eulenspiegel-Theater in der Innenstadt. Angeblich sollte dort ein Theaterstück von Loriot aufgeführt werden; es trug den Titel »Larifari«.

Das Stück war eine gewöhnliche Komödie mit viel Gerede über Gott und die Welt.

Nach zehn Minuten trat ein Schauspieler an die Rampe und verkündete, dass er seit Minuten kein Text mehr hätte und improvisieren müsse; und dass es den anderen genauso ergehe. Sie hätten nämlich gar nicht geprobt und es gäbe auch keinen Autor.

Wir lachten sehr über diesen lustigen Einfall. Typisch Loriot, dachte ich.

Die anderen Schauspieler stimmten darin ein und erklärten unumwunden, dass sie jetzt ebenfalls mit dem Improvisieren beginnen müssten, wenn ihnen kein weiterer Text ausgehändigt würde … Sie erklärten weiter, sie seien anonym verständigt worden, sich hier einzufinden und ihren Text vorzutragen …

Das Publikum lachte wieder lauthals.

Die Schauspieler indes sagten, sie hätten ihre Pflicht erfüllt und würden sich jetzt in ein Künstlerlokal begeben, um sich ein Bierchen hinter die Binde zu gießen. Dann wünschten sie uns noch einen schönen Abend und ließen den Vorhang fallen.

Das war's … mehr gab's nichts zu sehen.

Anfangs vermuteten wir, dieses überraschende Ende gehöre zum Stück. Schließlich stammte es angeblich von Loriot, dem großen Humoristen. Doch nichts geschah.

Wir applaudierten und johlten – doch es rührte sich noch immer nichts.

Einige Zuschauer riefen zur Bühne: »Das ist sehr lustig, aber jetzt können Sie weiterspielen.«

Keine Reaktion.

Nach einigen Minuten vergeblichen Bemühens schlug die Stimmung um. Aus Jauchzern wurden Pfiffe und Buhrufe und jemand rief: »Macht jetzt endlich weiter! Ich hab nicht ewig Zeit.«

Da das auch nicht half, fasste sich ein Zuschauer in der ersten Reihe ein Herz und erklomm die Bühne.

Nach einer Weile trat er vor den Vorhang und sagte: »Alles dunkel, alle weg.«

Ich dachte mir, das kann doch gar nicht sein.

Wir anderen Zuschauer kletterten jetzt auch auf die Bühne und durchsuchten das Theater, doch wir konnten niemanden finden. Jetzt war guter Rat teuer.

Ein Zuschauer fragte: »Was machen wir jetzt?«

Ein anderer antwortete: »Na, was wohl? Heimgehen!«

Und das taten wir auch. Wie begossene Pudel verließen wir das Theater.

Doch als ich mich am nächsten Tag bei der Intendanz über diese Zumutung beschweren wollte, kam es noch dicker. Da behauptete doch tatsächlich die Sekretärin, gestern Abend hätte es wegen Umbauarbeiten keine Vorstellung gegeben. Man stelle sich das mal vor. Das ganze Theater war zum Brechen voll und diese impertinente Frau behauptet doch tatsächlich, wir hätten einer Geisteraufführung beigewohnt. Hat man Töne? Aber dieser Tussi habe ich die Leviten gelesen, das können Sie mir glauben. Der habe ich Bescheid gestoßen: »So nicht!«, habe ich gesagt, »ich bin keine dumme Zuschauerin, mit der man alles machen kann. Ich werde das Theater anzeigen!«

Und das habe ich auch getan.

Der Polizeibeamte, der meine Anzeige aufnahm, hat mir keine Hoffnungen gemacht, die Betrüger dingfest zu machen. Schließlich seien alle maskiert und geschminkt gewesen. Aber er werde sein Bestes tun.

Nach einer Woche wurde mir mitgeteilt, dass das Verfahren gegen Unbekannt eingestellt worden sei. Begründung: Die Theaterleitung habe bekräftigt, es habe an besagtem Abend keine Aufführung stattgefunden. Das Theater sei schon seit vier Wochen wegen Umbauarbeiten geschlossen gewesen und das Schauspielerensemble und die sonstigen Bediensteten seien in den Urlaub geschickt worden. Wenn tatsächlich jemand das Theater geöffnet habe, dann sei das illegal geschehen. Er habe sich unrechtmäßig die Schlüssel besorgt, die Kasse besetzt und die Theatermechanik, insbesondere die Lichtanlage und den Vorhang bedient. Und für solche Fälle übernehme das Theater keine Haftung.

Tja, eben alles »Larifari«.

Dem Grafen war diese Geschichte 400 Euro wert.

Anschließend tranken wir unsere Cognacgläser aus und machten Anstalten, zu Bett zu gehen. Im Bad musste ich an Blacky denken. Ob ihn wohl die leer ausgegangen Erben entführen ließen?

Ich teilte Viktor meine Befürchtung mit, doch er sagte: »Glaub ich nicht. Sie brauchen ihn nur um die Ecke zu bringen und das hätten sie auch im Hundesalon machen können. Nein, ich glaube, dass ein kleiner Angestellter die Chance seines Lebens gesehen hat und zugegriffen hat.«

»Das heißt, er wird sich bald melden und Lösegeld fordern?«

»Davon gehe ich aus.«

Trotzdem war mir mulmig zumute.

Die Stewardess hatte inzwischen unsere Betten gemacht und zeigte uns unsere Schlafkojen. Auch die waren großzügig dimensioniert.

Der Graf fragte sie schelmisch: »Und wo schlafen Sie?«

In meiner Flugbegleiterkoje.

»Ähm … für den Fall, dass es Turbulenzen gibt …«

»… rette ich mich in Ihre Arme«, witzelte sie und wünschte uns eine angenehme Nachtruhe.

Als ich im Bett lag, sagte ich zum Grafen, der nebenan schlief: »Also ich fliege in Zukunft nur noch Kovačević-Air.«

»Ja«, meinte er, »daran könnte man sich gewöhnen.«

Dann wünschten wir uns eine gute Nacht und ich schlief ein …

Im Traum erschien mir Blacky. Wir befanden uns am Meer und er wollte Kitesurfen. Die vier Pfoten des Foxterriers steckten auf einem Surfbrett in Schlaufen und die Schnur des Kites war an seinem Geschirr befestigt. Dann surfte er los. Er segelte hart am Wind und seine Ohren wehte es stramm nach hinten; das sah richtig verwegen aus. Doch plötzlich erfasste ihn eine Bö und hob ihn in die Luft. Er bellte und ich rief nach ihm, doch er konnte den Drachen nicht nach unten lenken. Immer höher zog es ihn in die Luft und er wurde kleiner und leiser. Ich rief »Blacky, Blacky«, doch es war vergebens. Nach einer Weile war er nicht mehr zu sehen, der Himmel hatte ihn verschluckt und ich blieb verzweifelt zurück …

KAPITEL 2

Um 7 Uhr weckte uns die Flugbegleiterin.

Ich fand mich anfangs nicht zurecht und wunderte mich über die schräge Decke über meinem Bett. Dann fiel mir wieder ein, dass ich in einem Privatjet unterwegs war.

Beim Frühstücken erzählte ich Viktor von meinem Albtraum mit Blacky und fragte ihn, ob das ein schlechtes Omen sei.

Doch der Graf lachte nur und sagte: »Das ist nur die Ausgeburt deiner Besorgnis.«

Dann kam die Stewardess und wies uns darauf hin, dass wir uns im Landeanflug auf Buenos Aires befänden. Ich sah schräg nach vorne aus dem Fenster und konnte in der Ferne das riesige Häusermeer erkennen. Gewaltige Schneisen durchzogen die Stadt.

Darauf angesprochen meinte der Graf: »Das sind die Prachtboulevards, die breitesten der Welt.«

Ich blickte nach rechts und erspähte den Río de la Plata. Der war überraschenderweise lehmtrüb.

»Kommt das von Abwässern?«, fragte ich Viktor. Doch er erläuterte: »Nein, das kommt vom lehmigen Quellgebiet.«

Punkt 8 Uhr landeten wir auf dem Aeropuerto de Ezeiza, dem Flughafen von Buenos Aires. Der war überraschend modern gestaltet. Nach der Bauweise zu urteilen hätte es auch ein Flughafen in Paris oder Madrid sein können.

Als wir uns von der Crew verabschiedeten, sagte die Stewardess: »Thank you for flying Kovačević-Air. Und dieses Mal meine ich es auch so.«

»Wir haben zu danken«, sagte der Graf.

Dann stiegen wir in den Vorfeldbus und fuhren zum Abfertigungsgebäude.

Nachdem wir zügig durch den Zoll geschleust worden waren, marschierten wir auf den Parkplatz, wo uns Lukas mit einer schwarzen Bentley-Limousine empfing. Entgegen seiner sonst heiteren Art machte er einen besorgten Eindruck, das Lachen war ihm anscheinend vergangen.

Er sagte: »Ich hoffe, ihr hattet einen angenehmen Flug.«

»Ja«, witzelte ich, »wenn's nach mir ginge, würden wir Blacky jede Woche irgendwo auf dem Globus suchen.«

»Apropos Blacky«, sagte der Graf, »haben sich die Entführer inzwischen gemeldet?«

»Immer noch nicht«, antwortete Lukas.

Der Graf strich sich durch den weißen Bart und meinte: »Seltsam.«

Ich wandte ein: »Vielleicht ist er ihnen ausgebüxt und sie müssen ihn erst wieder einfangen?«

»Oder sie müssen sich erst ein nicht ortbares Handy besorgen«, meinte der Graf.

»Oder eins stehlen«, ergänzte ich.

Lukas' Gesicht hellte sich etwas auf. Die Spekulationen über die Entführungsdetails nährten die Gewissheit, dass der Baron noch am Leben war.

Nachdem Viktor und ich im Fond der Limousine Platz genommen hatten, fuhr Lukas los. Wir ließen das Flughafengelände schnell hinter uns und bogen auf eine breite Avenida ein, die von bunten Häusern im altmodischen Kolonialstil gesäumt war. Dazwischen gab es jede Menge Cafés und Bars.

»Hier lässt es sich leben«, kommentierte ich.

»Ja«, meinte der Graf, »Retiro ist der Stadtteil der Schönen und Reichen.«

Zu Lukas sagte er: »Wie bist du überhaupt auf Buenos Aires gekommen?«

»Durch Peggy Hillerman, meine ehemalige Chefin. Die hat sich hier ein Herrenhaus bauen lassen.«

»Verstehe, und du als ihr Nachfolger hast ihr Domizil übernommen.«

Lukas nickte und meinte: »Das heißt, solange ich die Vormundschaft über Blacky ausüben kann.«

»Apropos Blacky«, sagte ich, »wie wurde er eigentlich entführt?«

Lukas erzählte: »Ich besuchte mit ihm und den Leibwächtern den Hundesalon ›Al perro feliz‹. Dort werden die Hunde gewaschen, geföhnt und auf alle erdenkliche Arten verwöhnt. Auch Blacky ließ es sich gut gehen.

Doch nach dem Bad war er plötzlich verschwunden. Mit ihm auch Claudio, der ihn betreut hatte. Die Angestellten haben den ganzen Salon auf den Kopf gestellt, aber von Claudio und dem Baron fehlte jede Spur.«

Viktor fragte: »Was ist mit den beiden Leibwächtern?«

»Die wurden überrumpelt. Sie konnten ja nicht ahnen, dass sich unter den Hundefriseuren ein Kidnapper befand.«

Wir waren inzwischen im Villenviertel angekommen und Lukas hielt vor einem stattlichen Herrenhaus an. Per Fernbedienung öffnete er das schmiedeeiserne Tor und wir fuhren langsam zum hinteren Portal. Dort erwartete uns ein Mann mittleren Alters in einer zerknitterten Livree und mit einem Dreitagebart.

Viktor witzelte: »Hast du einen Penner eingestellt?«

Lukas antwortete: »Das ist José, mein Butler. Er nimmt es mit seinem Äußeren nicht so genau, aber sonst …«

Wir stiegen aus und Lukas wies seinen Butler an, das Gepäck ins Haus zu bringen.

Als er uns sah, sagte er in gebrochenem Deutsch: »Ah, da sind sie ja: Sherlock Holmes und sein Assistent Dr. Watson! Ich hoffe, dass Sie den Baron aus den Fängen von Professor Moriarty befreien können«.

Und er lachte herzhaft.

Lukas sagte: »José, du hast den Ernst der Lage nicht begriffen. Wenn Frederick nicht bald wieder auftaucht, muss ich dich entlassen.«

»Das kann auch eine Chance sein«, sagte er lachend.

»Ein jovialer Zeitgenosse«, bemerkte ich.

Lukas sagte: »Deshalb habe ich ihn eingestellt. Aber derzeit geht er mir auf die Nerven.«

»Weil er besser gelaunt ist als du?«

Viktor meinte: »Wenn der Butler eine bessere Laune hat als sein Herr, dann stimmt etwas nicht. Alte Dienstbotenregel.«

Als wir ins Haus gingen, trafen wir auf Jussuf, den Vorkoster des vierbeinigen Barons. Wie immer war er in tunesischer Nationaltracht gekleidet, mit Pluderhose und rotem Fes auf dem Kopf.

Er jammerte: »Hoffentlich bekommt der Baron genug zu fressen und hoffentlich mundet es, er hat ja so einen feinen Gaumen. Oh Gott, oh Gott, er wird sicherlich auf sein Lieblingsessen verzichten müssen: Crêpes à la Paul Bocuse mit Marillen. Der Baron wird Depressionen bekommen …«

Viktor fasste ihn an den Oberarmen und sagte bestimmt: »Ruhig, ganz ruhig. Der Baron ist ein Kämpfer und er wird auch diese Situation überstehen. Schließlich hat er den Tod schon mehrere Male besiegt. So jemand lässt sich von Entführern nicht einschüchtern.«

»Meinen Sie?«

»Aber ja.«

Seine Jammermiene verschwand und er sagte: »Sie haben recht. Ins Bein soll er ihnen beißen!«

José ergänzte: »Und sie anpinkeln.«

Im Treppenhaus trafen wir auf die beiden Leibwächter des Barons. Torsten Leinhos trug wie immer keine Leinenhosen, sondern einen blauen Baumwollanzug und Jürgen Tennenbaum war ganz in schwarz gekleidet. Ich wollte ihn schon fragen, ob er Trauer trägt, ließ es dann aber bleiben.

Nachdem Viktor und ich unsere Zimmer bezogen und geduscht hatten, nahmen wir ein zweites Frühstück auf der Terrasse ein. Die war faszinierend gestaltet mit einer von Palmen gesäumten Balustrade und einem freien Blick auf den Río de la Plata.

Von der Terrasse führte eine vertikale Freitreppe in einen abfallenden Garten, wo sich auf halber Höhe ein Swimmingpool befand. Ganz unten ragte ein hölzerner Steg aus dem Wasser, an dem ein Motorboot und mehrere Jetskis vertäut waren.

Ich sagte: »Ich kann verstehen, dass Peggy Hillerman hier ein Haus gebaut hat.«

Lukas meinte: »Deshalb bin ich auch oft hier.«

Er reichte mir eine Zeitung, den Diario Popular, und deutete auf einen Artikel.

Ich übersetzte: »Frederick, 7. Baron of Devonshire, Erbe eines riesigen Vermögens, ist entführt worden.«

Ein Porträt von Blacky war auch abgedruckt. Obwohl ich das kreisrunde schwarze linke Auge bereits kannte, musste ich schmunzeln. Es sah wirklich aus, als ob er ein blaues Auge hätte oder eine Augenklappe trüge.

Lukas erklärte: »Der Besitzer des Hundesalons hat die Zeitung informiert. Er bittet darin die Bevölkerung um Mithilfe. Er hat sogar 100.000 Pesos Belohnung ausgesetzt, das sind über 500 Euro.«

Danach reichte uns Lukas die New York Times.

Ich fragte ihn: »Wieso steht Blackys Entführung auch in der New York Times?«

»Weltweite Nachrichtenagenturen haben die Meldung verbreitet, so auch in der New York Times.«

Viktor sagte: »Das könnte problematisch werden. So erfahren es die Erben, ich meine die enterbten Erben …«

»Genau deshalb habe ich euch eingeschaltet. Wir müssen den Baron schnellstmöglich zurückholen, bevor sie ein Gerichtsverfahren gegen mich einleiten können.«

»Dann machen wir uns mal auf die Socken«, sagte der Graf und wir hoben die Tafel auf.

Wir fuhren zum Hundesalon »Al perro feliz« in der Avenida Santa Fe, wo Blacky entführt worden war. An der Fassade des Gebäudes war ein Foto von glücklich lächelnden Welpen angebracht, das einem das Herz aufgehen ließ.

Darauf angesprochen meinte Lukas: »So hat sich Blacky auch immer gefühlt, bis gestern.«

Hinterm Tresen begrüßte uns Julio, der Betreiber des Hundesalons. Er hatte ein rundes Gesicht und eine sanfte Stimme – optimal, um überdrehte Vierbeiner zu begrüßen.

Lukas stellte uns einander vor und wir machten eine Tatortbegehung.

Julio erläuterte: »Die zwei Leibwächter haben vorne aufgepasst, so muss der Verbrecher den Baron durch den Hintereingang verschleppt haben.«

Viktor wollte Näheres über den Mitarbeiter wissen und Julio sagte: »Er heißt Claudio Gomez und hatte sich am Vortag auf die freie Stelle als Hundefriseur beworben. Er hatte gute

Zeugnisse und so habe ich ihn eingestellt. Aber wenn ich gewusst hätte, was das für ein Berserker ist … Wie konnte er dem Kleinen das nur antun?«

Er hob verzweifelt die Hände gen Himmel.

»Im Grunde habe ich gleich gespürt, dass er für Hunde nichts übrig hat, die Vibrations haben einfach nicht gestimmt.«

Auf unsere fragenden Blicke sagte er: »Er war in seinem Vorleben sicher kein Hund.«

Ich fragte ihn: »Sie aber schon?«

»Natürlich, ich war ein Königspudel am Hofe von Zarin Katharina der Großen. Ach, das waren Zeiten …«

Und er schaute verzückt vor sich hin …

Plötzlich sagte er wütend: »Aber der? Der war wahrscheinlich eine Katze.«

Er bildete mit den Fingern Krallen und fauchte lauthals.

Viktor fragte: »Wenn die Vibrations, wie Sie sagten, nicht gestimmt haben. Wieso haben Sie ihn dann eingestellt?«

»Warum? Weil ich hoffnungslos sentimental bin. Er hat mir die Story vom armen Waisenjungen erzählt, der ganz allein auf der Welt ist. Zu Tränen hat er mich gerührt, dieser Schuft. Und jetzt habe ich den Salat.«

Er zeigte uns sein Auftragsbuch und blätterte von Seite zu Seite: »Sehen Sir nur, gähnende Leere! Niemand mehr will seinen Liebling bei mir frisieren lassen, wegen diesem Verbrecher!«

Ich fragte ihn: »Wieso haben Sie dann die Entführung in die Zeitung gesetzt?«

»Ich wollte meinen Fehler wiedergutmachen.«

Viktor sagte: »Das war aber keine gute Werbung für Ihren Salon …«

»Das habe ich inzwischen auch gemerkt.«

Ich fragte ihn: »Was können Sie uns noch über den Entführer sagen? Zum Beispiel welches Auto hat er gefahren?«

»Einen beigen Toyota Fortuner.«

Er zückte sein Handy und zeigte uns ein Foto: »Hier, das ist das Nummernschild. Ich habe es zufällig fotografiert: AG 834 CP.«

Viktor fragte: »Haben Sie auch einen Ausweis von Claudio?«

Er lächelte verlegen. »Nun, wie soll ich sagen? So ganz offiziell war er nicht bei mir …«

»Verstehe. Also kein Ausweis.«

Julio zuckte mit den Schultern.

Viktor sagte: »Nun gut. Wir werden das Kennzeichen überprüfen lassen, vielleicht führt es uns ja zum Täter.«

Julio faltete die Hände zusammen und flehte uns an: »Sie müssen ihn finden, hören Sie. Und wenn Sie ihn gefunden haben, bringen Sie ihn bitte hierher für ein kleines Fotoshooting, ja?«

Wir bejahten und setzten uns Richtung Ausgang in Bewegung. Julio dackelte hinter uns her und beschwor uns: »Der Baron bekommt natürlich ein Leben lang alles gratis … Waschen, Schneiden, Föhnen, alles umsonst.«

Er flehte uns an: »Retten Sie meinen Salon!«

Wir beteuerten, unser Bestes zu geben und marschierten zur Limousine.

Ich sagte lachend zu Lukas: »Anscheinend hat Julio den Baron nötiger als du.«

Der Vormund entgegnete: »In mir sieht es ähnlich aus, aber ich habe kein Talent für melodramatische Auftritte.«

Viktor scherzte: »Schade.«

Als wir in der Limousine saßen, sagte der Graf: »Dann fahren wir mal zur nächsten Polizeistation.«

Lukas meinte: »Da war ich schon; das hat keinen Sinn. Die rühren keinen Finger wegen einem entführten Köter.«

Viktor sagte schelmisch: »Man muss nur auf die richtige Art und Weise fragen …«

»Na, gut, wenn du meinst.«

Lukas gab Gas und wir fuhren nach Monserrat. Während wir an gleichförmigen Häusern vorbeicruisten, sagte Viktor: »Was für ein langweiliges Viertel.«

Lukas meinte: »Ja, das ist was für Rentner, die ihre Ruhe haben wollen.«

Als wir vor einer roten Ampel halten mussten, wurden wir Zeugen eines skurrilen Schauspiels: Ein Cabriofahrer stritt sich mit einer Frau im 2. Stock. Sie schrie durchs geöffnete Fenster zu ihm herunter: »Mir reicht's jetzt. Du kannst jetzt zu ihr ziehen!«

Dann begann sie, seine Sachen herunterzuwerfen. Erst landeten Sakkos, Hosen, Schuhe vor seinen Füßen …

»Jetzt kommt die Buntwäsche«, kommentierte Viktor.

Und tatsächlich kamen jetzt T-Shirts, Socken, Krawatten geflogen.

Lukas scherzte: »Was noch fehlt ist die Kochwäsche.«

Doch die erboste Ex warf Pullover herunter.

»Mist, falsch geraten!«, sagte Lukas mit gespieltem Ärger.

Der ausquartierte Mann sammelte seine Sachen auf dem Gehsteig zusammen und legte sie ins Cabrio.

Dann rief er nach oben: »Und was ist mit meinem Flatscreen?«

Das hätte er besser nicht getan, denn kurz darauf krachte das schwere Ding auf die Motorhaube und stieß eine Delle hinein.

Viktor sagte: »Bin gespannt, ob jetzt noch die Waschmaschine kommt.«

Ich meinte: »Die wird wahrscheinlich zu schwer für sie sein.«

Viktor scherzte: »Wir könnten ihr ja beim Schleppen helfen …«

Wir lachten herzhaft, dann hupte ein Auto hinter uns, denn die Verkehrsampel hatte inzwischen auf Grün geschaltet.

Lukas fuhr an und meinte: »So langweilig ist das Viertel dann doch nicht.«

Viktor sagte: »Naja, ein bisschen mehr hätte es schon sein können. Was ist zum Beispiel mit dem Kleiderschrank?«

Ich fragte: »Und wo ist die DVD-Sammlung?«

Lukas antwortete: »Die hat er wahrscheinlich schon in Sicherheit gebracht.«

Lachend fuhren wir weiter und erreichten nach einigen Querstraßen die Polizeistation. Die sah sachlich und nüchtern aus wie ein Supermarkt. Es gab nur eine Etage und alles war billig errichtet worden.

»Vielleicht rechnen sie bald mit dem Abriss«, witzelte Viktor, während wir durch die Eingangstür schritten.

Im Inneren empfing uns ein versiffter Tresen aus Sperrholz und ein Dutzend Polizisten, die gelangweilt an ihren Schreibtischen saßen. Nicht einer blickte auf.

Viktor haute mit der Faust auf die Tischglocke, worauf ein ältlicher Polizist gemächlich aufstand und zu uns schlurfte.

»Qué pasa?«, fragte er.

Viktor antwortete, wir seien wegen einem entführten Hund gekommen, worauf der Polizeibeamte verächtlich lächelte.

Er sagte: »Wegen einem Köter tun wir nix!«

Viktor sagte schelmisch: »Das kann ich verstehen. – Was aber wäre, wenn Sie einfach mal die Hand aufhalten und die

Augen schließen würden«, er zückte einen 1000-Pesos-Schein, »und dann, wenn Sie die Hand wieder öffnen, feststellen: Verdammt, was ist denn das? Und was hat das in meiner Hand zu suchen? Schnell weg damit.«

Der Polizist grinste breit und sagte: »Eso me gusta.«

Dann hielt er mit geschlossenen Augen die Hand auf und kurz darauf landete der 1000-Pesos-Schein in seiner Hemdtasche.

Die anderen Polizisten wollten dieses Spiel nun auch spielen, so machte Viktor seine Runde von Schreibtisch zu Schreibtisch. Und als er alle Beamten abgefertigt hatte, fragte der Polizist am Tresen: »Also, was kann ich für euch tun?«

Viktor gab ihm das Autokennzeichen des Entführers und fragte nach dem Eigentümer. Der Polizist hackte ein paar Mal auf seiner Tastatur herum und dann erhielten wir Name und Adresse des Fahrzeughalters. Der hieß aber nicht Claudio Hernandez, sondern Christiano Rodríguez.

Viktor sagte: »Wahrscheinlich hat er einen falschen Namen benutzt, aber das werden wir schon feststellen.«

Wir bedankten uns bei den Polizisten und machten uns auf nach San Christóbal, wo der Autobesitzer wohnte.

Ich sagte: »So lerne ich wenigstens die Stadt kennen.«

Auf dem Weg dorthin wurde allerdings der Verkehr so dicht, dass wir unser Tempo drosseln mussten und schließlich zum Stillstand kamen. Vor und hinter uns wurde gehupt und Fahrrad- und Motorradfahrer versuchten sich vorzudrängeln. Es ging zu wie im Verkehrschaos von Neu-Delhi oder Bangkok.

Ein Fahrradkurier ließ sich vom mörderischen Verkehr nicht beeindrucken und war mit einem Affenzahn unterwegs. Da öffnete ein Autofahrer abrupt die Tür, worauf der Kurier einen Salto vorwärts machte und sein Fahrrad in die Luft schleuderte. Dieses landete auf der Ladefläche eines Lkw, der einfach weiterfuhr. Anscheinend hatte er die unverhoffte Zuladung nicht bemerkt. Der Fahrradkurier sprang auf und lief dem Lkw hinterher, und konnte bei der nächsten roten Ampel sein Gefährt zurückerobern. Der Autofahrer, der den Unfall verschuldet hatte, war hingegen längst über alle Berge.

Lukas zuckte mit den Schultern und sagte: »Das sind eben argentinische Verhältnisse.«

Nach einer halben Ewigkeit erreichten wir die Avenida Sarandi 24. Das Haus sah witzig aus mit den zwei Dachgauben, die wie halb geschlossene Augen wirkten. Lukas meinte dazu: »Ja, das Haus hat ein friedliches Gesicht. Dabei wohnt ein abgefeimter Entführer darin.«

»Das muss sich erst noch herausstellen«, wandte ich ein.

Wir hielten Ausschau nach dem Auto des Entführers, konnten es aber nirgends entdecken. Wahrscheinlich hatte er es woanders geparkt. Vorsichtig schlichen wir zur Haustür, konnten aber nicht ins Innere spähen.

Viktor sagte: »Versuchen wir's mal hinten, vielleicht haben wir da mehr Glück.«

Wir folgten seinem Vorschlag und gingen ums Haus zum Garten, wo in der rechten Ecke ein Geräteschuppen stand. Wie wir hören konnten, spielte darin gerade ein Mann mit einem Hund.

Er sagte: »Spring übers Stöckchen, los, spring.«

Wir schlichen zur Hütte und lugten durch Astlöcher ins Innere. Ich konnte ein weißes Fell sehen und rief aus: »Das ist Blacky!«

Lukas sah ihn jetzt auch und sprang beherzt über den Gartenzaun. Er stürmte durch die Tür in den Schuppen und schrie: »Geben Sie mir meinen Hund zurück!«

Wenige Augenblicke später kam Lukas herausgerannt, verfolgt von einem weißen Husky! Der hatte sich in sein linkes Hosenbein verbissen und zerrte knurrend daran. Lukas humpelte, nach dem Hund tretend, zu uns und wir zogen ihn mit einem Ruck über den Gartenzaun.

Der Besitzer rief uns zu: »Ich hole die Polizei!«

Viktor sagte: »Das ist ein Missverständnis. Ihr Auto wurde für eine Entführung benutzt.«

»Es wurde mir gestohlen«, wandte er ein, »ich bin heute erst mit meinem Hund aus Mexiko zurück.«

»Und Sie haben den Diebstahl nicht der Polizei gemeldet?«

»Nein«, antwortete er.

Lukas sagte: »Könnten sie das bitte tun. Der Dieb hat mit Ihrem Auto meinen Foxterrier entführt.«

Der Besitzer sagte: Okay, mach ich.«

Wir bedankten uns bei ihm und gingen zur Limousine zurück. Lukas war gottlob nicht schwer verletzt, er hatte am Schienbein nur ein paar Kratzer abbekommen. Das Hosenbein jedoch war zerfetzt.

Wir fuhren anschließend mit der Limousine nach Retiro und aßen in einem Steakhaus zu Mittag.

Der Kellner sagte: »Sie müssen unbedingt das Asado probieren. Simplemente delicioso!«

Ich schaute ihn fragend an.

Viktor erläuterte: »Das ist ein gegrilltes Rindersteak am offenen Holzfeuer.«

»Bien«, sagte ich.

Viktor ergänzte: »Und dazu Rotwein.«

Der Kellner nahm unsere Bestellungen auf und verschwand in der Küche.

Lukas sah besorgt drein: »Die Entführer haben sich immer noch nicht gemeldet. Dabei steht meine Handynummer in der Zeitung.«

»Mach dir keine Sorgen«, sagte Viktor, »vielleicht sind die Entführer Dilettanten. Die machen das sicher zum ersten Mal und sind überfordert.«

Ich fügte hinzu: »Und bei Blackys Schläue würde es mich nicht wundern, wenn er ausbüxen und zu Fuß zur Villa laufen würde.«

»Na ja«, murmelte Lukas, »ich hoffe, ihr habt recht.«

Dann wurde unser Essen serviert und wir taten uns am argentinischen Nationalgericht gütlich.

Nachmittags tranken wir auf der Terrasse von Lukas' Villa Kaffee, da läutete Lukas' Handy. Anfangs konnte er nicht viel verstehen, denn der Anrufer hatte seine Stimme durch ein Taschentuch gedämpft. Er musste immer wieder nachfragen: »Wer sind Sie? Was wollen Sie? Sie rufen an wegen dem Hund? Sie wollen ihn kaufen? Wieso? Er wurde doch entführt?«

Als der Anrufer aber sprach: »Keine Polizei«, wusste Lukas Bescheid.

Er flehte: »Tun Sie ihm bitte nichts, ich werde bezahlen. – 100.000 Pesos? Está bien.«

Viktor flüsterte ihm zu: »Wir benötigen ein Lebenszeichen.«

»Was?«

»Ein Lebenszeichen, ein Foto oder so.«

»Ach so, ja.«

Ins Handy sprach er: »Könnten Sie mir ein Foto zusimsen? – Wieso? Wir müssen uns schließlich überzeugen, dass Sie den Foxterrier auch haben.«

Er flüsterte: »Sie schicken ein paar Fotos.«

Kurz darauf machte es ping und sie waren da.

Lukas rief begeistert: »Das ist Blacky! Das ist Blacky!«

Doch ich hatte Zweifel.

Ich sagte: »Ich weiß nicht, irgendwas stimmt nicht ... Er sieht ihm ähnlich, ja, aber der Gesamteindruck passt nicht.«

Lukas fragte: »Was meinst du?«

»Blacky schaut irgendwie frecher, kesser drein. Der hingegen hat ganz stumpfe Augen und sieht aus wie ein Prolet.«

»Naja, Blacky ist auch kein Akademiker.«

»Nein, aber er hat Witz.«

Viktor flüsterte: »Darüber hinaus wollen sie nur 100.000 Pesos, das sind etwas mehr als 500 Dollar. Auch das ist seltsam. Die wissen doch, dass er Millionen schwer ist.«

Lukas blickte uns flehend an.

Viktor sagte: »Gut, wir versuchen es.«

Lukas vereinbarte daraufhin mit den Entführern die Geldübergabe. Die sollte am nächsten Tag in San Telmo, im Süden der Stadt, Punkt 12 Uhr stattfinden.

Nachdem er aufgelegt hatte, sagte Viktor: »Gut, dann lass uns wieder zur Polizeistation fahren.«

Lukas fragte: »Wozu?«

»Ich wüsste gern, wem das Handy gehört.«

»Das ist sicher geklaut.«

»Auch dann kann es uns wertvolle Informationen liefern.«

Lukas war einverstanden und so fuhren wir ein zweites Mal nach Monserrat.

Als wir am Haus des Mannes mit dem Cabrio vorbeikamen, lagen auf dem Gehsteig ein Bettgestell, eine Matratze, ein Koffer, Bücher und allerhand Krimskrams.

»Tja«, sagte Viktor, »wir haben das Autokino anscheinend zu früh verlassen und den fulminanten Schluss verpasst.«

Lukas meinte: »Was sollten wir machen? Die Ampel wechselte auf Grün.«

Ich bemerkte: »Das ist eben der Nachteil mit den kostenlosen Freilichtkinos.«

Als wir wenig später die Polizeistation betraten, war der Empfang ein ganz anderer als beim ersten Mal. Die Polizisten schauten auf und fingen an zu lächeln. Und der ältliche Polizist stand gleich auf, ohne dass Viktor ihn wachklingeln musste. Als Viktor jedoch Informationen über die Handynummer haben wollte, stellte sich der Beamte taub und stumm.

Der Graf rief: »Wir wollen die Sache abkürzen. Alle machen jetzt die Augen zu und halten die rechte Hand auf.«

Gesagt, getan: Viktor ging von Schreibtisch zu Schreibtisch und jedes Mal, nachdem er einen Geldschein in eine Hand gedrückt hatte, war ein: »Was ist denn das? Schnell weg!« zu hören.

Als er seine Runde beendet hatte, bekamen wir die nötigen Informationen. Das Handy gehörte einer Gräfin, die in Recoleta wohnte.

Wir wunderten uns, dass eine Gräfin an einer Hundeentführung beteiligt sein sollte, machten uns aber trotzdem auf den Weg zu ihr.

Als wir wieder in der Limousine saßen, meinte der Graf: »Ich komme mir vor wie Odysseus, der ganze Tag war die reinste Odyssee.«

»Ja«, fügte ich an, »nur, dass wir nicht im Mittelmeer, sondern in einem Häusermeer unterwegs sind.«

Nach einer halben Stunde erreichten wir Recoleta. Der Stadtteil entpuppte sich als Nobelviertel mit herrschaftlichen Villen.

Ich sagte: »Hier riecht's nach Geld, das ist ein Paradies für Einbrecher.«

Viktor meinte: »Wahrscheinlich sind nachts mehr Einbrecher als Einwohner unterwegs.«

In diesem Augenblick sahen wir einen Mann mit einem fünfarmigen Kerzenständer davonlaufen, ein Polizist rannte hinterher.

Ich kommentierte: »Anscheinend gibt es auch eine Tagschicht.«

Lukas sagte bewundernd: »Und wie schnell der laufen kann.«

Viktor meinte: »Wahrscheinlich gibt es eine Aufteilung: Die Diebe, die gut zu Fuß sind, arbeiten tagsüber, die weniger Schnellen nachts.«

In diesem Augenblick stolperte der Polizist und der Dieb entkam mit der Beute.

Kurz darauf kamen wir an der Villa der Gräfin an. Die war prunkvoll gestaltet mit Mauervorsprüngen, Erkern und vergoldeten Beschlägen.

Ich sagte: »Wieso entführt jemand, der eine Nobelvilla besitzt, einen Hund?«

Viktor meinte: »Vielleicht, weil ihm das Geld ausgegangen ist. Eine Villa ist teuer im Unterhalt.«

Wir stiegen aus und hörten von Weitem Hunde bellen.

Lukas sagte etwas naiv: »Jetzt haben wir Blacky gefunden.«

Viktor ermahnte ihn: »Sei aber dieses Mal besonnener und überlass mir das Reden.«

Lukas war damit einverstanden und wir marschierten zur Eingangspforte. Neben der Haustür war eine goldene Plakette angebracht, auf der zu lesen stand: Condesa Jimena Mendoza de Santiago y Corrientes.

Der Graf sagte schmunzelnd: »Das geht runter wie Öl.«

Ich bemerkte: »Jedenfalls hört es sich geschmeidiger an als Zenzi Krachtveitel.«

Viktor meinte: »Wer so vornehm wohnt, hat sicher einen Butler.«

Lukas fügte an: »Ja, und der macht sicher mit der Condesa gemeinsame Sache.«

»Dann werden wir ihn mal fragen«, sagte Viktor und läutete.

Wenig später öffnete ein Mann, der aussah wie ein Klischeebutler aus einem Schmierenstück. Sein schwarzer Frack glänzte, als wäre er mehrere Stunden gebürstet worden und er trug einen gegelten Mittelscheitel.

Er näselte: »Sie wünschen?«

Viktor wollte schon antworten, doch Lukas kam ihm zuvor: »Befindet sich unter Ihren Hunden ein adeliger Foxterrier?«

Der Butler hob die linke Augenbraue und sagte indigniert: »In diesem Hause befinden sich viele Adelige und die meisten haben vier Beine. Aber ein Foxterrier ist nicht darunter.«

Er machte eine Pause. Dann sagte er: »Allerdings ist uns ein Foxterrier zugelaufen. Ich glaube aber kaum, dass er adelig ist. Denn dazu hat er zu schlechte Manieren. Ich wünsche noch einen guten Tag.«

Er wollte die Haustür schließen, doch Viktor setzte einen Fuß in die Tür. Er sagte: »Verzeihen Sie meine Unhöflichkeit. Ich bin Graf von Bodeswalde aus Deutschland und würde die Gräfin …«, er las das Türschild, »Mendoza de Santiago y Corrientes gerne um einen Rat bitten. Frau Gräfin hat sich ja weltweit den Ruf einer Hundeexpertin erworben.«

Der Butler senkte seine linke Augenbraue und sagte: »Treten Sie bitte ein.«

Er schritt würdevoll voraus wie ein Priester, der eine Monstranz vor sich herträgt und wir trabten hinterher. Als er am

Treppenhaus angekommen war, läutete er ein silbernes Glöckchen.

Lukas flüsterte: »Ist jetzt Bescherung, oder was?«

Nach einer Weile öffnete sich im ersten Stock eine Tür und eine Frau mit rosa Schleifen im Haar kam zum Treppenabsatz. Der Butler wollte uns der Hausherrin vorstellen, doch in diesem Augenblick kam eine Hundemeute bellend die Treppe heruntergelaufen.

Wir musterten die Hunde, die um uns herumwuselten, doch Blacky war nicht unter ihnen.

Die Gräfin war mittlerweile die Treppe heruntergeschritten und Viktor stellte sich ihr mit einem vollendeten Kratzfuß vor.

Ihr gefiel diese Geste und sie sagte: »Ich bin schon lange keinem Kavalier der alte Schule mehr begegnet.«

Der Graf flötete: »Und ich bin schon lange keiner so grazilen, stilvollen Gräfin mehr ansichtig geworden.«

Sie streckte ihm ihre rechte Hand hin, auf der Viktor gerne einen Handkuss angedeutet hätte, wären ihm die Vierbeiner nicht zuvorgekommen. Nach ausgiebigem Geschlabber der Hunde ... mit dem Kopf des Grafen in der Mitte, war das Begrüßungsritual vollzogen.

Gräfin Jimena bat uns in den Salon und ging mit den jaulenden und bellenden Hunden voraus. Im Salon nahm die Gräfin in einem riesigen Ohrensessel Platz, umringt von ihren Lieblingen. Diese nahmen sich Frechheiten heraus und mussten ständig gemaßregelt werden.

Die Gräfin sagte: »Komtess Grazia, nicht hochspringen! Graf Alfredo, hör auf die Herren anzubellen!«

Ein Bullterrier hatte Gefallen an meinem linken Hosenbein gefunden. So ermahnte sie ihn: »Don Carlos, nicht am Hosenbein ziehen, das schickt sich nicht.«

Alle Hunde waren verzogen und taten, was ihnen gerade einfiel. Aber Don Carlos trieb es am schlimmsten. Er lief zum Servierwagen und fraß dort den Gugelhupf an.

Der Butler zerrte ihn am Halsband weg und schalt ihn: »Don Carlos, so etwas ziemt sich nicht!«

Viktor flüsterte mir ins Ohr: »Das erinnert mich an Schillers ›Don Carlos‹: In einer Szene sagt der Marquis von Posa zu König Philipp II.: ›Sir, geben Sie Gedankenfreiheit!‹. Hier sollte er sagen: ›Sir, geben Sie Narrenfreiheit!‹«

Wir schmunzelten beide über das Bonmot und die Gräfin sagte: »Verzeihen Sie die Unarten meiner Lieblinge. Ich habe sie aus einer sentimentalen Zuneigung heraus verwöhnt und verhätschelt.«

Sie lud uns mit einer Handbewegung ein, Platz zu nehmen. Viktor setzte sich ihr gegenüber, Lukas und ich ließen uns etwas abseits in einer Ecke nieder.

Die Gräfin fuhr fort: »Nun, welchem Umstand habe ich Ihren Besuch zu verdanken?«

Der Graf antwortete: »Leider keinem Erfreulichen.«

»Oh, das tut mir leid.«

Zu ihrem Butler sagte sie: »Juan, bitte Konfekt.«

Auf den verwunderten Blick des Grafen sagte sie: »Ich zuckere etwas nach, wenn mir das Leben Saures gibt.«

»Das kann ich gut verstehen.«

Wenig später kam Juan mit einer Pralinenschachtel zurück. Wie zu erwarten, wollten ihre Hunde auch was abhaben und reckten ihrem Frauchen ihre gierigen Mäuler entgegen. Die Gräfin steckte eine Praline nach der anderen in ein Hundemaul, bis alle zufriedengestellt waren.

Viktor führte das Gespräch fort. Er sagte: »Wir sind wegen Ihrem Handy da.«

»Ach ja, mein Handy, das bereitet mir nur Verdruss. Wissen Sie, es wurde mir vor drei Tagen gestohlen.«

Viktor heuchelte: »Das ist ja furchtbar!«

»Nicht wahr? Sie können sich gar nicht vorstellen, was ich die letzten Tage durchgemacht habe. Meine vielen Termine, Maniküre, Pediküre, Friseur, Masseur, Wellness, Kaffeeklatsch im Klub ... Mein Butler Juan musste alles per Haustelefon arrangieren ... Und seit drei Tagen bin ich völlig isoliert, ich weiß ja gar nicht, wer im Klub mit wem anbandelt und warum?«

»Das müssen Höllenqualen sein!«

»Das können Sie laut sagen.«

Sie steckte eine Praline in ihren Mund.

Der Graf sagte: »Aber es kommt noch schlimmer.«

»Was?«

»Der Schurke hat Ihr Handy benutzt, um für einen entführten adeligen Foxterrier Lösegeld zu fordern.«

Jetzt aß sie noch eine Praline.

Sie fragte: »Ihr Hund ist adelig?«

»Ja, er heißt Frederick und ist der 7. Baron of Devonshire, der Stammhalter eines uralten Geschlechts.«

»Und er wurde entführt?«

»Ja, leider.«

Jetzt bot sie Viktor auch eine Praline an, der sie gerne nahm.

Nachdem er sie gegessen hatte, fragte er sie: »Können Sie uns einen Hinweis auf den Handydieb geben?«

»Nicht direkt. Ich habe mein Handy in meinem Tennisklub auf einem Tisch liegen lassen. Von dort muss es wohl ein Kellner gestohlen haben.«

Sie warf Lukas und mir einen abschätzigen Blick zu.

Viktor heuchelte: »Nein, sowas!«

»Nicht wahr? Auf die Dienerschaft ist heutzutage kein Verlass mehr!«

Zu ihrem Butler sagte sie: »Natürlich Sie ausgenommen, Juan.«

Viktor wollte uns auch in Schutz nehmen, ließ es aber sein.

Er sagte zu ihr: »Ihr Butler hat vorhin erwähnt, dass Ihnen ein Foxterrier zugelaufen ist.«

Sie machte eine wegwerfende Bewegung: »Ein fürchterliches Vieh, mit säuischen Manieren.«

Angesichts ihrer verzogenen Rasselbande war es mir unmöglich, mir noch schlechtere Manieren vorzustellen. Aber ich unterließ es, sie darauf hinzuweisen.

Sie fuhr fort: »Was seltsam ist, er hat eine komische schwarze Zeichnung im Gesicht.«

Lukas' Gesicht hellte sich auf.

Viktor sagte: »Dürfen wir ihn sehen? Vielleicht hat die Entführung ihn ja aus der Bahn geworfen.«

Sie meinte: »Das könnte in der Tat einiges erklären. Juan wird Sie zu ihm bringen.«

Der Butler führte uns durch die Villa in einen Innenhof, wo einige Hundeställe standen. Er ging zu einem Hundezwinger in einer Ecke, blickte nach unten und stieß einen Schrei aus.

Ich befürchtete schon das Schlimmste, doch Juan rief: »Dieser Dreckskøter ist entkommen! Er hat unter den Zaun einen Tunnel gegraben und ist so entwischt. Und das mir!«

Lukas schlug die Hände über den Kopf zusammen und jammerte. »Das darf doch nicht wahr sein.«

Viktor meinte: »Vielleicht war er es auch gar nicht.«

Die Gräfin hatte sich inzwischen zu uns gesellt und sagte: »Es tut mir schrecklich leid, dass ich Ihnen keine Hilfe sein konnte.«

Ich sagte: »Wie gewonnen, so zerronnen.«

Unter tausend Entschuldigungen verabschiedete sie sich von uns und wir gingen zurück zur Limousine.

Viktor sagte: »Jetzt sind wir soweit wie am Anfang – kein Hinweis auf die Entführer, nichts!«

Ich meinte: »Dann müssen wir Blacky eben auslösen.«

Der Graf runzelte die Stirn: »Wenn er's denn ist.«

Wir fuhren zurück zu Lukas' Villa und aßen auf der Terrasse zu Abend. Das war sehr romantisch, denn die Balustrade, die Treppe und der Pier waren mit Lichtern gesäumt.

Viktor sagte: »In so einem Ambiente schmeckt die Paella erst richtig.«

Lukas meinte: »Das Essen würde mir noch besser schmecken, wenn Blacky mit am Tisch säße und ich ihm einige Happen abgeben könnte.«

»Abwarten«, sagte Viktor, »noch ist nichts verloren.«

Da Viktor und ich nicht davon überzeugt waren, dass der Anrufer vom Nachmittag Blacky in seiner Gewalt hatte, wollten wir uns abends in der Unterwelt etwas umhören. Wir fuhren dazu mit einem Taxi zu einer Hafenspelunke, wo laut Lukas' Aussage Schmuggler, Zuhälter und Drogenhändler verkehrten.

Die Kneipe hieß »Finito la Musica« und war dermaßen versifft und heruntergekommen, dass man das Gefühl hatte, der Kneipier habe sich den Namen zu Herzen genommen. Und die Barbesucher standen dem in nichts nach. Alle Männer an der Bar trugen zerschlissene Anzüge und hatten aufgedunsene Gesichter.

Nachdem wir am Tresen zwei Bier bestellt hatten, zeigte der Graf ein Foto von Blacky herum. Doch seine Bemühungen waren nicht von Erfolg gekrönt. Im Gegenteil: Die Männer begannen zu grinsen und einer witzelte: »Das ist wohl deine Bettgenossin, was?«

Er rief lauthals: »Hey Leute, wir haben hier einen Perversen, dem seine geile Hündin weggelaufen ist, hahaha.«

Alle Barbesucher stimmten ins Gelächter mit ein.

Ein anderer kreischte: »Wie wär's mit meiner Eselin, Esmeralda heißt sie, die hat einen geilen Arsch.«

Ein dritter krakeelte: »Vielleicht konnte er sie nicht befriedigen und sie sucht sich jetzt einen Seemann mit einem sooo«, er breitete die Hände aus, »langen Lümmel?«

Von hinten rief jemand: »Tja, eine Hündin ist nun mal anspruchsvoll, hahaha.«

Viktor raunte mir zu: »Los, hauen wir ab!«

Wir bezahlten eiligst und verließen unter dem Gelächter der Barbesucher das Lokal.

Ich sagte zu Viktor: »Das war wohl ein Satz mit X«, worauf er mir einen verschmitzten Blick zuwarf.

Anschließend marschierten wir zur nächsten Kneipe. Dort war über der Tür ein Modell der Titanic angebracht.

Viktor sagte: »Hier kann man also mit Pauken und Trompeten untergehen.«

»Wenigstens ist der Kneipier ehrlich«, fügte ich an.

Als wir die Tür öffneten, kamen uns zwei Betrunkene aus der Bar entgegen.

Der eine verabschiedete sich von seinem Saufkumpan mit den bedeutungsschwangeren Worten: »An dieser Stelle werden wir nächste Woche an unserer großen, heiteren Sache weiterarbeiten. Schließlich gilt es, etwas Einzigartiges, Bemerkenswertes zu schaffen; und ich darf doch sagen, wir sind heute ein großes Stück vorangekommen. Also, nur Mut, lieber Freund, das Feld ist bestellt. Treffpunkt hier in einer Woche.«

Der andere murmelte »es bueno« und beide torkelten in unterschiedlichen Richtungen davon.

Wir betraten die Kneipe und setzten uns an die Bar. Viktor schien seine Taktik geändert zu haben, denn er zeigte nicht sofort Blackys Foto herum, sondern sondierte erst die Lage.

Nachdem wir zwei Bier bestellt hatten, kam ein betrunkener Mann von der Toilette zu uns an den Tresen. Er hatte Wulstlippen und stellte sich uns als Harry III. vor.

Er brabbelte: »Wisst ihr, ich bin schon in der dritten Generation Sozialhilfeempfänger. Mein Großvater hat vor langer Zeit unsere Familiendynastie gegründet. Und mein Sohn wird diese Tradition fortsetzen. Er ist bereits längere Zeit arbeitslos und heißt auch Harry, Harry IV.«

Der Barkeeper hatte mittlerweile unser Bier gebracht, da hob der Betrunkene sein Glas und nuschelte: »Auf Harry IV.«

Wir stießen auf seinen hoffnungslosen Sohn an und nahmen einen Schluck, da kam ein Mann in einem weißen Baumwollanzug zu Tür herein. Er setzte sich an den Tresen ums Eck und fragte mit einem französischen Akzent: »Wieso heißt die Bar Titanic?«

Harry antwortete: »Weil wir hier alle absaufen, wir saufen uns hier zu Tode.«

Der Mann meinte: »Dann will ich nicht hintanstehen – bitte ein Bier.«

Viktor fragte ihn: »Ihr Akzent, aus welcher Gegend von Frankreich stammen Sie?«

Er antwortete schmunzelnd: »Aus Cayenne in Französisch-Guayana.«

Viktor sagte: »C'est intéressant. Ich bin Viktor.«

»Marcel.«

Ich hob die Hand: »Jimmy.«

Harry brabbelte: »Harry III.«

Marcel meinte: »Ah, englischer Adel.«

»Nein, Saufadel, hahaha.«

Auf Marcel's fragenden Blick erläuterte Viktor: »Harry ist der dritte Spross in einer Dynastie von Sozialhilfeempfängern.«

»Ah, verstehe, auch darauf kann man stolz sein.«

Harry raunte »so ist es« und nahm einen Schluck.

Nachdem er sein Glas abgesetzt hatte, blickte er sich um und erspähte schräg gegenüber eine Frau, die alleine vor ihrem leeren Bierglas saß. Ihre blonden Haare waren zerzaust und ihr Blick verhärmt.

Harry rief ihr zu: »Schöne Frau, darf ich Sie auf ein Glas Bier einladen?«

Sie antwortete: »Da sag ich nicht nein.«

Während Harry für sie ein Bier bestellte, stand sie auf und setzte sich neben Marcel.

Sie streckte ihre Hand aus und sagte: »Ich bin Hellen –«

»Marcel, Viktor, Jimmy, Harry«, antworten wir reihum.

Viktor spielte wieder Nationenraten und sagte: »Sie sind aus London, nicht wahr?«

»Nein, aus Brighton.«

Viktor schnippte mit den Fingern: »Fast!«

Harry fragte sie: »Warum trinken sie alleine?«

Sie antwortete: »Um mein wahres Selbst zu vergessen.«

Auf unsere fragenden Blicke erklärte sie: »Ich war vor einigen Jahren in Indien, um auf mich selbst zu treffen …«

Viktor fragte: »Und?«

»Es kam zu diesem Zusammentreffen – leider. In einem Opiumrausch stand plötzlich mein Ich deutlich und klar vor mir. – Das war ein Schock, grässlich.«

Sie schüttelte sich und trank einen Schluck.

Dann fuhr sie fort: »Seitdem versuche ich, mich selbst zu vergessen.«

Ich fragte sie: »Und wie?«

»Durch Alkohol, wie denn sonst?«

»Bravo, bravo«, applaudierte Harry, »Alkohol ist die richtige Medizin.«

Hellen sagte: »Aber das sehen nicht alle so.«

Harry hob den Zeigefinger: »Sie haben recht. Mich wollten sie auch trockenlegen; alle haben es versucht. Aber da könnte man genauso gut versuchen, einen Fisch trockenzulegen. Lässt sich ein Fisch trockenlegen? Ha?«

Er schrie: »Lässt er das mit sich machen? – Natürlich nicht. Und dennoch haben sie es versucht. Was für eine Saubande!«

Zum Barkeeper rief er: »Bitte noch eine Medizin« und er deutete auf sein leeres Bierglas.

Ich fragte Hellen: »Wieso sind Sie nicht zurück nach England?«

»Weil man sich in Buenos Aires am besten wegschmeißen kann.«

Harry brabbelte: »Genau, bevor man sich finden kann, muss man sich erst verlieren. Das ist die richtige Reihenfolge.«

Der Graf hob sein Glas und sagte: »Let's get lost!«

Wir anderen hoben ebenfalls unsere Gläser und nahmen einen Schluck.

Der Barkeeper spielte nun von Chet Baker das gleichnamige Jazzstück und wir grölten den Refrain: »Let's get lost ...«

Nachdem das Stück verklungen war, meinte Harry: »Es stimmt schon: In Buenos Aires kann man sich am besten wegwerfen, die neuen Mülltonnen sind einfach fantastisch.«

Ich fragte ihn: »Wie bitte?«

»Sie haben schon richtig gehört. Ich habe mich schon öfter auf die Mülldeponie kippen lassen ...«

Der Barkeeper witzelte: »Da gehörst du auch hin.«

Harry fuhr fort: »Ein herrliches Gefühl! Die neuen Müllwagen sind so weich gefedert, wie in einem Mercedes kommt man sich vor.«

Viktor fragte ihn: »Und wieso sitzen Sie dann hier?«

»Weil mich meine Frau immer wieder zurückholt.«

Marcel schüttelte den Kopf: »Verstehe einer die Frauen: Da entsorgt sich der Nichtsnutz von Ehemann selbst und was macht sie? Anstatt das freudige Ereignis zu feiern holt sie ihn zurück! Es wird nie was werden mit dem schwachen Geschlecht.«

Harry murmelte »ach ja, meine Frau, sie wartet bereits auf mich ... dann pack ich's mal ...« und er stand auf und torkelte zur Tür; er grölte dabei »Let's get lost«.

Der Barkeeper rief ihm hinterher: »Aber spring nicht in meine Mülltonne, die brauche ich noch.«

»Keine Bange, ich finde schon eine andere.«

Der Graf zückte jetzt Blackys Foto und zeigte es dem Barkeeper.

Viktor erläuterte: »Das ist Baron Frederick, Erbe eines großen Vermögens. Hat vielleicht mal ein Gast über ihn gesprochen?«

Der Bartender schüttelte den Kopf und sagte: »Tut mir leid. Noch nie was von ihm gehört.«

Viktor murmelte: »Wäre auch zu schön gewesen.«

Marcel nahm das Foto und meinte: »Was für ein süßer Hund.«

Hellen sagte: »Und wie lustig das schwarze Auge aussieht. Als trüge er eine Augenklappe.«

Ich meinte: »Deshalb ist sein Spitzname auch Blacky, nach Käpt'n Blackbeard, dem Piraten.«

»Sehr witzig.«

Viktor steckte das Foto weg und wir zahlten.

Als wir uns von Marcel und Hellen verabschiedeten, sagte Viktor zu ihr: »Vielleicht stoßen Sie ja im Delirium auf ein ansprechenderes Bild von sich selbst …«

»Darauf hoffe ich«.

Mit den besten Wünschen für Hellen verließen wir das Lokal.

Als wir draußen waren, sagte Viktor »ah, da ist ja ein Mercedes« und ging auf eine Mülltonne zu. Er öffnete den Deckel, schüttete den Müll aus und kletterte hinein.

Viktor sagte: »Harry hat recht, die ist wirklich sehr geräumig.«

Er hüpfte auf der Stelle auf und ab.

»Und gut gefedert ist sie auch.«

In diesem Augenblick hörten wir eine Männerstimme jammern. Es hörte sich an, als ob ein Wolf heulte.

Viktor stieg aus der Mülltonne und meinte: »Gibt's hier Wölfe?«

Wir gingen ums Eck und sahen auf dem Gehsteig einige blutende Männer herumliegen. Es sah aus, als hätte es hier eine Schlägerei gegeben. Direkt vor uns saß ein alter Mann auf der Straße und lamentierte: »Tut das weh.«

Viktor beugte sich zu ihm hinunter und fragte: »Hat es Sie schlimm erwischt?«

»Ja, hier«, antwortete der alte Mann und deutete auf sein Herz.

»Ein Messerstich?«

Er nickte.

Viktor sagte: »Lassen Sie mal sehen.«

Der Graf untersuchte sein Hemd, konnte aber kein Loch oder Blut entdecken.

Er sagte: »Hier ist nichts zu sehen.«

Der Alte sagte: »Das kann man auch nicht sehen – das ist tief innen drin«, er legte seine rechte Hand aufs Herz, »und es tut so weh!«

Ich verstand nur Bahnhof.

Der Mann fuhr fort: »Vor einem Jahr, da ging's noch, aber heute?«

Und er flennte wieder los.

Viktor fragte: »Was ging noch?«

»Das hier« und er wollte dem Grafen einen Kinnhaken verpassen. Doch der wich geistesgegenwärtig zurück, sodass er ihn nur leicht touchierte.

Der Alte sagte: »Sehen Sie? Genau das meine ich. Ich kann nicht mehr zuschlagen, weil alles kaputt ist: Rücken, Handgelenke, Knie. Früher habe ich sie alle weggeboxt, wie Kegel sind sie weggeflogen. Aber heute?«

Er streckte uns seine Hände hin: »Sehen Sie sich nur meine gichtigen Finger an, heute sind meine Hände zu nichts mehr nütze.«

Der Graf sagte: »Aber Sie werden doch Ihren Gegnern noch einen kräftigen Arschtritt verpassen können?«

Der Alte schaute uns an ... und heulte dann noch stärker los ...

Schluchzend sagte er: »Auch das geht nicht mehr.«

»Sie Sie sicher?«

»Ich hab's doch vorhin versucht ... Und was für breite Ärsche die Burschen gehabt haben, ein Fest wäre das gewesen ... Aber nix war's, ich habe mir dabei nur den Rücken verrenkt.«

Er deutete mit der linken Hand auf seine linke Seite und sagte: »Verfluchter Hexenschuss!«

Der Graf sagte: »Jetzt kurieren Sie erst mal Ihren Rücken aus und dann greifen Sie wieder an ...«

»Meinen Sie?«

»Aber sicher! Sehen Sie mich an, ich bin auch schon 60 und trete wie ein Pferd.«

Das schien den Alten etwas zu trösten.

Viktor fragte ihn: »Wo wohnen Sie?«

»Gleich um die Ecke, aber ich kann nicht richtig gehen.«

»Das macht nichts. Ich rufe Ihnen ein Taxi.«

Als wenig später das Taxi vorfuhr, bugsierten wir den Alten in den Fond. Viktor bat den Taxifahrer, seinen Passagier zu seiner Wohnung zu bringen und gab ihm ein ordentliches Trinkgeld. Dann zischte das Auto los.

Während wir dem Wagen hinterherschauten, murmelte Viktor: »Das Alter kann grausam sein.«

»Ja«, bemerkte ich, »aber wir sind keinen Deut weitergekommen.«

Viktor sagte: »Dann müssen wir eben hoffen, dass wir morgen Blacky auslösen können.«

Ich nickte.

Anschließend fuhren wir mit dem Taxi zu Lukas' Villa zurück.

In dieser Nacht träumte ich wieder von Blacky. Ich sollte mit dem Engel des Todes um sein Leben pokern. Mein Kontrahent war eine amorphe Gestalt, dunkel, mit pechschwarzen Flügeln, und eine Reibeisenstimme, die an glühende Kohlen erinnerte. Neben ihm saß der vierbeinige Baron.

Der Todesengel hatte zwei Asse und ein Neunerpaar aufgedeckt, ich hatte drei Damen und ein Achterpaar. Ich lag also vorn, aber was war die fünfte Karte meines Gegners?

Blacky hatte zweimal gebellt und so die zwei Asse meines Kontrahenten angezeigt – ein Trick, den ihm Jean, Viktors

Butler, beigebracht hatte. Er schaute in seine Karten, blieb aber still; also kein Ass mehr, dachte ich.

Der Todesengel versuchte mich nun einzuschüchtern. Er sagte, Blacky würde wegen seiner vielen Streiche in die Hölle kommen, wo es keine Katzen zum Jagen gäbe und nur trockene Hundekuchen. Doch er konnte mich nicht bluffen. Ich ging All-in und wollte sehen, da gab es einen Knall und der Todesengel war in einer Rauchwolke verschwunden. Blacky sprang in meine Arme und leckte stürmisch mein Gesicht …

Dann wachte ich auf. Ich lächelte und war nun voller Zuversicht, den Baron retten zu können …

KAPITEL 3

Der Tag der Entscheidung war gekommen. Wir würden heute den entführten Vierbeiner mit 100.000 Pesos auslösen.

Als wir am Frühstückstisch saßen, deutete Viktor auf seinen Bauch und sagte: »Ich hab Magengrummeln. Das verheißt nichts Gutes.«

»Willst du damit behaupten, dass dein Magen hellsehen kann?«

»Nein, aber er merkt, wenn was nicht stimmt.«

»Du meinst, es ist eine Falle?«

Viktor nickte.

Ich fragte ihn: »Und was machen wir jetzt?«

»Wir werden uns bewaffnen.«

Ich schlug vor, die Pistolen der Leibwächter zu verwenden, doch Viktor war dagegen.

Er sagte: »Die Waffen der Leibwächter sind registriert. Wenn was schiefgeht, möchte ich nicht, dass die Polizei die Spur zu ihnen zurückverfolgen kann.«

Ich fragte ihn: »Und wie willst du dann an Waffen kommen?«

»Ganz einfach. Wir werden eingefleischte Taxifahrer fragen. Die wissen immer, wo was zu haben ist.«

»Und woher nehmen wir das Geld?«

»Das wird uns sicherlich Lukas geben. Schließlich sind wir in seinem Auftrag unterwegs.«

Gesagt, getan. Nach dem Frühstück überreichte Lukas Viktor ein Geldbündel im Wert von 200.000 Pesos, das der Graf in eine Gürteltasche steckte.

Dann riefen wir ein Taxi.

Der Taxifahrer, der kurz darauf am hinteren Portal vorfuhr, war für uns eine einzige Enttäuschung, denn er war blutjung.

Der Graf raunte mir zu: »Du meine Güte, der ist ja noch grün hinter den Ohren, der hat gewiss keine Ahnung von der Unterwelt.«

Er wollte ihn wegschicken, doch der Taxler fragte: »Por qué? Ich kenne alle Straßen der Stadt, ich werde mich garantiert nicht verfahren.«

Ich flüsterte Viktor zu: »Vielleicht kennt er ja einen erfahrenen Taxifahrer?«

Der Graf stimmte mir zu, so stiegen wir ein.

Viktor setzte sich nach vorne und gab Anweisung, erst mal loszufahren. Das machte den Taxler misstrauisch, wie ich an seiner kraus gezogenen Stirn erkennen konnte. Und als Viktor in seine Gürteltasche griff, hob der Taxifahrer die Hände und flehte: »Tun Sie mir nichts!«

Viktor lachte auf und sagte: »Keine Angst, wir wollen Sie nicht überfallen. Wir suchen nur jemanden, der uns Pistolen verkaufen kann.«

»Pistolas?«, fragte der Taxler. »Das heißt, Sie haben noch keine?«

»No«, antwortete Viktor, worauf der Taxifahrer erleichtert aufatmete und die Hände herunternahm.

Viktor zog einen 1000-Pesos-Schein hervor und fragte: »Kennen Sie vielleicht jemanden, der Pistolas im Angebot hat?«

Er antwortete: »Alfonso könnte das wissen.«

Er nahm das Lautsprechermikrofon und funkte ihn an.

Er sagte: »Hola Alfonso, ich habe hier Interessenten für deinen Baumarkt.«

»Was brauchen sie denn?«, krächzte es aus dem Lautsprecher.

»Das Übliche: Schaufeln und Maurerkellen.«

»Es bueno. Wir treffen uns am alten Bahnhof.«

Ich flüsterte zu Viktor: »Ich hoffe, sie sprechen verklausuliert.«

»Ja, sonst können wir Lukas' Garage ausbauen.«

Der Taxler fuhr los und wenig später bogen wir auf einen Taxistand am Bahnhof ein.

Er steuerte auf ein ockergelbes Auto zu, das ganz hinten in einer Ecke stand. Wie ich erkennen konnte, saß darin ein etwa fünfzig Jahre alter Mann mit großen Ohren. Unser Taxler hielt in entgegengesetzter Richtung direkt neben Alfonso's Taxi an, sodass sich die beiden Fahrertüren fast berührten. Sie ließen die Fensterscheiben herunter und begrüßten sich gegenseitig.

Zu uns sagte Alfonso: »Buenos días, caballeros. Ihr wollt ein Haus bauen?«

Und er grinste bis über beide Ohren.

»War nur ein Witz«, fügte er an, »wir können hier Klartext reden. Also: Es geht um Pistolas.«

Viktor nickte.

»Da seid ihr bei mir goldrichtig. Steigt ein.«

Wir bezahlten unseren jungen Chauffeur und stiegen in Alfonso's Taxi um.

Nachdem er losgefahren war, fragte er uns: »Wozu braucht ihr Pistolas?«

Wir zuckten mit den Schultern.

»Ah, ich verstehe, ihr wollt Bank überfallen, peng, peng.«

Wir schüttelten den Kopf.

»Kommt Leute, ich bin verschwiegen. Braucht ihr einen Fahrer?«

Viktor verneinte.

»Ich verlange nur 10 % von der Beute.«

Viktor verneinte erneut.

»Ah, jetzt verstehe ich. Deine Frau hat jungen Liebhaber und du willst jetzt reinen Tisch machen …«

Der Graf nickte.

»Das kann ich verstehen, das kann ich gut verstehen … Da hilft Gonzalo.«

Er nahm sein Lautsprechermikrofon und funkte ihn an. Wie schon zuvor war wieder die Rede davon, dass zwei Häuslebauer eine Maurerkelle und eine Wasserwaage benötigten, ohne, dass mir klar wurde, was sich im Detail dahinter verbarg.

Viktor witzelte: »Also, ich nehme die Maurerkelle …«

»… und ich die Wasserwaage«, ergänzte ich.

Alfonso grinste bis über beide Ohren: »Das wird eine Baustelle, caramba!«

Wir zuckelten einige Minuten durch die Stadt und fuhren schließlich auf eine Brücke, auf der ein alter, verrosteter Linienbus stand. Alfonso hupte drei Mal und kurz darauf stieg ein alter Mann aus dem Bus. Er ging auf uns zu und lächelte dabei so warmherzig und begütigend, dass ich meinte, an ihm sei ein Papst verloren gegangen.

Nachdem wir ausgestiegen waren, sagte er: »Herzlich willkommen in Gonzalos Baumarkt«, und er machte eine einladende Geste.

Wir stiegen die verrosteten Stufen hoch und wurden von einer älteren Frau begrüßt, die am Steuer saß. Mit ihrem zerschlissenen Kleid und Lockenwicklern im Haar sah sie aus wie eine Proletin.

Gonzalo sagte: »Das ist meine Frau Lisetta.«

Sie sagte: »Buenos dias, señores« und grinste mit ihren Zahnlücken.

Wir erwiderten ihren Gruß und gingen nach hinten, wo uns ein Alteisenladen erwartete. An beiden Seiten befanden sich Regale, voll mit verrosteten Schrauben, Rohren, Nieten, Winkeln u. ä. In der Mitte stand ein rechteckiger Tisch und ganz hinten ein altes Sofa.

Gonzalo gab seiner Frau das Zeichen zur Abfahrt und sie fuhr los. Beziehungsweise sie versuchte es, denn als sie den ersten Gang einlegte, krachte es gewaltig.

Er rief nach vorne: »Lisetta, tritt die Kupplung.«

»Was?«

»Du sollst die Kupplung treten.«

»Mach ich doch«, und es krachte wieder.

Er schrie: »Idiota!«

Sie erwiderte: »Leck mich doch!«

Dann fuhr sie endlich los. Doch sie gab zu viel Gas und es warf uns nach hinten.

Viktor sagte zu Gonzalo: »Ihre Frau fährt, als wäre sie besoffen.«

Sie wandte den Kopf zu uns und rief: »Mi querido, ich bin besoffen! Hahaha.«

Gonzalo lachte ebenfalls und sagte: »Also, was darf's denn sein? Ich habe eine erlesene Auswahl an Problemlösern und Piecemakern.«

Er griff in eine Schublade und legte einige Waffen und Patronenschachteln auf den Tisch.

Einen Revolver pries er besonders an. Er hatte einen 30 cm langen Lauf und sah aus wie ein Spaßrevolver fürn Fasching.

Gonzalo hantierte damit herum und sagte: »Damit kann man hervorragend zielen.«

Der Graf versuchte, den Revolver unter den Gürtel zu stecken, verhakte sich jedoch dabei.

Er meinte: »Der ist doch etwas unhandlich. Ich brauche einen kurzen Revolver, den man unter den Hosenbund stecken kann. Am besten von Smith & Wesson.«

Gonzalo lächelte und sagte: »Ah, ein Markenrevolver. Da hab ich was.«

Er bückte sich und zog aus einer Schublade einen schwarzen Revolver hervor. Er sagte: »Smith & Wesson, Model 19-P, Kaliber .357 Magnum.«

Er streichelte den Lauf und sagte verzückt: »Man muss ihn einfach gern haben, diese Form, diese Linien ...«

Er sprach von der Waffe als beschrieb er eine schöne Frau. Offensichtlich war er Waffenfetischist.

Gonzalo fuhr fort: »Und wie gut er in der Hand liegt, man möchte ihn gar nicht mehr loslassen.«

Er schwenkte die Trommel seitwärts aus und führte sie zum rechten Ohr. Dann ließ er sie mit der Hand rotieren und lauschte mit einem glückseligen Lächeln dem Klackern der Trommel.

»Hören Sie nur«, sagte er, »ein gleichmäßiges Ticken wie bei einer Wassermühle. Das ist Perfektion.«

Er überreichte dem Grafen den Revolver mit beiden Händen wie ein kostbares Juwel.

Viktor nahm ihn und sagte: »Sehr gut: Kompakt und handlich, und gut ausbalanciert.«

Der Waffenhändler fügte an: »Und der Lauf ist kerzengerade, da kommt nur Gutes heraus ...«

Ich musste loslachen, doch der Graf und Gonzalo blieben ernst.

Viktor sagte: »Zumindest kann man sich mit dem Ding in der Hand klar ausdrücken.«

»Nicht wahr? Das erleichtert die Kommunikation doch sehr, vor allem zwischen den Geschlechtern …«

Lisetta rief zu uns nach hinten: »Red doch nicht so einen Unsinn!«

Gonzalo winkte ab und sagte: »Hören Sie nicht auf meine Frau, die ist nur eifersüchtig auf meine Lieblinge,«

Er lud den Revolver … da fuhr Lisetta scharf um eine Kurve und es löste sich ein Schuss. Gonzalo schrie auf und hüpfte auf einem Bein herum. Offensichtlich hatte er sich in den Fuß geschossen. Er humpelte zum Sofa, zog seinen Schuh aus und begutachtete seinen Fuß.

Er sagte: »Gottlob zwischen zwei Zehen, also nur ein Streifschuss, das ist nochmal gut gegangen.«

Er schrie nach vorne: »Lisetta, fahr rechts ran!«

»Warum denn?«

»Los, halt an!«

»Aber da ist eine Radarkontrolle.«

»Das ist mir wurst! Lieber gehe ich ins Gefängnis, als dass ich mir alle Zehen wegschieße.«

Sie machte eine Vollbremsung, sodass die Regale klirrten.

Er murmelte: »Oh, Dios mio!«

Plötzlich hörten wir von draußen eine männliche Stimme. Sie sagte: »Sie können hier nicht stehenbleiben.«

Ich schaute nach vorn und sah neben dem Bus einen Polizisten stehen. Er hatte eine große Knollennase – perfekt zum Schnüffeln.

Lisetta flötete: »Verzeihen Sie, Herr Wachtmeister, mein Navi streikt. Können Sie mir sagen, wo die Avenida de Mendoza ist?«

Der Polizeibeamte zeigte mit dem Finger nach vorn und sagte: »Dort entlang.«

Gonzalo räumte inzwischen die Waffen und Munition vom Tisch, da fiel ihm eine Patronenschachtel hinunter und es machte bum.

Der Polizist fragte: »Was war das?«

»Ach«, antwortete Lisetta, »das war nur eine Auspuffexplosion, der Bus ist schon sehr alt.«

Gonzalo hatte inzwischen einige Schnapsflaschen auf den Tisch gestellt, da spähte der Ordnungshüter zu uns nach hinten und wir sagten: »Buenos días.«

Der Polizeibeamte fragte: »Was machen Sie da hinten?«

Viktor antwortete: »Och, wir machen nur einen Ausflug ... zum Monumento a Giuseppe Garibaldi.«

Der Polizist bemerkte: »Das befindet sich aber nicht in der Avenida de Mendoza.«

Lisetta fragte unschuldig: »Ach nicht?«

»Nein, auf der Plaza Italia in Palermo.«

»Ach so, vielen Dank.«

Dem Ordnungshüter schienen die vielen Schnapsflaschen zu irritieren. So fragte er: »Wieso haben Sie so viel Whisky dabei?«

Viktor antwortete geistesgegenwärtig: »Für die Siegesfeier. Wissen Sie, meine Vorfahren waren Italiener. Und wir wollen die Unabhängigkeit Italiens am Monumento a Giuseppe Garibaldi mit Schnaps begießen.«

»Ach so«, sagte der Polizist. »Na dann: Por la libertad!«

Viktor und ich trompeteten: »Für die Freiheit!«

Lisetta schmetterte: »Cuba libre!«

Der Polizist runzelte die Stirn, behelligte uns aber nicht weiter.

Lisetta legte nun einen Gang ein, trat sie die Kupplung voll durch und ohne lautes Knirschen fuhren wir davon.

Gonzalo rief zu ihr: »Cuba libre – So ein Quatsch.«

»Mir fiel nichts Besseres ein«, maulte sie nach hinten.

Obwohl der Revolver einen guten Eindruck machte, wollte Viktor einen Probeschuss abgeben. Gonzalo war damit einverstanden und lotste Lisetta zu einem Park, der gottlob nur sehr spärlich besucht war.

Der Waffenhändler machte auch für mich einen Smith & Wesson-Revolver bereit und schraubte auf beide Waffen Schalldämpfer. Dann hielten wir Ausschau nach einem geeigneten Ziel.

In zwanzig Meter Entfernung döste ein junges Paar unter einem Apfelbaum, der große, gelbe Äpfel trug.

Viktor legte an und schoss auf einen Apfel, der daraufhin auf den Kopf des Jungen fiel.

Er rief: »Aua! Spinnst du?«

»Wieso?«, murmelte schlaftrunken seine Freundin.

»Du hast mir einen Apfel auf den Kopf geworfen.«

»Hab ich nicht.«

»Hast du doch!«

»Der ist allein runtergefallen«, verteidigte sich das Mädchen.

»Dazu sind sie nicht reif genug«, meinte der Junge.

Sie stritten noch eine Weile in dieser Weile fort, dann kehrte wieder Frieden zwischen den beiden ein.

Jetzt machte ich einen Probeschuss und dieses Mal fiel ein Apfel auf den Kopf des Mädchens.

»Aua!«, schrie jetzt das Mädchen und versetzte ihrem Freund einen Knuff.

»Wieso schlägst du mich?«, fragte der.

»Weil du mir einen Apfel auf den Kopf geworfen hast.«

»Hab ich nicht.«

»Hast du doch.«

»Der ist von alleine heruntergefallen.«

»So ein Quatsch.«

Der Junge richtete sich jetzt auf und schaute nach oben: »Es muss aber so gewesen sein.«

»Du hast doch selbst gesagt, dass die Äpfel dafür nicht reif genug sind.«

»Mein Gott, dann leidet dieser Baum eben an Inkontinenz.«

»Das ist die dümmste Ausrede, die ich jemals gehört habe …«

Wir ließen die beiden mit ihrem Streit alleine und fuhren weiter – die Demonstration der beiden Revolver hatte uns überzeugt. Dann ging's ans Bezahlen. Gonzalo wollte für die Knarren 200.000 Pesos haben, also umgerechnet 1.000 Dollar.

»Das ist mehr als das Lösegeld für Blacky«, flüsterte ich.

»Ich weiß«, wisperte mir Viktor zu, »aber wir haben keine Wahl.«

Der Graf feilschte ein wenig mit Alfonso herum und beide einigten sich schließlich auf 170.000 Pesos. Nachdem Viktor die geforderte Summe bezahlt hatte, steckten wir die Bleispritzen mitsamt Munition in eine Plastiktüte, die uns Lisetta freundlicherweise überlassen hatte.

Als wir Gonzalos »Alteisenladen« verließen, rief er uns hinterher: »Aber sagt nicht, dass ihr die von mir habt.«

»Wir schweigen wie ein Grab«, sagte der Graf, dann stiegen wir in Alfonso's Taxi, der uns gefolgt war.

Als wir im Auto saßen, sagte Alfonso: »Hände hoch! Peng, peng!«

Und er lachte schallend.

Wir verzogen den Mund und der Graf meinte: »Fahr uns dorthin, wo du uns aufgelesen hast.«

Alfonso war bester Laune, höchstwahrscheinlich bekam er für die Vermittlung des Waffendeals eine fette Provision. Er schaltete das Autoradio ein und es ertönte »Mi Buenos Aires querido« von Carlos Gardel.

Viktor flüsterte mir grinsend ins Ohr: »Wenn Argentinier glücklich sind, werden sie hoffnungslos sentimental. Und dann muss es natürlich Carlos Gardel sein.«

Wir stimmten in den Gesang mit ein und schmetterten inbrünstig:

> Mi Buenos Aires querido
> Cuando yo te vuelva a ver
> No habrá más penas ni olvido

Nach einem längeren Stück hielt Alfonso auf dem rechten Seitenstreifen an. Da keine Ampel vor uns war, fragte ich mich, was das sollte. Ein Blick nach rechts verriet mir Alfonso's Beweggrund, denn dort befand sich die Banco Central de la República Argentina.

Der Taxifahrer nickte mit dem Kopf zur Bank und machte: »Peng, peng!«

Der Graf wedelte mit dem Zeigefinger und sagte: »No, no!«

»Na gut, dann nicht«, sagte Alfonso, »aber solltet ihr es euch anders überlegen ...«

»... dann rufen wir Alfonso!«, vollendete ich seinen Satz.

Der Taxler fuhr weiter und nach einer Viertelstunde erreichten wir den alten Bahnhof.

Da das Taxameter ausgeschaltet war, fragte der Graf: »Wie viel?«

»10 % der Beute«, antwortete Alfonso lachend, »nein, für euch mache ich einen Sonderpreis: 5000 Pesos.«

Viktor bezahlte das Fahrgeld im Wert von 25 Dollar und wir stiegen aus dem Wagen.

Alfonso rief uns hinterher: »Ich erfahre euren Coup aus der Zeitung, nicht wahr?«

Der Graf antwortete: »Ja, wenn ich frisch gekürter Schützenkönig bin.«

»Hahaha«, lachte der Taxifahrer, »ein guter Witz«, dann gab er Gas.

Nachdem Alfonso abgezischt war, rief ich Lukas an. Ich sagte zu ihm: »Wir sind jetzt für die Geldübergabe gerüstet. Komm uns abholen mit dem Lösegeld. Und nimm eine große Reisetasche mit, für den Fall, dass sie Blacky betäubt haben.«

Punkt 12 Uhr kam Lukas mit der Bentley-Limousine zum alten Bahnhof.

Ich sagte zum Grafen: »Das erinnert mich an ›12 Uhr mittags‹, den berühmten Western mit Gary Cooper.«

»Ja«, antwortete Viktor, »nur, dass der Sheriff da alleine war, wir sind immerhin zu zweit.«

»Dann kann ja nichts mehr schiefgehen.«

Wir fuhren mit der Limousine nach San Telmo, im Süden der Stadt, wo die Geldübergabe stattfinden sollte.

Viktor meinte: »Hier geht's aber gemütlich zu, ein altes Haus steht neben dem anderen.«

Ich bemerkte: »Und Antiquitätenläden gibt's hier. Ich wusste gar nicht, dass von früher noch so viele Sachen übrig sind.

Lukas erklärte: »Dieser Stadtteil ist sozusagen das Museum der Stadt. Wenn man wissen will, wie Buenos Aires vor langer Zeit ausgesehen hat, braucht man nur hierher zu fahren.«

Rechts von uns sahen wir drei uralte Männer auf einer Parkbank sitzen.

Viktor sagte: »Und die Bewohner scheinen unter Denkmalschutz zu stehen.«

Ich bemerkte: »Die haben sicher von der Stadtverwaltung einen Bescheid bekommen, dass sie nicht sterben dürfen, weil sie zum Inventar des Viertels gehören …«

»Und weil sie gesetzestreue Bürger sind, halten sie sich daran.«

»Oder weil sie Angst vor einem Bußgeld haben.«

In dieser Weise scherzten wir über ein Viertel, das aussah, als wäre die Zeit stehengeblieben.

Nach einer Weile erreichten wir schließlich die Avenida Piedras 17a, die Adresse, die uns von den Entführern mitgeteilt wurde.

Lukas überreichte dem Grafen das Lösegeld und ich nahm die Reisetasche und die Plastiktüte mit den Bleispritzen.

Als wir ausgestiegen waren, wunderten wir uns darüber, dass es hier kein ordentliches Haus oder sonstiges Gebäude gab. Lediglich ein morsches Brett steckte im Boden, auf dem die Adresse mit roter Farbe gepinselt war.

Ich sagte: »Diese Adresse ist nicht gerade vertrauenserweckend.«

Der Graf meinte: »Ja, aber vielleicht haben sie Blacky ja wirklich.«

Ein kleiner Junge, der aus einer Baracke kam, unterbrach unseren Dialog.

Er sagte zu uns: »Sie sind im Hinterhof.«

Viktor fragte ihn: »Wie viele sind es?«

»Viele«, antwortete der Junge.

Der Graf holte aus der Tüte die beiden Revolver und wir checkten die Knarren.

Der Junge fragte: »Sind die echt?«

»Natürlich«, antwortete Viktor.

»Darf ich mal schießen?«

»Vielleicht später«, aber erst müssen wir den Hund auslösen.

»Der ist wirklich süß«, bemerkte der Knirps.

»Ach, du hast ihn gesehen?«, fragte ich ihn.

»Ja, ein weißer Foxterrier. Er heißt Mathilda.«

»Nicht etwa Frederick oder Blacky?«, fragte nun der Graf.

»Nein, der heißt immer schon so.«

Wir wunderten uns über den Namen, der eindeutig auf ein Weibchen verwies; aber wir mussten der Sache auf den Grund gehen.

Wir steckten also die Revolver unter den Bund unserer Hosen und verdeckten sie mit unseren Hemden. Dann schritten wir wie zwei Revolverhelden zum Showdown.

Unser Weg führte uns vorbei an Blechbaracken und verfallenen Holzhütten ...

»Nicht gerade der O. K. Corral in Tombstone«, scherzte ich.

»Aber dafür vielleicht genauso tödlich«, antwortete der Graf.

Nach einem kurzen Stück kamen wir zu einem leeren Platz, der wohl von Kindern zum Bolzen benutzt wurde.

»Hallo, wir sind hier, um den Hund auszulösen«, rief Viktor, doch es tat sich nichts. Er wiederholte den Satz und wir warteten, doch die Entführer wollten sich nicht zeigen. Erst nach einigen Minuten kamen ein halbes Dutzend Jugendliche hinter den Holzhütten hervor. Sie stellten sich in einer Reihe vor uns auf, wobei der Größte direkt vor Viktor zu stehen kam. Mit seiner frechen Nase voller Sommersprossen sah er aus wie ein Lausejunge, doch hier im Milieu waren seine Streiche gewiss nicht harmlos.

Er sagte mit heller Stimme: »Habt ihr das Geld?«

Viktor entgegnete: »Habt ihr den Hund?«

»Erst das Geld!«

»Jungs«, sagte Viktor vorwurfsvoll, »wird das hier eine Amateurnummer, oder was? Wir haben das Geld, ihr den Hund. Also ...«

Der Anführer nickte seinem Nebenmann zu, der daraufhin in eine Holzhütte ging und mit einem weißen Foxterrier an einer Schnur wiederkam.

Anfangs war ich hocherfreut, denn der Hund sah genauso aus wie Blacky: Es war ein weißer Foxterrier, er hatte halblange Haare und das kreisrunde, linke schwarze Auge passte auch. Doch als der Hund keine Anstalten machte, uns zu begrüßen, fiel mir die Kinnlade herunter.

Ich flüstere Viktor zu: »Das ist nie und nimmer Blacky.«

Der Graf wisperte: »Ich weiß, jetzt geht es darum, unsere Haut zu retten.«

Viktor überreichte den Jungs das Geldbündel und ich machte mich daran, den Hund zu untersuchen ... Schon wenige Augenblicke später lachte ich auf: »Entweder hat Blacky eine Geschlechtsumwandlung machen lassen ...«

Viktor fragte: »Was meinst du?«

»Er ist eine sie!«

Der Graf sagte lachend: »Ach, deshalb heißt sie Mathilda.«

Ich befeuchtete meinen rechten Zeigefinger mit Spucke und wischte am schwarzen Auge herum, worauf Farbe abging ...

»Und die schwarze Zeichnung ist nur aufgemalt.«

Viktor sagte: »Netter Versuch, Chicos, aber nicht gut genug. Bis zum nächsten Mal.«

Er schnappte sich das Geldbündel wieder und wir wollten uns auf- und davonmachen, da sagte der Anführer: »Es ist gefährlich, in diesem Viertel mit 100.000 Pesos herumzulaufen. Wollt ihr das Geld nicht lieber uns anvertrauen?«

Plötzlich zückten die Jungs Springmesser und ihr Boss sagte: »Bei uns ist es sicher.«

Der Graf erwiderte genervt: »Sehen wir aus, als wären wir vom Gemüselaster gefallen?«

Er schlug sein Hemd zurück und deutete auf seinen Revolver. »Was glaubt ihr, was das ist?«

»Ha, das ist doch nur ein Plastikrevolver.«

Der Graf zog seine Knarre und ich ebenfalls. Doch die Jungs lachten uns nur aus.

Da sagte Viktor: »Auf deinem Grabstein wird stehen: ›Seine letzten Worte waren: Das ist doch nur ein Plastikrevolver …‹«

Er spannte den Hahn und zielte auf den Anführer. Das schien einige Jungs zu beunruhigen.

Ihr Boss aber sagte: »Ich glaube nicht, dass ihr euch traut, in diesem Viertel herumzuballern.«

Der Graf schüttelte den Kopf und verzog das Gesicht, dann machte es plopp und Kies spritzte zwischen den Beinen des Anführers hoch. Ich zielte genüsslich auf einen verrosteten Wetterhahn auf einer Blechhütte … und wenige Augenblicke später machte es peng und der Hahn fiel er klirrend zu Boden.

Der Anführer wehrte mit den Händen ab: »Ist ja schon gut, ich hab's nicht so gemeint.«

Der Graf sagte: »Es ist für Jugendliche gefährlich, sich hier herumzutreiben. Wollt ihr euer Taschengeld nicht lieber uns anvertrauen?«

Und er warf die Reisetasche vor sie hin mit den Worten: »Bei uns ist es sicher.«

Nachdem sie keine Anstalten machten, seiner Aufforderung zu folgen, rief Viktor: »Los, Hosen ausleeren und alles da rein … Und eure Käsemesser auch.«

Sie taten, wie ihnen geheißen und als alle Hosentaschen ausgeleert waren, rief Viktor: »Und jetzt haut ab!«

Sie blickten ihn nur ängstlich an.

Viktor schrie: »Haut endlich ab!«

Sie folgten nun seinem Kommando und machten sich vom Acker. Als wir kurz darauf alleine auf dem leeren Platz standen, sagte Viktor kopfschüttelnd: »Amateure! Kommen zu einer Geldübergabe mit Springmessern. Die kriminelle Jugend von Buenos Aires ist auch nicht mehr das, was sie mal war.«

»Ich bin froh darüber«, sagte ich, »denn auf eine Schießerei kann ich gerne verzichten.«

»Wie dem auch sei«, meinte Viktor, »jetzt stehen wir wieder am Anfang.«

»Ja, leider.«

Wir gingen zur Limousine zurück und als wir Lukas sahen, hoben wir entschuldigend die Arme und zuckten mit den Schultern.

Lukas sagte: »Das darf doch nicht wahr sein, wieder nichts.«

»Tja«, sagte der Graf, »ich hatte bei Schnitzeljagden nie Glück.«

Ich kam Viktor zu Hilfe, indem ich bemerkte: »Sherlock Holmes hat seine Fälle auch nie sofort gelöst.«

Lukas konnte diese Erkenntnis nur wenig trösten, so fuhren wir mit gedrückter Stimmung zurück zur Villa.

Nach dem Mittagessen auf der Terrasse läutete plötzlich sein Telefon. Er schaltete auf Lautsprecher, so konnten wir eine alte Frau sprechen hören: »Ich rufe mit einem geklauten Handy an, also keine krummen Dinger, Schätzchen.«

Lukas sagte: »Ich will nur meinen Hund zurück, das ist alles.«

»Das möchte ich dir auch geraten haben, Kindchen.«

Viktor flüsterte: »Das ist gut. Alte Damen lieben Hunde, sie wird ihm nichts tun.«

Die Frau fuhr fort: »Wenn du deinen Wauwau wiederhaben willst, kostet dich das 100.000 Dollar!«

Lukas flüsterte: »So wenig?«

Viktor gab ihm ein Zeichen, worauf er sagte: »Ähm, ich meine ... habe ich richtig gehört, 100.000?«

»Ja, Schätzchen. Und keinen Cent weniger.«

Lukas bedeckte mit der Handfläche die Sprechmuschel und sagte zu uns: »Wieso so wenig? Blacky ist doch 300 Millionen wert, soll ich noch was drauflegen?«

»Auf keinen Fall«, sagte Viktor. »Aber dieses Mal brauchen wir einen echten Beweis, dass sie den Baron auch haben.«

Lukas sprach ins Telefon: »Hören Sie, wir brauchen einen Beweis, dass der Hund bei Ihnen ist. Können Sie ihn filmen?«

»Klar doch, Schätzchen«, sprach die Frau und kurz darauf schickte sie uns ein kurzes Video. Darauf war ein weißer Foxterrier zu sehen mit einer schwarzen, kreisrunden Zeichnung ums linke Auge. Aber ob das wirklich Blacky war, konnten wir nicht erkennen.

Ich meinte: »Wir brauchen etwas, was nur er kann.«

Ich überlegte eine Weile, dann hatte ich eine Idee.

Ich sprach ins Telefon: »Haben Sie ein Kinderklavier?«

»Ein Kinderklavier? Natürlich nicht, Jungchen.«

»Und ein Seil?«

»Auch nicht, Bübchen.«

Ich war mit meinem Latein am Ende. Da hatte ich noch einen Einfall.

So sagte ich: »Aber Spielkarten werden Sie doch haben?«

»Klar, Kindchen.«

»Gut, dann zeigen sie ihm ein Ass und filmen ihn dabei.«

Lukas und Viktor blickten mich unverständig an, so erläuterte ich: »Das hat ihm Jean beigebracht, bei jedem Ass bellt er ein Mal.«

Dann kam auch schon der Clip. Und wie ich vermutete hatte, bellte der Baron, als ihm ein Ass gezeigt wurde, ein Mal.

»Gut«, sprach ich ins Telefon, »und jetzt zeigen Sie ihm zwei Asse.«

Die Frau tat, wie ihr geheißen und zweimaliges Bellen war die Reaktion.

Ich jubelte: »Er ist es!«

In diesem Augenblick hörte ich im Hintergrund Schiffssirenen tuten. Instinktiv griff ich mein Handy und nahm das Gespräch auf.

Als die Dame Blacky drei Asse zeigte und er drei Mal bellte, meinte sie: »Ich werd verrückt, den geb ich nicht mehr her.«

Lukas brüllte ins Telefon: »Ich will ihn zurück, schließlich bezahle ich 100.000 Dollar!«

»Ist ja schon gut, Kindchen. Wann hast du das Geld?«

»Morgen Mittag.«

»Okay, Bübchen, dann rufe ich morgen Mittag wieder an.«

Und sie legte auf.

Uns fiel ein Stein von Herzen. Denn endlich hatten wir Blacky gefunden. Und einen Beweis, dass der Baron wohlauf war, hatten wir auch. Wir brauchten also nur noch das Lösegeld zu übergeben ...

Doch Viktor wollte den Entführern keine 100.000 Dollar in den Rachen werfen. Er berief sich dabei auf eine alte Tradition seines Grafengeschlechts.

Er sagte: »Die Grafen von Bodeswalde haben nie Lösegeld bezahlt – und sie werden es auch jetzt nicht tun. Selbst als im

Dreißigjährigen Krieg mein Vorfahr Christoffel von Bodeswalde von den einfallenden Schweden gefangengenommen wurde und die Schweden ein Lösegeld von 1000 Golddukaten gefordert haben –«

»– Haben sie ihn im Stich gelassen«, fiel ich ihm ins Wort.

»Nein, hat die Bodeswalder Verwandtschaft einen Trupp bewaffneter Reiter zusammengestellt und unter dem Kommando eines Vetters haben sie das Familienoberhaupt befreit.«

Lukas wandte ein: »Aber hier wurde kein Bodeswalder Graf entführt, sondern ein Baron von Devonshire.«

»Dennoch kann bei der Geldübergabe einiges schiefgehen. Schließlich wollte uns die Jugendgang übers Ohr hauen.«

Das sahen wir ein. So beschlossen wir, die Entführer noch vor der Lösegeldübergabe ausfindig zu machen. Und dazu konnten wir den Gesprächsmitschnitt auf meinem Handy nutzen. Ich spielte die Sequenz ab und wir hörten im Hintergrund verschiedene Geräusche: Tuut, tuut, tuut machte es, dann klick, klick, klick und von ganz weit her hörte ich ein Bandoneon spielen.

Viktor sagte: »Das muss der Hafen sein, kein Zweifel.«

»Ja, und in der Nähe befindet sich eine Werkshalle und eine Kneipe.«

Lukas meinte: »Das ist sicher der Industriehafen. Dort gibt es eine bekannte Spelunke: ›Conchita's Place‹. Da könnt ihr es versuchen.«

Wie besprochen fuhren wir abends mit dem Taxi zu »Conchita's Place«.

Während wir uns im Wagen der Kneipe näherten, sahen wir von Weitem die Neon-Silhouette einer fröhlich lächelnden Bedienung – das musste Conchita sein.

Als wir jedoch die Bar betraten, war von einer fidelen, weiblichen Bedienung nichts zu sehen. Nur Männer mit gegerbten Gesichtern saßen an den Tischen.

Ich fragte den Grafen: »Wo ist Conchita?«

»Die liegt im Krankenhaus«, sagte eine männliche Stimme auf Deutsch hinter uns. Ich drehte mich um und erblickte einen etwa 30-jährigen Mann, der wohl der Barkeeper war.

Er sagte: »Dass ich hier mit deutschen Jungs schnacken kann …«

Viktor streckte ihm die Hand hin und sagte: »Ich bin Viktor, und das ist Jimmy.«

»Lasse«, antwortete er und gab uns die Hand.

Wir bestellten zwei Bier und Viktor fragte ihn, was ihn hierher verschlagen habe.

Lasse antwortete: »Dass ich hier arbeite, ist eine komische Wendung des Schicksals. Ich war auf einem Stückgutfrachter zur See gefahren und hatte in Buenos Aires einen Tag Aufenthalt. Den Ausgang nutzte ich, um hier meinen Geburtstag zu feiern. Als ich am nächsten Morgen mein Schiff betreten wollte, war die Polizei am Pier. Die haben den Frachter konfisziert.«

»Drogen?«, fragte der Graf.

»Nein, Insolvenz! Die Reederei war pleite und konnte die Hafengebühren nicht bezahlen. So haben alle Matrosen abgeheuert und sind hiergeblieben. Und ich habe einen Job in dieser Bar gefunden.«

Er hatte mittlerweile die zwei Bier serviert und wir nahmen einen Schluck.

Der Graf fragte ihn: »Und wieso liegt Conchita im Krankenhaus?«

»Wegen einem Sumoringer, der hat sie fertig gemacht.«

Ich fragte ihn: »Wieso? Hat sie gegen ihn gerungen?«

»Viel schlimmer. Sie hat ihn zu einem Wettsaufen herausgefordert. Dabei wog er 170 Kilo. Anfangs konnte sie gut mithalten, aber nach dem 22. Whisky kippte sie vom Stuhl.«

Sein Gesicht entgleiste zu einer Jammermiene ...

»Und jetzt liegt sie im Krankenhaus.«

»Das tut mir leid«, sagte Viktor.

Lasse fuhr fort: »Sie liegt noch im Koma, aber sie wird bestimmt wieder aufwachen. Jedenfalls war's bislang immer so.«

Ich meinte: »Dann war das nicht ihre erste Alkoholvergiftung?«

»Ach, woher. Sie war bisher jedes Wochenende im Krankenhaus; auf der Intensivstation hat sie schon einen Stammplatz.«

Viktor prostete ihm zu: »Auf Conchita's Place!«

Lasse und wir tranken einen Schluck, das ließ ihn seine Fassung zurückgewinnen.

Viktor sagte: »Lasse, du musst uns helfen. Wir sind auf der Suche nach einem lieben Wesen, das wir sehr vermissen.«

»Deine Frau?«

»Nein, ein guter Kamerad.«

Lasse sagte versonnen: »Ach ja, meine Kameraden, viele von denen sind nicht mehr ...«

Ich rief auf meinem Handy den Gesprächsmitschnitt auf, schaltete auf Lautsprecher und spielte ihn ab.

»Kannst du uns sagen, wo genau das ist?«

Er sagte: »Das ist eine alte Frau.«

»Das weiß ich auch. Es geht um die Hintergrundgeräusche. Das muss irgendwo am Hafen sein. Kommen dir die Geräusche vertraut vor?«

Er nahm das Handy, horchte angestrengt, presste es noch fester an sein rechtes Ohr … plötzlich huschte ein Lächeln auf seine Lippen.

»Wie die schnurren … wunderbar.«

Viktor fragte: »Wer schnurrt?«

»Die 12 Zylinder.«

»Welche 12 Zylinder?«, fragte ich.

Er antwortete nicht und ließ die Finger seiner rechten Hand auf- und abtrippeln. Sein Gesicht geriet in höchste Verzückung und er girrte: »Ich liebe diesen Klang. Das ist so rhythmisch, da klemmt kein einziges Ventil, und das ist bei 12 Zylindern nicht selbstverständlich.«

Viktor und ich blickten uns an, offensichtlich waren an einen Motorenfetischisten geraten.

Lasse erläuterte: »Das ist ein 12-Zylinder-Motor von MAN, 3000 PS, die verwendet nur Blohm+Voss.«

Viktor sagte: »Nun gut, und wo sind solche Motoren im Einsatz?«

»Bei den Hafenschleppern von Montevideo.«

»Wieso ausgerechnet Montevideo?«

»Wegen dem Bandoneon, das im Hintergrund spielt.«

Wir blickten ihn unverständig an und Lasse erklärte: »Das ist der ›Libertango‹ von Astor Piazzolla. Den gibt's vor allem in der ›Caramba-Spelunke‹ in Montevideo zu hören. Der Kneipier ist Musiker und hat mal in Astors Band gespielt, deshalb lässt er immer seine Stücke laufen.«

Ich schlussfolgerte: »Also hat die alte Dame in der Nähe dieser Kneipe telefoniert.«

Viktor stimmte mir zu und fragte Lasse: »Wie kommen wir am schnellsten zur ›Caramba-Spelunke‹?«

Dieser antwortete: »Fragt bei Antonio nach, der hat alle möglichen Boote im Angebot.«

Wir bedankten uns bei Lasse und fuhren mit einem Taxi zu Antonio's Bootsverleih.

Als wir am Pier entlangschritten, kam uns ein Mann mit einer auffallend großen Kapitänsmütze entgegen. Die Mütze war schätzungsweise um drei Hutnummern zu weit, sodass man sein Gesicht kaum sehen konnte. Aber vermutlich war dies eine Tarnmaßnahme.

Nachdem er uns begrüßt hatte, sagte er: »Wie kann Antonio euch helfen?«

Viktor ging auf die komische »Er-Form« ein und antwortete: »Antonio könnte Viktor und Jimmy helfen, indem er ihnen ein Motorboot verleiht.«

Antonio schmunzelte und sprach normal weiter: »Verstehe, ihr wollt einen Ausflug machen und braucht ein Sonnenverdeck. Die Sonne kann nämlich heiß herabbrennen auf den Río de la Plata.«

Viktor sagte: »Nein, wir brauchen ein Boot für die Nacht.«

Er lächelte konspirativ und meinte: »Ah, verstehe, ihr wollt nicht gesehen werden, wenn ihr's miteinander … Na, ihr wisst schon was.«

Und er bildete einen Kussmund und zwinkerte uns zu.

Ich sagte: »Nein, wir wollen unerkannt rüber nach Montevideo und wieder zurück.«

»Nachts wollen alle unerkannt rüber und herüber. Also, was schmuggelt ihr?«

»Bitte?«

»Ach kommt, Leute, wir sind hier unter uns. Also was ist es? Alkohol? Drogen?«

Viktor sagte gelassen: »Adelige Hunde!«

Antonio lachte lauthals: »Adelige Hunde. Das ist gut. Ist das das neue Codewort für Koks?«

»Nein, wir wollen tatsächlich einen adeligen Hund von Montevideo herüberschmuggeln.«

»Du verscheißerst mich.«

»Nein.«

»Wie viel?«

Viktor fragte: »Was meinst du?«

»Was ist so ein Hund wert? Ich frage nur aus Neugier.«

»100.000 US-Dollar.«

»Wow, so viel?«

Wir nickten.

Er sagte: »Da muss ich Geschäftsmodell wechseln. 100.000 US-Dollar? Und ich schippere rüber wegen ein paar Fässern Bier. Ich sein Idiot! Ich sein Dummkopf! Ich sein bekloppt! Estoy loco! Soy estúpido!«

Viktor meinte: »Ähm, ich unterbreche deinen Mea culpa-Monolog nur ungern, aber wir brauchen ein schnelles Motorboot.«

»Verstehe, damit euch policía nicht drankriegt. Kommt mal mit.«

Er ging am Pier entlang, wo Dutzende Boote angetäut lagen: Ausflugsboote, Segelboote, Ruderboote …

Vor einem schnittigen Motorboot blieb er stehen: »Hier habe ich eins, 200 PS, 80 Sachen, 5 schneller als die Wasserpolizei.«

Viktor sagte: »Wunderbar! Was kostet es?«

»Nur 100 Dollar die Nacht, plus Benzin … Ach ja, und natürlich die Versicherung.«

»Und wie hoch ist die Versicherung?«

»10.000 Dollar!«

Viktor meinte: »Verstehe. Wegen dem Risiko.«

Antonio nickte.

Viktor sagte: »Tanken Sie bitte voll.«

Antonio tat, wie ihm geheißen und sagte zum Schluss: »Das macht insgesamt 10.500 Dollar.«

Der Graf stellte einen entsprechenden Scheck aus. Dann gingen wir an Bord und Antonio machte uns mit den Armaturen und Hebeln des Motorbootes vertraut.

Als die Einweisung beendet war, wünschte uns der Bootsverleiher viel Glück und wir fuhren auf den Río de la Plata hinaus. Der warme Fahrtwind strich uns durchs Haar und bei jeder Welle hob es das Boot aus dem Wasser.

»Das macht richtig Spaß«, rief der Graf, während wir auf dem Meer dahinholperten.

Obwohl es inzwischen dunkel war, konnte ich den rotbraunen Farbton des Wassers erkennen.

Ich sagte: »Mein Gott, ist das eine Dreckbrühe.«

Viktor erläuterte: »Das sind keine Abwässer, sondern die lehmtrübe Farbe kommt vom Schlamm, der im Quellgebiet mitgerissen wird.«

»Trotzdem unappetitlich.«

Plötzlich katapultierte es uns in die Luft und nach einem Sprung von zehn Metern klatschten wir wieder aufs Wasser.

»Kreuzteufel!«, rief ich, »was war das?«

Der Graf drehte sich um und sagte: »Das war ein Halbtaucher.«

»Was?«

»Das ist ein Wasserfahrzeug, halb Boot, halb U-Boot, ragt kaum aus dem Wasser.«

»Und wofür nutzt man sowas?«

»Natürlich zum Drogenschmuggeln.«

»Die sollten ein Warnschild aufstellen.«

»Ja, zur Verkehrssicherheit tragen sie nicht gerade bei.«

Wir brausten auf dem Meer dahin, bis ich in der Ferne etwas Rotes auf der Wasseroberfläche schimmern sah. Anfangs dachte ich, das muss ein Schwarm roter Fische sein, als wir uns aber langsam näherten, erkannte ich Hunderte Marlboro Zigarettenschachteln im Wasser treiben.

Viktor sagte: »Die hat wohl ein Schmuggler verloren.«

»Oder ein Kettenraucher.«

»Schade, dass das nicht meine Lieblingsmarke ist.«

»Ja, die Menge würde für Jahrzehnte reichen.«

Wir fuhren weiter und erreichten ohne weitere Zwischenfälle den Hafen von Montevideo. Ich rief auf meinem Handy Google Maps auf und konnte damit unser Boot zur »Caramba-Spelunke« navigieren. Direkt vor der Kneipe legten wir am Pier an. Von Weitem konnte man ein Bandoneon spielen hören, es war »Balada para un loco« von Astor Piazzolla.

Der Graf sagte: »›Ballade für einen Verrückten‹, wie passend.«

Ich meinte: »Besser wäre: ›Ballade für zwei Verrückte‹!«

Wir stiegen aus unserem Boot und betraten den Kai. Vor uns erstreckten sich Lagerhallen, in denen Eisenrohre und Stahlplatten aufbewahrt wurden. Von Blacky war nichts zu sehen.

Ich formte mit den Händen einen Schalltrichter vor meinem Mund und rief: »Blacky, wo bist du?«

Der Graf lachte und meinte: »Das hört sich an wie die ›Jedermann-Rufe‹ bei den Salzburger Festspielen.«

Ich sah ein, dass es hier draußen keinen Sinn hatte, nach Blacky zu suchen, so statteten wir der »Caramba-Spelunke« einen Besuch ab.

Als wir noch im Vorraum standen, herrschte reges Treiben mit lautem Geplauder und Musik aus der Jukebox. Als wir jedoch den Gastraum betraten, verstummten alle Gäste, nur die Jukebox dudelte weiter.

Der Graf raunte mir zu: »Wenn wir rausgingen, würden sie wieder loslabern – und wenn wir reinkämen, würden alle wieder verstummen.«

»Das wäre ein schönes Spiel«, witzelte ich.

»Ja«, sagte der Graf, »doch deshalb sind wir nicht hier.«

Wir setzten wir uns an die Bar und bestellten zwei Bier.

Der Graf zeigte dieses Mal kein Foto von Blacky herum, sondern sprach laut hörbar: »Hoffentlich finde ich den Köter bald, 100.000 Dollar Finderlohn wären wirklich toll, davon könnte ich mir einen neuen Kutter kaufen.«

Ich stieg sofort darauf ein und sagte: »Aber hier ist er bestimmt nicht. Was täte er ja auch im Hafen von Montevideo, wo er doch in Buenos Aires entführt wurde?«

Viktor fuhr fort: »Schade, dabei würde man schon für einen Hinweis 50.000 Dollar bekommen. Und so einen weißen Foxterrier mit einem schwarzen linken Auge kann man ja auch schlecht übersehen.«

»50.000 wären nicht schlecht, aber hier ist er bestimmt nicht.«

»Schade.«

»Wirklich schade.«

Wir bezahlten und gingen zum Pier. Dann warteten wir, ob auf unseren Köder jemand angebissen hatte …

Es dauerte keine zwei Minuten, da kam der erste Tippgeber auf uns zu. Er blickte sich um, ob ihn jemand beobachtete und flüsterte: »Ihr sucht einen weißen Foxterrier?«

Viktor sagte: »Ja.«

»Und es gibt 50.000 Dollar für einen Hinweis?«

»Ja, eventuell.«

Der Spitzel wisperte: »Also, ich habe heute so einen Köter herumlaufen sehen. Drüben bei der Werkshalle.«

Ich fragte ihn: »Und hatte er ein schwarzes linke Auge?«

Er nickte heftig und sagte: »Ja, der sah aus, als ob er ein blaues Auge hätte.«

Der Graf zückte eine Visitenkarte und einen Kugelschreiber und sagte: »Wie heißt du?«

»Bernardo.«

»Schreib deine Telefonnummer auf.«

Er tat, wie ihm geheißen und Viktor steckte die Karte in seine Jackentasche.

Er sagte: »Wenn wir ihn finden, rufen wir dich an.«

»Wirklich?«

»Großes Ehrenwort.«

Der Tippgeber gab sich damit zufrieden und wir gingen Richtung Werkshalle. Plötzlich standen leichtbekleidete Damen vor uns. Eine von ihnen hielt eine Peitsche in der Hand und sagte zu Viktor: »Cariño mío, willst du es auf die harte Tour?«

Der Graf fragte: »Was haben Sie denn zu bieten?«

Die Dame ließ die Peitsche knallen.

Da meinte Viktor: »Lassen Sie mich mal sehen.«

Er nahm den Peitschenstil in die Hand und schwang die Peitsche wild um sich. In alle Richtungen ließ er die Peitsche knallen und schnippte dabei eine leere Coladose weg.

Die Prostituierte sagte: »Da stehst du drauf, was?«

Viktor antwortete: »Nein, die ist nicht stramm genug. Hast du keine längere? So 'ne Zorropeitsche?«

Sie schüttelte den Kopf.

»Schade, Schätzchen.«

Er gab ihr die Peitsche zurück und wir marschierten weiter am Kai entlang. Nach einem längeren Stück sahen wir eine hell erleuchtete Werkshalle vor uns auftauchen.

»Das ist wohl die Nachtschicht, die hier werkelt«, sagte ich.

»Ja, und wir sollten uns etwas besorgen, was die Zungen löst.«

Viktor ging zu einem Kiosk, der sich in der Nähe befand und kaufte eine Flasche Jim Beam. So bewaffnet betraten wir die Halle. Dort waren ein Dutzend Handwerker mit allerhand Arbeiten zugange. Man hörte das helle Klicken von Hämmern auf Metall und das schrille Kreischen mehrerer Trennschleifer. Die Geräusche klangen genauso wie jene auf meinem Handy.

Der Graf ging auf einige Arbeiter zu und rief: »Wer möchte eine Pause einlegen? Ich habe hier einen Whisky.«

Die Arbeiter legten das Werkzeug weg und nahmen jeweils einen Schluck. Sie ließen die Jim Beam-Flasche reihum gehen und bei der Gelegenheit fragte sie Viktor, ob sie einen weißen Foxterrier mit einem schwarzen linken Auge gesehen hätten, der mit allerhand Kunststücken aufwarten könne.

»Welche Kunststücke denn?«, fragte ein junger Mann in einem blauen Overall.

Ich antwortete: »Zum Beispiel einen Rückwärtssalto schlagen ...«

Die Männer lachten auf.

Ich fuhrt fort: »... oder Seilhüpfen.«

Ein alter Mann sagte: »Ein Hund ... Seilhüpfen?«

Jetzt lachten alle und schüttelten mit dem Kopf.

Ich fügte hinzu: »Er kann auch Pokern.«

»Klar doch«, sagte der Alte, »und Lotto spielt er auch, hahaha.«

Die ganze Belegschaft lachte lauthals über uns, so war klar, dass wir hier nicht weiterkommen würden.

Wir machten uns auf den Weg zum Ausgang, da hörte ich jemand fluchen: »Dieser Drecksköter! Er hat mich um einen ganzen Monatslohn gebracht. Immer wenn ich Asse hatte, hat der gebellt und zwar immer genau die richtige Anzahl – so hat er mir das beste Blatt versaut.«

Aus der Menschenmenge tauchte ein Riesenkerl auf und ging mit einer Rohrzange auf uns zu.

Viktor fragte: »Das war ein weißer Foxterrier?«

»Ja, mit einem schwarzen linken Auge. Das schwarze Auge hätte mich gleich misstrauisch werden lassen, das ist ein abgefeimter Schurke! Ein Pirat!«

Er schwang drohend die Rohrzange: »Gehört euch der Köter?«

Viktor antwortete: »Nein, wir sind vom Fernsehen. Wir haben gehört, dass es hier einen lustigen Hund geben soll und wollten Probeaufnahmen machen.«

»Da habt ihr Glück gehabt, sonst hätte ich euch die Rohrzange über den Kopf gehauen.«

Ich fragte ihn: »Wohin ist der Hund gelaufen?«

Der Arbeiter deutete zu einem riesigen Schürfkübelbagger und sagte: »Dort entlang. Übrigens: Wenn ihr ihn trefft, gebt ihm einen Fußtritt von mir!«

Viktor sagte: »Das machen wir gerne.«

Wir machten uns auf den Weg zum Bagger, da hörte ich ein Bellen, das mir bekannt vorkam. Wir blickten hoch zur Führerkanzel und da sahen wir – Blacky! Der vierbeinige Baron war hocherfreut uns zu sehen und jaulte wie verrückt.

Ich rief ihm zu: »Blacky, komm!«

Der Foxterrier versuchte loszulaufen, doch der Kranführer hielt ihn zurück.

»Los, beiß ihn«, rief ich, was der Hund auch gleich tat und den Kranführer aufschreien ließ. Er ließ Blacky los und der lief darauf die äußere Treppe herunter in unsere Richtung.

Wir wollten ihm entgegeneilen, da verfolgte uns der Baggerführer mit seinem Schürfkübel.

»Das ist nicht die feine Art«, stammelte ich, während wir Fersengeld gaben.

»Ja«, meinte der Graf, »die sollten mal einen Benimmkurs besuchen.«

Wir schafften es gerade so, uns außerhalb des Schwenkkreises des Schürfkübels zu bringen, da schrie der Baggerführer: »Schnappt euch den Hund!«

»Tun wir doch«, rief der Graf gewitzt.

Doch der Aufruf des Baggerführers erreichte leider auch seine Kollegen. Denn kurz darauf kam eine Abrissbirne dahergeflogen.

»Die Baggerführer mögen uns nicht«, sagte ich, während wir zur Seite sprangen.

»Ja«, bemerkte der Graf, »aber wenigstens kann man mit dem Ding nicht so gut zielen.«

Wie zum Beweis schwenkte der Baggerführer seine Stahlkugel in unsere Richtung, verfehlte uns aber und seine Abrissbirne krachte in einen Baustellencontainer. Nachdem er sein Arbeitsgerät zurückgezogen hatte, liefen einige Arbeiter schimpfend aus dem Container und gestikulierten obszön in seine Richtung.

Wir hatten uns inzwischen in Sicherheit gebracht und riefen Blacky zu: »Komm jetzt endlich!«

Der Baron sprang von der letzten Stufe der Leiter auf den Boden und rannte auf uns zu, da hörte ich einen anderen Hund jaulen.

Ich blickte nach rechts und entdeckte auf einem Hochgerüst einen zweiten weißen Foxterrier stehen.

Ich rieb mir die Augen: »Gibt es Blacky jetzt doppelt?«

Viktor sagte: »Das muss ein Kumpel von ihm sein.«

»Oder seine Freundin.«

Ich formte mit meinen Händen einen Trichter vor meinem Mund und rief dem Vierbeiner zu: »Blacky komm, es ist jetzt keine Zeit für Heldentaten.«

Doch der Baron war anderer Meinung. Er lief zu seinem Artgenossen und bellte nach oben. Anscheinend wollte er ihn ermutigen zu springen. Sein Kumpel jedoch winselte nur, offensichtlich fehlte ihm dazu der Mut.

Blacky lief nun zu einer versifften Matratze, die in der Nähe lag und versuchte, sie unter das Hochregal zu ziehen. Doch so sehr er auch daran zerrte, sie bewegte sich nicht.

Der Graf murmelte: »Alles muss man selber machen« und rannte Richtung Blacky – da versperrten uns vier Bauarbeiter den Weg.

Viktor raunte mir zu: »Mein Limit sind zwei.«

»Meins auch.«

»Außerdem hasse ich körperliche Ertüchtigungen nach dem Abendessen.«

Ich flüsterte dem Grafen zu: »Aber immerhin könnten wir sie ablenken.«

Gesagt, getan. Der Graf ging aufreizend lässig auf die Kerle in ihren Blaumännern zu und sagte: »Ganz schön mutig von euch, nur zu viert gegen uns anzutreten. Ihr habt wohl Bock auf 'ne Tracht Prügel.«

Sie machten Front gegen uns einer sagte: »Und das sagt ein alter Zausel.«

Viktor entgegnete: »Das wird für euch ganz schön peinlich werden. Wenn ihr im Krankenhaus liegt und euren Kumpels erklären müsst, dass ein alter Zausel euch vermöbelt hat.«

»Ha! Soweit muss es erst noch kommen.«

Blacky hatte inzwischen von der Matratze abgelassen und zerrte an einer verdreckten Schaumstoffmatte. Wie ich sehen konnte, hatte er hier mehr Glück, denn sie ließ sich allmählich bewegen. Nachdem er sie aus dem Morast herausgezogen hatte, schleifte er sie unter das Hochregal und bellte nach oben. Sein Kamerad tänzelte hin und her, zauderte, zögerte – doch endlich fasste er sich ein Herz und sprang herunter. Unten angekommen, rollte er sich seitlich ab und wurde vom Baron stürmisch begrüßt.

Wir versuchten, die Arbeiter zu umlaufen, doch sie waren schneller. Sie ergriffen den Baron mit ihren großen Händen und rannten los. Blacky biss um sich und verteidigte sich, so gut er konnte, doch gegen die dicken Arbeitshandschuhe war er machtlos. Und sein Kumpel, der einem Widerling ins Bein biss, konnte die erneute Gefangennahme auch nicht verhindern.

Wir sprinteten hinter die Hundefänger her, da querte ein Radlader unsere Bahn und versperrte uns den Weg. Offensichtlich hatte er die Aufgabe, uns aufzuhalten – was ihm leider gelang. So mussten wir hilflos zusehen, wie die Schergen Blacky auf ein Motorboot verschleppten und losdüsten.

Während die Entführer mit Blacky auf dem Meer verschwanden, schimpfte Viktor ihnen hinterher: »Dieser blöde Köter! Warum muss er immer den Helden spielen? Und wieso muss er immer beweisen, dass er Baron ist?«

Ich sagte nur: »Noblesse oblige! Das brauche ich dir doch nicht zu sagen. Oder würdest du einen guten Kumpel in Not etwa nicht retten?«

Der Graf grinste: »Natürlich würde ich das. Der Trick mit der Schaumstoffmatte war echt toll. Das hat er sicher im Zirkus gelernt.«

Ich meinte: »Wenigstens wissen wir jetzt, dass er lebt und dass es ihm gut geht.«

»Ja, er steht gut im Futter. Das wird Jussuf gerne hören.«

Wir gingen zurück zu unserem Motorboot und erlebten eine weitere böse Überraschung, denn es lag auf dem Grund des Meeres. Unsere Gegenspieler hatten wohl ein Loch hineingeschlagen.

»Tja«, sagte ich, »was machen wir nun?«

Der Graf blickte um sich und zuckte mit den Schultern.

Da standen wir nun, nachts im Hafen von Montevideo. Man konnte die Wellen ans Ufer schlagen hören und in der Ferne das Tuten von Schiffssirenen; sonst tat sich nichts.

Ich fragte den Grafen: »Wie kommen wir jetzt hinüber nach Buenos Aires?«

Viktor antwortete: »Die Wassertaxis fahren erst morgen früh. Also werden wir wohl Lukas bitten müssen –«

Er redete nicht weiter, sondern zeigte mit dem Zeigefinger auf ein kleines Kreuzfahrtschiff, das ohne Lichter langsam näher kam. Es legte völlig geräuschlos am Pier an und verweilte ohne jede Aktivität.

»Sieht aus wie ein Geisterschiff«, murmelte er.

»Ja, alles still und heimlich.«

»Dieser Heimlichtuerei würde ich gern auf den Grund gehen«, sagte er und wir marschierten zur Anlegestelle.

Als wir dort ankamen, staunten wir nicht schlecht, denn auf dem dunklen Oberdeck standen etwa dreißig Leute herum und schwiegen.

Ich flüsterte Viktor zu: »Warum geben die keinen Mucks von sich? Sind das Untote oder was?«

»Ich weiß nicht«, wisperte Viktor, »für Zombies sind sie zu gut angezogen.«

Nachdem noch weitere Passagiere lautlos zugestiegen waren, gingen wir ebenfalls an Bord und der Dampfer legte ab und fuhr ohne Licht auf den Río de la Plata hinaus.

Der Graf flüsterte: »Die Stimmung ist hier kaum zu bremsen.«

»Ja«, wisperte ich, »wenn sich das nicht ändert, wird es etwas öde.«

»Dann genießen wir eben den Mondschein ...«

Ich blickte nach oben und sah den Vollmond zwischen zwei Wolken hervorlugen.

Plötzlich gingen die Lichter an und eine Lautsprecherdurchsage dröhnte übers Deck: »Leute, wir haben es geschafft! Wir sind jenseits der Drei-Meilen-Grenze, also lasst uns feiern!«

Unterhaltungsmusik dudelte daraufhin aus Lautsprechern und Servicekräfte legten Spielautomaten frei. Sie entkorkten Sektflaschen und schenkten Champagner an die Passagiere aus.

»Was für eine wundervolle Verwandlung«, sagte ich.

»Ja, vom Hades in den Olymp«, scherzte der Graf.

Der Partyveranstalter, auf dessen Mund ständig ein Lächeln huschte, rief laut aus: »Meine Damen und Herren, das Spielcasino ist eröffnet. Hereinspaziert!«

»Juhu«, jubelten die Passagiere und stürmten in den Saal, in dessen Mitte ein riesiger Roulette-Tisch stand.

Wie man sehen konnte, waren die Leute an Bord nicht die einzigen, die sich auf dem schwimmenden Spielcasino amüsieren wollten. Denn von allen Seiten kamen Motorboote und Jetskis angefahren und legten längsschiff an.

An der Reling wurden wir auf ein junges Paar aufmerksam, dass dauernd Selfies von sich machte und von »Mariage« und »Voyage de noces« sprach.

Darauf angesprochen, sagten sie, sie seien aus Marseille und verbrächten in Argentinien ihre Flitterwochen.

Der Graf fragte die Frau: »In welchem Hotel sind Sie abgestiegen?«

»Im Hotel Chemin, das hat leider nur drei Sterne.«

»Und warum wohnen Sie nicht in einem Fünf-Sterne-Hotel?«, fragte ich sie, »schließlich flittert man nur einmal im Leben.«

Der Mann antwortete: »Weil das Geld nicht gereicht hat. Die Preise in Buenos Aires sind dermaßen gestiegen ...«

Wie man seinem Gesicht ansehen konnte, ärgerte ihn diese kleine Unvollkommenheit seiner Hochzeitsreise.

Das schien seine frisch Angetraute bemerkt zu haben, denn sie sagte zu ihm: »Aber das ist doch nicht so schlimm, Jean-Paul.«

»Aber ich hab's dir doch versprochen, Anne-Marie.«

In diesem Augenblick kam ein Paar aus dem Spielcasino und zählte begeistert das Geld, das sie soeben beim Roulette gewonnen hatten.

»Das hat sich wirklich rentiert«, sagte der Mann, worauf ihm seine Frau ihre linke Hand hinhielt und meinte: »Aber dieses Mal ein Ring aus Gold.«

»Aber natürlich, Schatz.«

Für Jean-Paul war diese Szene zu viel. Er murmelte eine Entschuldigung und eilte ins Spielcasino.

Ich flüsterte Viktor zu: »Der will sich wohl ein Upgrade erspielen.«

»Daraus kann schnell ein Downgrade werden«, erwiderte er.

Der Partyveranstalter ergriff nun erneut das Wort und sagte:

»Meine Damen und Herren, ich bitte um Ihre Aufmerksamkeit. Diese Magnumflasche Château Lafite-Rothschild«, er hielt eine riesige Sektflasche hoch, »können Sie jetzt gewinnen. Sie müssen dazu nur auf dem Ausleger hinausbalancieren und die Flasche mit den Händen berühren.«

Ein Mann rief: »Das kann doch nicht so schwer sein.«

»Ah«, sprach freudig der Ansager, »da haben wir einen ersten Kandidaten.«

»Sie müssen aber bedenken«, fuhr der Ausrufer fort, »dass der Ausleger ausgeschwenkt wird und sich auf dem Wasser ständig bewegt.«

»Kein Problem«, erwiderte der Mann und ging nach vorn.

»Nun gut«, es geht los.

Einige Helfer machten die Flasche mit Schnüren am Ende des Auslegers fest und schwenkten ihn hinaus. Dann versuchte der Mann sein Glück. Er ging die ersten Meter selbstsicher, balancierte wie ein Seiltänzer und glich die Bewegungen der Wellen mit den Armen aus. Das machte er anscheinend nicht zum ersten Mal.

Jemand in meiner Nähe sagte: »Das ist sicher ein Slackliner.«

Der Seiltänzer schien das gehört zu haben, denn nun begann er Kunststücke zu vollführen. Erst balancierte er auf dem linken Bein, dann auf dem Rechten.

»Und jetzt ein Salto«, witzelte eine Frau neben mir.

»Oder ein doppelter Rittberger«, rief jemand von den Passagieren.

Der Äquilibrist wurde immer übermütiger und schien sich mit dem unruhigen Auslegerbaum zu spielen. Doch als er kurz vor dem Ziel stand und siegreich die Arme hob, kam eine riesige Welle herangerauscht und riss ihn mit sich fort.

»Ohhh«, raunte jemand, »jetzt hat der Kleine bumsti gemacht.«

»Ja«, meinte der Gastgeber, »Hochmut kommt vor dem Fall.«

Die bootseigene Wasserwacht brauste nun zum Verunglückten und zog ihn aus dem Wasser.

Der Veranstalter rief: »Wer möchte als nächster sein Glück versuchen?«

»Ich«, sagte er ältlicher Mann und ging nach vorne.

Der Gastgeber sagte: »Sind Sie sicher? Können Sie schwimmen?«

»Pah«, antwortete er, »ich war mal Regionalmeister im Kraulen.«

»Das muss aber vor dem Krieg gewesen sein«, scherzte der Veranstalter.

»Haha«, sehr witzig, war seine Antwort.

Der Veranstalter machte eine einladende Geste und der Mann stieg aufs Stahlrohr. Mit seinen kurzen Beinen tastete er sich vorwärts, immer einen Fuß vor den anderen, und ruderte wild mit den Armen. Das war eine wackelige Angelegenheit. Dementsprechend laut lachten die Passagiere.

Jemand rief ihm zu: »Irgendwie siehst du gestresst aus.«

»Komm doch mal runter«, rief ein anderer.

»Aber nicht wörtlich nehmen«, kreischte eine Frau.

Als der Seiltanz des Kandidaten immer unsicherer wurde und die Fuchtelei mit den Armen immer heftiger, fiel er schließlich ins Wasser und verschwand in den Wogen.

»Ahhh«, raunte das Partyvolk, »dabei hat er sich solche Mühe gegeben.«

Als nächster Kandidat versuchte sich eine junge Frau in weißen Shorts. Das Scheitern ihrer Vorgänger schien sie vorsichtig gemacht zu haben, denn sie kroch auf allen vieren behäbig auf den Ausleger hinaus. Zentimeter für Zentimeter machte sie Boden gut und wenn die Wellen zu hoch wurden, klammerte sie sich fest wie ein Affe und wartete, bis der Seegang sich wieder beruhigte. So robbte sie langsam aber sicher zum Ziel.

»Nicht spektakulär, aber effektiv«, rief eine Frau.

Als sie die Kandidatin das Ende des Auslegers erreicht hatte, löste sie die Schnur, die um die Sektflasche gewickelt war und öffnete den Verschluss. Dann hielt sie unter dem Jubel der Passagiere die Magnumflasche in die Höhe und trank daraus wie ein Pirat.

»Ja, meine Damen und Herren«, sagte der Veranstalter, »unsere Siegerin hat sich den Sekt wahrlich verdient.«

Plötzlich schrie jemand: »Vorsicht, ein Hai!«

Ich blickte aufs Meer und sah in dreißig Meter Entfernung eine dreieckige Schwanzflosse aus dem Wasser ragen.

Viktor flüsterte: »Das ist die Schwanzflosse eines Schwertfisches.«

Alle anderen Passagiere schrien hingegen: »Ein Hai! Ein Hai!«

Sie Siegerin mit der Magnumflasche in der Hand bekam das kalte Grausen. Sie wusste nicht, was sie nun tun sollte: Zurückkriechen oder draußen bleiben? Anfangs versuchte sie, den Weg auf allen vieren zurückzulegen. Dabei feuerten sie die Passagiere an, wie beim Kasperletheater den Kasper, wenn das Krokodil kommt. Doch angesichts des Monsters, das da auf sie zuschwamm, versagten ihr die Knie und sie kehrte um. Sie versuchte, ihre Füße ganz einzuziehen, aber das Ende des Auslegers tauchte immer wieder ins Wasser ein und machte sie angreifbar.

Ein Betrunkener lallte: »Hau ihm die Sektflasche einfach aufs Maul.«

Doch das konnte die Siegerin nicht wirklich trösten. Als der vermeintliche Hai näherkam, packte sie das blanke Entsetzen und sie fing an zu kreischen: »Holt mich ein! Holt mich ein!«

So wie sie schrie, tat sie mir leid und ich wollte ihr zurufen: »Das ist nur ein Schwertfisch.« Aber im allgemeinen Gekreisch konnte ich nicht zu ihr durchdringen.

Zwei Meter vor ihr hatte der vermeintliche Hai ein Erbarmen und gab sich als harmloser Marlin zu erkennen, worauf ein Raunen durchs Partyvolk ging.

Der junge Mann neben mir sagte: »Das ist ja nur ein Schwertfisch, wie langweilig …«

Die exponierte Dame auf dem Ausleger war entgegengesetzter Meinung, wie man ihren entspannten Gesichtszügen ablesen konnte …

Nachdem die Lebensgefahr für die Siegerin abgewendet war, widmeten sich die Gäste wieder ihrem Amüsement.

Eine alte Dame jauchzte plötzlich auf und als ich zu ihr blickte, sah ich den Grund für ihren Ausbruch: Eine silberne Münze nach der anderen spuckte der Spielautomat aus und sie rief hocherfreut: »Hab ich dem einarmigen Banditen doch noch was abluchsen können.«

Jean-Paul, der frische verheiratete Franzose, hatte anscheinend nicht so viel Glück, wie ich seinem Verhalten entnehmen konnte. Er kam aschfahl mit hängenden Schultern aus dem Spielcasino und sagte mit erstickter Stimme: »Tout perdu.«

Anne-Marie, seine Angetraute, rief: »Du Dummkopf! Wie konntest du nur?«

Er zuckte mit den Schultern: »Ich wollte uns ein Upgrade auf fünf Sterne verschaffen …«

»Und jetzt müssen wir auf der Straße übernachten? Du Idiot!«

Sie trommelte mit den Fäusten auf seine Brust.

Der Graf zückte sein Scheckheft und stellte einen Scheck aus.

Er sagte: »Ah, ehe ich's vergesse: Sie haben ja beim Glücksrad 10.000 Dollar gewonnen. Hier der Scheck.«

Jean-Paul nahm den Scheck und stammelte: »Ich? Wieso?«

Viktor erläuterte: »Während sie Roulette gespielt haben, gab's hier eine Auslosung und Sie sind der glückliche Gewinner. Nehmen Sie ihn ruhig, das ist Ihr Gewinn!«

Anne-Marie rief: »Das ist ja das Doppelte, was wir hatten! Jetzt gibt's doch fünf Sterne.«

Beide umarmten sich und grinsten wie Honigkuchenpferde.

Da sagte Jean-Paul plötzlich: »Ach, Liebling, ich möchte es nochmal versuchen … vielleicht kann ich es ja verdoppeln.«

Und er wollte Richtung Spielcasino gehen.

Doch der Graf hielt ihn zurück: »Sie müssen das Kleingedruckte beachten: Wer hier 10.000 Dollar gewinnt, muss sofort das Zockerboot verlassen.«

»He?«

»Das ist die Hausregel hier, tut mir leid. Kommen Sie.«

Der Graf geleitete das französische Paar zu ihrem Jetski und sagte: »Da ist noch was. Sie dürfen das Zockerboot ein Jahr lang nicht mehr besuchen. Haben Sie verstanden?«

Jean-Paul sagte: »Also erst wieder im nächsten Jahr?«

»So ist es. Au revoir.«

Die beiden Franzosen verabschiedeten sich von uns und fuhren ab.

Während wir ihnen hinterherblickten, sagte der Graf: »Manchmal ist es echt schwer, Einfaltspinsel davon abzuhalten, sich mehrmals abzocken zu lassen.«

Wir blieben noch eine Weile und nahmen dann das Wassertaxi nach Buenos Aires.

KAPITEL 4

Am nächsten Vormittag warteten wir auf einen Anruf der Entführer. Lukas hatte schon Angst, sie könnten es sich angesichts unseres Befreiungsversuchs anders überlegt haben. Aber Viktor beruhigte ihn mit den Worten: »Keine Bange, die werden auf die 100.000 Dollar nicht verzichten wollen. Auf Gier ist Verlass!«

Gegen Mittag klingelte Lukas' Telefon. Wieder war die ältliche Dame vom Vortag an der Strippe, nur dieses Mal war ihr Ton rauer.

Sie sagte vorwurfsvoll: »Die Nummer in Montevideo war nicht nett, Schätzchen.«

Lukas gab den reuigen Sünder und lamentierte: »Das waren meine Bekannten – gegen meinen Willen, ehrlich.«

»Wie dem auch sei, jetzt kostet der Wauwau 120.000 Dollar.«

Lukas wollte schon loslachen, da hielt Viktor die Sprechmuschel zu und zischte ihm zu: »Los, jammere!«

Lukas hatte begriffen und spielte den geizigen Reichen: »Oh mein Gott, ist das viel … du meine Güte, da werd ich ja arm … um Himmels willen, das ruiniert mich …«

»Hähä«, höhnte die Alte, »das hast du dir selbst zuzuschreiben, Bübchen.«

Lukas lenkte ein: »Okay, ich zahle die 120.000 Dollar. Wann und wo ist die Übergabe?«

»Um 20 Uhr, in Puerto Madero bei der Lola Mora 6.«

Lukas fragte: »Wir müssen zu einer Lola?«

»Nein, die Straße heißt so: Lola Mora 6.«

»Alles klar.«

Der Handyempfang war sehr schlecht und immer wieder kam es zu Störgeräuschen. So hatten wir Probleme, die Alte zu verstehen.

Sie sagte: »Und keine fis … mat … en … mehr.«

Lukas fragte: »Keine fiese Maturanden?«

»Ich meine, keine Fisimatenten mehr, Schätzchen.«

»Okay, ich habe verstanden« und er legte auf.

Ich sagte zu Lukas: »Da hast du nochmal Glück gehabt. Die 20.000 mehr zahlst du aus der Portokasse.«

»Ja, aber dieses Mal muss es klappen.«

Viktor meinte: »Das wird es.«

Während Lukas zur Bank fuhr, verschafften Viktor und ich uns einen Überblick über den Übergabeort. Ich rief dazu auf meinem Handy Google Maps auf und gab besagte Straße ein. Und was ich da sah, gefiel mir gar nicht. Im Umfeld von Lola Mora 6 gab es jede Menge Baracken und Sackgassen.

Ich sagte: »Da kann man leicht verloren gehen.«

Viktor ergänzte: »Vor allem, wenn man 120.000 Dollar bei sich hat. Es wird also das Beste sein, die Gegend in Augenschein zu nehmen.«

»Und wie willst du das anstellen?«

»Ganz einfach, wir mieten uns ein Ultraleichtflugzeug und fliegen drüber.«

Gesagt, getan. Wir fuhren nachmittags mit dem Taxi zu einem kleinen Flugplatz, wo man Motordrachen mieten konnte.

Der Vermieter, der sich uns als Mateo vorstellte, hatte mehrere Pflaster im Gesicht und einen Gipsarm. Das wirkte nicht gerade vertrauenserweckend.

Er schien unsere Sicherheitsbedenken erraten zu haben, denn er sagte: »Ah, das hat nichts mit meinen Flugzeugen zu tun. Die sind allesamt TÜV-geprüft und sicher. Ich jedoch war übermütig, wollte zwei Saltos anstelle von einem machen, aber wenn ihr kommod fliegt …«

Ich fragte: »Kommod?«

»So sagt man doch auf Deutsch …«

»Sie meinen: Bequem, komfortabel.«

»Exactamente. Cómodo!«

Viktor sagte: »Das werden wir tun. Wir werden den Motordrachen fliegen wie einen Mercedes.«

Mateo lachte auf und sagte: »Nun gut. Ich habe mehrere Ultraleichtflugzeuge zur Auswahl.«

Er zeigte uns mehrere Prospekte von Motordrachen und erläuterte deren Vor- und Nachteile.

Viktor fragte: »Was ist das Neueste und Schnellste?«

»Das hier«, antwortete Mateo und zeigte auf ein Drachen-Trike mit einer stabilen Doppelgondel.

»In Ordnung«, sagte der Graf, »wie viel?«

»Eine Stunde kostet 100 Dollar, dazu 50 Dollar Sprit und natürlich 5.000 Dollar Versicherung.«

Viktor sagte: »Sie meinen, das ist der Verkaufswert des Fluggeräts.«

»Exactamente! Nicht, dass Sie damit davonfliegen …«

Und er lachte und machte mit den Händen eine flatternde Bewegung …

Viktor sagte girrend: »So manches Täubchen kehrt nicht zum Taubenschlag zurück«.

»Und weil das so ist«, sagte der Verkäufer …

»Stellt es einen Scheck aus«, ergänzte Viktor.

Nachdem der Graf mit dem Verkäufer das Finanzielle geregelt hatte, spazierten wir mit Mateo auf die Wiese, wo die

Ultraleichtflugzeuge geparkt waren. Wir schritten das Spalier der Motordrachen entlang, wobei ein Fluggerät ramponierter und heruntergekommener war als das andere. Am Ende der Reihe kamen wir zu einem Drachen-Trike, dessen Lack wie neu zu sein schien, das aber mehrere Dellen aufwies. Und die Sicherheitsgurte hingen zerfasert an beiden Gondeln herab.

Als ich auf die kaputten Gurte verwies, meinte unser Vermieter: »Ah, Sicherheit kommt von hier«, und er deutete auf seinen Kopf. »Wenn hier alles stimmt, kann nichts passieren.«

Da beim Grafen und mir in dieser Hinsicht »alles stimmte«, stiegen wir in die Doppelgondel unseres Motordrachen ein. Viktor ließ sich von Mateo die wichtigsten Funktionen erklären, während ich auf meinem Handy die Navi-Funktion aufrief, sodass ich meinem Piloten den Weg ansagen konnte.

Dann ging's auch schon los. Viktor ließ den Motor an und wir rollten zur Mitte des Feldflugplatzes. Als wir die Startposition erreicht hatten, gab der Graf Gas und wir beschleunigten überraschend schnell. Immer schneller rollten wir dahin und schon nach fünfzig Metern hoben wir ab. Wir gewannen langsam an Höhe und die Häuser unter uns wurden immer kleiner. Wie ich sehen konnte, herrschte auf den Dachterrassen reger Betrieb: Einige Menschen spielten Tischtennis, andere Federball, und wieder andere lagen einfach nur auf ihren Handtüchern und sonnten sich. Einige Sonnenanbeterinnen bräunten sich dabei oben ohne. Als sie uns kommen hörten, hielten sie schützend ihre Hände vor ihrer Oberweite, während der Graf hinunter rief: »Es gibt keinen Grund, sie vor der Welt zu verstecken«, und er reckte den Daumen nach oben.

Während er so nach unten spähte, übersah Viktor einen hohen Schornstein, der direkt vor uns aufragte.

Ich rief: »Vorsicht Kamin!«, Viktor riss instinktiv den Steuerbügel nach rechts und wir schrammten am Schornstein vorbei. Im gleichen Augenblick machte es plumm und das linke äußere Rad fiel ab. Es sauste nach unten und platschte in die Auslage eines Obstladens ...

Der Obsthändler schimpfte und gestikulierte anstößig zu uns herauf, doch wir konnten auf die Schnelle keine Wiedergutmachung organisieren. Hätten wir Geldscheine hinuntergeworfen, wären sie von allen Menschen auf der Straße aufgesammelt worden.

Der Graf sagte: »Er wird's überleben, immerhin ist er um ein Trike-Rad reicher.«

Wir gewannen weiter an Höhe, so waren wir vor hohen Bauten sicher. Und da wir nun »freie Fahrt« hatten, konnte ich mich auf meine Aufgabe als Navigator konzentrieren. Ich wies Viktor an, eine Kurve zu fliegen und so öffnete sich langsam der Blick auf den gigantischen Industriehafen. Ein Dutzend Frachter und Containerschiffe waren auf den zahlreichen Wasserwegen unterwegs und ebenso viele Schiffe lagen an den Landungsbrücken vertäut und wurden gelöscht.

Als wir direkt über dem Zielgebiet flogen, schaute ich nach unten und konnte die »Lola Mora« ausmachen. Die Straße nahm in einem Wohngebiet ihren Anfang, führte durch ein Elendsviertel und mündete in eine Sackgasse, die von Baracken gesäumt war.

Ich deutete nach unten und sagte zum Grafen: »Da müssen wir aufpassen, wir könnten schnell in einen Hinterhalt geraten.«

Viktor antwortete: »Deshalb wurde diese Straße wahrscheinlich auch von den Entführern gewählt.«

»Ja, vermutlich ist das ihr Revier.«

Er grinste und meinte: »Lieber wäre mir, wenn wir das Geld in einem Hotel übergeben könnten oder im Rathaus, da wäre es sicherer.«

Ich kommentierte: »Im Rathaus werden nur Bestechungsgelder übergeben, keine Lösegelder.«

»Die sollten ihr kriminelles Spektrum mal erweitern«, fügte er hinzu.

Wir scherzten in dieser Weise weiter, da hörte ich plötzlich ein Schnattern.

Ich blickte mich um und fragte Viktor: »Woher kommt das Geschnatter?«

Er antwortete: »Von einem Schwarm Gänse.«

Jetzt sah ich auf der Seite des Grafen etwa zwanzig Gänse parallel zu uns fliegen. Erst hielten sie einen gewissen Abstand ein, dann kamen sie langsam näher. Ich fand es lustig, von weiß gefiederten Vögeln begleitet zu werden, doch sie rückten uns immer mehr auf die Pelle.

Ich sagte zum Scherz: »Die wollen wohl mit uns fliegen.«

»Ja, sie suchen eine günstige Mitfluggelegenheit.«

Eine Gans flog direkt neben mir, sodass ich sie mit der rechten Hand erreichen konnte. Ich streichelte aus Spaß ihren Bauch, was sie nicht weiter bekümmerte. Wahrscheinlich war sie an Menschen gewöhnt.

Plötzlich stellte sie ihren Flügelschlag ein und landete auf meinem Schoß. Anfangs hatte ich nichts dagegen einzuwenden und dachte, die will sich sicher ausruhen. Doch als sie nach mir schnappte und mir in den linken Oberarm zwickte, rief ich: »Du blöde Gans, hau ab!«

Die Gans tat, wie ihr geheißen und verließ meine Gondel, der Graf lachte.

Da fing plötzlich der Motor an zu stottern. Viktor überprüfte die Armaturen, klopfte mit den Fingern auf die Benzinuhr und blickte sich um; dann fiel ihm die Kinnlade herunter.

»Was ist?«, fragte ich ihn.

»Eine Gans muss gegen die Benzinleitung geknallt sein. Wir haben kein Benzin mehr.«

In diesem Augenblick röchelte der Motor und gab schließlich nach einigen Glucksern seinen Geist auf. Die plötzlich eintretende Stille war wohltuend, obwohl sie nichts Gutes verhieß.

Der Graf empfand ähnlich, denn er sagte: »Wie angenehm ist es doch, ohne Motorenlärm zu fliegen.«

»Ja«, erwiderte ich, »wenn nur die Landung nicht wäre.«

Wir hatten inzwischen das offene Meer erreicht und bereiteten uns auf die Notwasserung vor. Das Meer war gottlob ruhig und bildete fast eine ebene Fläche. Fast so eben wie der See, an dem ich als Kind oft spielte, dachte ich. Der See war von Bergen umgeben und das Wasser kräuselte sich deshalb nur leicht. Da er fischreich war, kamen immer wieder Fischreiher vorbei, um sich die Bäuche vollzuschlagen. Sie mussten dazu mit ausgefahrenen Beinen landen, was meistens gut ging. Eines Tages aber hatte einer zu viel Speed und überschlug sich mehrmals, was uns Kinder lachen machte.

Ich erzählte dem Grafen von meinem Kindheitserlebnis, doch er wiegelte nur ab: »Wird schon schiefgehen.«

Wenig später war es so weit; wir schwebten langsam auf die Wasseroberfläche ein. Erst kam das rechte Rad in Kontakt mit dem Wasser und ließ es hochspritzen, dann der metallene Stumpf auf der linken Seite. So sausten wir zischend über dem Wasser dahin. Plötzlich tauchte das Fahrwerk ein, es warf uns nach vorn und es gab einen gewaltigen Platsch!

Augenblicklich versanken wir im kühlen Nass und ich war einen Moment lang ohne Orientierung. Als ich nach wenigen Sekunden den hellen Lichtschein über mir sah, stieß ich mich mit den Füßen ab und erreichte die Wasseroberfläche. Der Graf war ebenfalls nach oben gelangt und so entfernten wir uns schwimmend vom sinkenden Motordrachen. Die beiden Flügel blähten sich auf und hielten das Gefährt noch eine Weile über Wasser. Dann entwich prustend die Luft und unser Drachen-Trike wurde vom Meer verschluckt.

Ich sagte zum Grafen: »Wenigstens hast du den Schaden schon reguliert.«

»Ja, so verunfallt es sich leichter.«

Wir hielten schwimmend Ausschau nach Booten und brauchten nicht lange zu warten. Ein Fischerboot kam herangefahren und ein kräftiger Fischer zog uns aus dem Río de la Plata heraus. Er brachte uns an Land und wir fuhren mit nassen Kleidern mit dem Taxi zurück zu Lukas' Villa.

Nachdem wir uns umgezogen hatten, hielten wir Kriegsrat.

Viktor sagte: »120.000 Dollar Lösegeld bei sich zu haben in einer Sackgasse voll verwinkelter Baracken ist mir nicht geheuer.«

»Ja«, meinte ich, »es wurde ja schon einmal versucht, uns reinzulegen.«

»Wir brauchen also neben den Revolvern noch eine Rückversicherung.«

»Was könnte das nur sein?«

Ich lehnte mich in meinem Sessel zurück und bemerkte nun die bunte kleine Kiste, die hinter dem Grafen im Regal stand.

»Wenn mich nicht alles täuscht«, sagte ich, während ich aufstand und zum Regal ging, »könnte das die Lösung sein.«

Ich nahm die bunte Kiste, drehte an der Kurbel und es ertönte: »Pop! Goes the Weasel.«

Als die Melodie verstummte, sprang ein bunter Clown mit einem langen Bart heraus.

Viktor raunte: »Nein, ich spiele keinen Springteufel.«

»Wenn er dir aber ähnlich sieht?«, sagte ich schmunzelnd.

»Gut«, sagte Viktor, »wir knobeln.«

Gesagt, getan: Unsere Hände machten Schnick-Schnack-Schnuck – meine Schere schnitt Viktors Papier, ich hatte gewonnen!

»Jetzt müssen wir nur noch den richtigen Wagen aussuchen«, sagte Viktor.

Ich meinte: »Besser wir weihen Lukas nicht ein. Es könnte nämlich sein, dass wir ein paar Modifikationen vornehmen müssen ... Und wenn ich daran denke, wie dein Chauffeur den Rolls-Royce hegt und pflegt ...«

»Ja«, meinte der Graf, »wir sollten uns mal im Fuhrpark umsehen.«

Wir gingen also zur Garage und inspizierten die majestätische Bentley-Limousine, die fast den ganzen Raum ausfüllte. Als wir den Kofferraumdeckel öffneten, machten wir ein enttäuschtes Gesicht. Denn der Stauraum war so geräumig und riesig, dass ein sprunghaftes Öffnen von innen unmöglich war. Und beim blauen VW-Käfer, der noch in der Garage stand, war der Kofferraum zu klein.

»Also bleibt nur das Mercedescabrio«, sagte der Graf und wir gingen aus der Garage ins Freie, wo das rote Sportcoupé geparkt war. Wir öffneten den Kofferraumdeckel und der Graf meinte: »Das ist genau meine Größe.«

Er stieg hinein, legte sich mit angewinkelten Beinen auf den Rücken und sagte: »Wenn die Entführer den Kofferraumdeckel öffnen, stemme ich mich mit den Beinen entgegen und schleudere ihnen den Deckel ins Gesicht.«

»Und bei dem Trubel, der entsteht«, fuhr ich fort, »entwaffne ich sie.«

»Genau«, sagte der Graf, »und das üben wir jetzt.«

Ich schloss langsam den Deckel, klopfte, und als ich ihn öffnete, sprang er auch schon auf.

»Was machen Sie da?«, fragte plötzlich eine männliche Stimme in meiner Nähe.

Ich wandte meinen Kopf nach links und konnte am Gartenzaun einen ältlichen Mann stehen sehen. Offensichtlich war er der Nachbar.

Ich antwortete: »Wir üben Kofferraumdeckel aufschleudern … ähm, für die Faschingsolympiade.«

»Nie davon gehört.«

»Die wird in diesem Jahr das erste Mal ausgetragen.«

»Und wie funktioniert das genau?«, wollte er wissen.

Der Graf steckte seinen bärtigen Kopf aus dem Kofferraum und fing an, das Verfahren zu erklären: »Also, jemand liegt im Inneren, sobald er das Klopfen hört, stemmt er sich mit den Beinen dagegen … und wer am schnellsten ist …«

»Das ist ja ulkig.«

Ich ging dazwischen und sagte: »Aber wir müssen mit dem Training weitermachen.«

Der Nachbar wünschte uns viel Glück und ich schloss den Kofferraum wieder – plötzlich hörte ich es klopfen.

Ich öffnete vorsichtig den Deckel und der Graf sagte: »Ich bekomme keine Luft, außerdem ist es stockfinster.«

»Gut«, sagte ich, »dann müssen wir in die Sitzbank ein Loch hineinschneiden.«

»Das sollte Lukas aber nicht mitbekommen.«

Wir holten aus dem Geräteschuppen eine Bohrmaschine, umwickelten sie zur Lärmdämmung mit einem Handtuch und begannen unser Zerstörungswerk.

Da kam Lukas herbeigelaufen: »Um Gottes willen, was macht ihr da?«

Wir erklärten ihm den Zweck unserer Maßnahme, doch er meinte: »Geht's denn nicht anders?«

Ich sagte: »Willst du den Baron zurückhaben oder nicht?«

»Doch, schon.«

»Dann pack mit an.«

Er wehrte mit den Händen ab: »Nein, das könnt ihr von mir nicht verlangen! Das schöne, neue Cabrio. Macht, was ihr wollt, aber ohne mich.«

Und er ging jammernd ins Haus zurück.

Wir setzten unser Vernichtungswerk fort und so klaffte nach einer Weile in der Rückbank ein großes Loch.

Der Graf legte sich in den Kofferraum hinein und stellte zufrieden fest, dass nun für genügend Licht und Luft gesorgt sei.

Nach dem Abendessen machten wir uns im Mercedescabrio auf den Weg zur Lola Mora 6 – Viktor hatte sich in den Kofferraum gelegt und die Tasche mit dem Lösegeld und unsere Revolver hatten wir auch dabei.

Während wir dahinfuhren, unterhielt ich mich mit dem Grafen.

Er fragte mich: »Wo sind wir jetzt?«

»Auf der Avenida del Libertador.«

»Dann ist es nicht mehr weit.«

Als wir vor einer roten Ampel standen, hielt neben mir ein anderes Cabrio. Der Fahrer fragte mich: »Mit wem unterhältst du dich?«

Ich antwortete: »Mit meinem Hund.«

Viktor hatte das gehört und jaulte aus Spaß wie ein Wolf.

Ich sagte: »Viktor, hör auf.«

Der andere Autofahrer fragte mich: »Dein Hund heißt Viktor?«

»Ja.«

»Was ist er für eine Rasse?«

»Ich würde sagen ... Zwergpinscher.«

Jetzt knurrte Viktor hörbar.

Der Cabriofahrer sagte lachend: »Er ist damit offenbar nicht einverstanden.«

»Ja, weil er adelig ist.«

»Ein adeliger Hund?«

Ich konnte nicht mehr antworten, denn die Ampel hatte mittlerweile auf Grün geschaltet und ich fuhr los.

Wenig später bog ich auf die Lola Mora ein. Ich fuhr langsam die Straße entlang und betrachtete zu beiden Seiten die Baracken und verwahrlosten Hütten.

Ich flüsterte zu Viktor: »Gleich wird es ernst.«

Er jaulte kurz auf.

Nach fünfzig Metern hatten wir Hausnummer 6 erreicht. Die Zahl 6 war mit roter Farbe an die Tür einer Spelunke gemalt, die so baufällig war, dass ich Angst hatte, sie könnte jeden Augenblick zusammenbrechen.

Ich hupte drei Mal und kurz darauf öffnete sich die Tür einen Spalt. Der Spalt wurde nicht größer, anscheinend spähte jemand heraus und sondierte die Lage. Nach einer Weile ging die Tür ganz auf und ein Mann in einem zerschlissenen Anzug kam heraus. Er hatte auf der Stirn eine Narbe und sein Jackett beulte sich auf der linken Seite aus.

Da hat er also seine Knarre, dachte ich mir und ich griff nach meinem Revolver in meiner rechten Sakkotasche.

Der Entführer kam zum Cabrio heran und sagte: »Wo hast du das Geld?«

Ich erwiderte: »Wo habt ihr den Hund?«

»Erst das Geld.«

Er griff in seine Jackettinnentasche und ich wollte meinen Revolver ziehen, da spürte ich etwas Kaltes an meiner rechten Schläfe.

Eine schnarrende Männerstimme sagte: »Siempre suavemente.«

»Aber immer«, entgegnete ich und ich erblickte einen zweiten Mann auf der rechten Seite, der mir seine Pistole an den Kopf hielt.

Ich übergab ihm lächelnd meinen Revolver und sagte: »Ihr seid die Kings!«

»Wo ist das Geld?«, fragte der Entführer auf der linken Seite erneut.

»Wo wird's schon sein?«, entgegnete ich.

»Los«, sagte der andere Gangster, »zum Kofferraum.«

Ich stieg aus und wir gingen gemeinsam zum Heck des Autos. Als wir vor dem Kofferraum standen, sagte ich: »Aber damit eines klar ist, ich öffne den Deckel.«

»No, no, no«, sagte der Entführer mit der schnarrenden Stimme, »das mache ich.«

Er schob mich zur Seite, drückte auf den Knopf und zack! – Der Deckel flog auf und seine Pistole flog im weiten Bogen davon. Ich schlug dem zweiten Entführer seine Pistole aus der Hand und Viktor hielt beide Gangster mit seinem Revolver in Schach. Anschließend sammelte ich die beiden Pistolen ein und nahm meinen Revolver wieder an mich, dann begann das Verhör.

Der Graf fragte sie: »Wo habt ihr den Hund?«

Sie zuckten nur mit den Schultern.

Ich sagte: »Ihr kommt zu einer Übergabe ohne Geisel?«

Sie zuckten wieder nur mit den Schultern.

Ich schaute fragend den Grafen an.

Der meinte: »Die Sache ist für mich klar: Die wollten auf eigene Kasse arbeiten und haben Blacky gar nicht.«

Auf Spanisch sagte er zu ihnen: »Darüber wird euer Boss aber gar nicht erfreut sein. Verratet uns jetzt, wo der Hund versteckt ist und wir werden eurem Boss nichts sagen.«

Die beiden stellten sich weiterhin taub.

Der Graf zog nun andere Saiten auf.

Er sagte: »Wollt ihr wegen einem Köter draufgehen?«

Er spannte den Hahn seines Revolvers und sagte: »Auf deinem Grabstein wird stehen: ›Er starb wegen einem Dreckskköter. Mögen die Straßenhunde auf sein Grab pissen!‹«

Der Graf schwenkte den Revolver nun Richtung Auto und schoss in den Kofferraumdeckel.

»Okay, okay«, wehrte einer mit den Händen ab, »wir haben wirklich keine Lust, wegen der Töle ins Gras zu beißen.«

»Wo habt ihr ihn versteckt?«

»Camino de Santiago 38.«

Ich zückte mein Handy und stellte per Google Maps fest, dass die Adresse ein Lagerhaus am Hafen bezeichnete.

Viktor und ich fesselten und knebelten die beiden Entführer und bugsierten sie in den Kofferraum – für genügend Sauerstoff war ja gesorgt. Dann fuhren wir zur besagten Adresse.

Als wir an der Lagerhalle angelangt waren, befreiten wir unsere Geiseln von ihren Fesseln und Knebeln und ließen sie vorangehen; wir marschierten mit gezückten Revolvern und der Geldtasche hinterher. Vor einem vertikalen Rolltor blieben sie stehen.

»Los«, sagte Viktor, »klopft an und nennt eure Namen.«

Sie taten, wie ihnen geheißen und sagten: »Abre la puerta, somos nosotros, Emilio y Basilio.«

Nach einer Weile fuhr das Rolltor knarzend nach oben und machte den Blick frei auf einen Lagerraum. Auf der rechten Seite stand ein rundes Getreidesilo, zu dessen Luken eine Treppe führte und links befand sich im ersten Stock ein Büro, dessen Jalousien heruntergelassen waren.

Am Rand des Eingangs stand ein Mann in einem blauen Overall, den ich sofort erkannte: Er gehörte zu den Männern, die uns in Montevideo den Baron vor der Nase weggeschnappt hatten.

Zuerst sah er uns nicht und sagte zu seinen Kumpanen: »Wieso habt ihr den Hund nicht geholt?«

Der Graf kam hinter den beiden hervor und sagte: »Weil sie mit uns beschäftigt waren.«

»Ihr schon wieder«, sagte der Arbeiter, »wie kommt ihr hierher?«

Ich antwortete: »Ein Vögelchen hat uns den Weg gezeigt.«

Der Graf sagte: »Wir sind hier, um den Hund auszulösen.«

Plötzlich machte es ritsch-ratsch hinter uns, es klang wie das Entsichern einer Maschinenpistole.

Ich sagte zum Grafen: »Das hört sich gar nicht gut an. Wir sollten lieber die Hände heben.«

Ich wandte meinen Kopf und mein Verdacht wurde bestätigt: Hinter uns stand ein Mann mit einem Kalaschnikow-Sturmgewehr.

Emilio und Basilio nahmen uns die Revolver ab und ließen das Rolltor wieder herunter; die Geldtasche wanderte auch in ihre Hände.

Ich sagte: »Hey, was ist mit dem Hund?«

»Was soll schon sein?«, fragte der Arbeiter.

»Wir hatten eine Abmachung: Das Geld gegen den Hund.«

Der Mann mit der Kalaschnikow sagte: »Das können wir nicht machen, ihr kennt jetzt unser Versteck.«

Viktor entgegnete: »Dann sucht euch ein neues Versteck, Geld habt ihr ja jetzt genug.«

»Tut mir leid.«

Viktor sagte: »Damit kommt ihr nicht durch, wir haben nämlich die Polizei verständigt ...«

»Hahaha«, lachten sie.

Plötzlich klopfte es am Rolltor.

Viktor schrie: »Die Polizei!«

Die Gangster zuckten zusammen und ich schlug dem Mann hinter mir das Sturmgewehr aus der Hand, sodass es auf den Boden fiel. Viktor hatte inzwischen Emilio einen Kinnhaken verpasst und stürzte sich auf Basilio; ich rang mit dem Arbeiter im Overall. Zu meinem Leidwesen war er überraschend kräftig, so war es mir nicht möglich, die Oberhand zu gewinnen. Viktor erging es ähnlich. Und da ihnen auch noch ihre Kumpane zu Hilfe eilten, drohten wir den Kampf zu verlieren.

Viktor rief geistesgegenwärtig: »Los, zum Silo!«

Wir spurteten zum Getreidesilo und stapften die Treppe hoch, da flogen uns Kugeln um die Ohren. Peng, peng, machte es, doch die dicken Holzwände des Silos waren ein guter Schutz.

Während wir beschossen wurden, klingelte mein Handy.

Viktor raunte mir zu: »Willst du nicht rangehen? Ich halte inzwischen die Stellung.«

Ich nahm das Gespräch an und am anderen Ende war Jean, Viktors Butler aus Deutschland.

Er sagte: »Vorhin ist eine lustige Anekdote eingetrudelt, die müsst unbedingt hören.«

Ich antwortete: »Jean, vielen Dank, aber wir befinden uns gerade selbst inmitten einer ›lustigen Geschichte‹.«

Ein Querschläger streifte meine rechte Wade und ich schrie auf.

Jean sagte: »Das klingt aber gar nicht lustig.«

Ich erwiderte: »Momentan geht es schlecht, ich rufe zurück.«

Dann legte ich auf.

Viktor fragte: »Wer war das?«

»Jean«, antwortete ich. »Er wollte mir eine lustige Anekdote erzählen.«

Peng machte es wieder und wir zogen die Köpfe ein.

Viktor sagte: »Ich könnte jetzt eine kleine Aufheiterung gebrauchen.«

»Vielleicht können wir sie ja zu einem Waffenstillstand überreden.«

Der Graf winkte ab und sagte: »Ruf die Polizei an!«

»Was hat die für eine Nummer?«

»101, glaube ich.«

Ich tippte die Nummer ein und nachdem ich eine weibliche Stimme hörte, sagte ich: »Hallo, hier Jimmy Ludstock, ich werde gerade beschossen.«

»Ach, Sie werden beschossen?«

»Ja, und wie.«

Die Dame fragte: »Kennen Sie die Täter?«

»Nein, das sind Kriminelle, die einen adeligen Hund entführt haben.«

Sie lachte auf und ich hatte schon Angst, dass sie das Gespräch beendet. Doch sie fragte mich weiter aus.

»Was haben sie für Waffen?«

»Menschenskind, Pistolen halt und ein Kalaschnikow-Sturmgewehr.«

»Wissen Sie das Kaliber?«, fragte sie.

»Soll ich jetzt eine Umfrage starten, oder was?«, plärrte ich ins Handy.

»Ist ja schon gut. Wo sind Sie jetzt?«

»Camino de Santiago 38.«

Sie sagte: »Está bien, ich schicke eine Streife.«

»Aber bitte schnell«, und ich legte auf.

Ich rief Viktor zu, dass eine Polizeistreife unterwegs sei; worauf er sagte: »Solange können wir hier nicht warten. Wir müssen uns selbst retten.«

»Und wie willst du das machen?«

Er deutete auf den Boden, wo einige Sachen herumlagen.

Ich fragte verwundert: »Damit willst du sie bekämpfen?«

Der Graf nahm ein Brett und warf es hinunter – »Aua!« schrie darauf ein Mann und Viktor zeigte mir den aufgereckten Daumen. Jetzt begann auch ich, Sachen hinunterzuwerfen: Einen alten Farbkübel, Pinsel, einen verrosteten Schraubenschlüssel … Zwischendurch hörte ich Schreie, das hieß, meine Aktionen waren erfolgreich.

Als wir den Boden komplett leergeräumt hatten, sagte der Graf: »Wir müssen durch die Außenwand brechen, die ist nur aus Wellblech.«

Plötzlich hörte ich ein Bellen, das mir bekannt vorkam. Es wurde immer lauter und auf einmal stand Blacky, der vierbeinige Baron vor mir. Er sprang in meine Arme und jaulte vor Freude.

Ich sagte: »Wo kommst du denn plötzlich her?«

Er leckte stürmisch mein Gesicht, doch ich wehrte ab: »Blacky, ich freue mich auch, dich zu sehen, ab momentan habe ich keine Zeit.«

Als der Baron den Grafen sah, hüpfte er in seine Arme und Viktor streichelte den Foxterrier.

Von unten schrie jetzt jemand: »Hört auf zu schießen! Nicht, dass dem Hund was passiert.«

Viktor sagte: »Das ist unsere Chance.«

Er setzte Blacky auf den Boden ab und untersuchte mit den Fingern die Blechwand.

Nach einer Weile sagte er: »Hier ist ein Stück lose, das können wir vielleicht hinausdrücken.«

Er nahm kurz Anlauf und warf sich mit der rechten Schulter dagegen, worauf das Blech ein wenig nachgab. Er wiederholte seine Rammstöße, bis sich ein Stück Blech löste und eine Öffnung freilegte, die groß genug für uns war.

Wir lösten darauf unsere Gürtel und knoteten sie aneinander. An einem Holm, der durchs Viktors Aktion freigelegt worden war, befestigten wir das eine Ende und das andere ließen wir hinunter. Dann hangelte sich der Graf langsam nach unten, ich folgte ihm.

Blacky bellte von oben auf uns herab.

Ich sagte zu ihm hinauf: »Ich kann dich leider nicht mitnehmen, ich habe keine Hand frei. Aber wir holen dich später, großes Ehrenwort!«

Plötzlich hörte ich ein polterndes Lachen und ein Mann sagte: »Viktor?«

Viktor schaute nach unten: »Diego?«

»Viktor!«

Der Graf sagte: »Das darf doch nicht wahr sein. Diego!«

Ich blickte nach unten und sah einen braungebrannten Mittfünfziger mit einigen Narben im Gesicht stehen.

Ich fragte den Grafen: »Du kennst ihn?«

»Natürlich, das ist mein alter Busenfreund Diego Hernandez!«

Diego sagte: »Viktor von Bodeswalde. Ich sag's ja immer: Unkraut vergeht nicht. Warum bist du nicht draufgegangen? Ich meine, wie hast den Absturz überlebt?«

»Das gleiche möchte ich dich fragen …«

Ich sagte: »Ähm, Viktor, könntest du jetzt bitte runterklettern? Es wird langsam ungemütlich hier.«

»Ach so, ja.«

Wir kletterten hinunter und Viktor und Diego umarmten sich innig.

Viktor sagte: »Du meine Güte, wie lange ist das jetzt her?«

»10 Jahre.«

»Ach was, 15, nein, 20 Jahre.«

»Eine halbe Ewigkeit«, gluckste Diego. »Aber sag mal, wie hast du den Absturz des Flugzeugs überlebt?«

»Ganz einfach, ich war nicht in der Maschine.«

»Ich ja auch nicht.«

»Und weshalb nicht?«

»Ich wegen Mai Ling.«

»Und ich wegen Yin Yin.«

Viktor lachte auf: »Das darf doch nicht wahr sein: Zwei chinesische Kurtisanen haben uns das Leben gerettet.«

Der Graf blickte zu mir: »Ach ja, darf ich vorstellen: Jimmy, mein Privatsekretär.«

Ich gab Diego die Hand und Viktor erläuterte: »Diego ist der größte Hallodri von ganz Südamerika.«

Wir gingen gleich zum Du über und Viktor fragte ihn: »Bist du jetzt unter die Hundefänger gegangen?«

Diego antwortete: »Ich entführe alles, was Geld bringt. Aber sag, was hast du mit dem Hund zu tun?«

»Ich bin gewissermaßen sein Pate.«

Diego lachte auf: »Pate von einem Köter, sehr komisch.«

Viktor erläuterte: »Das ist ein besonderer Hund. Er heißt mit vollem Titel Frederick, 7. Baron of Devonshire.«

»Du veräppelst mich.«

Viktor schüttelte mit dem Kopf.

Diego sagte grinsend: »Der Kläffer ist ein englischer Adeliger, was es nicht alles gibt.«

Ich sagte: »Apropos Kläffer ... ich würde ihn gern in die Arme schließen.«

Diego war damit einverstanden und so marschierten wir vor zum Tor.

Als wir die Lagerhalle betraten, sagte Viktor: »Wie's hier aussieht. Räumt ihr niemals auf?«

Diego lachte: »Ganz der Alte!«

Diegos Männer waren sichtlich überrascht, uns durchs Rolltor kommen zu sehen und wollten uns schon attackieren, doch Diego pfiff sie zurück. Ich für meinen Teil wunderte mich über ihr Aussehen: Emilio hatte rot verschmierte Haare, Basilio ein zerrissenes Hemd und der Arbeiter im Overall hatte eine Beule am Kopf. Wir hatten also ganze Arbeit geleistet.

Ich rief zum Silo: »Blacky!«, und schon nach wenigen Sekunden kam der Baron die Treppe heruntergelaufen. Er sprang in meine Arme und ich streichelte ihn ausgiebig. Als er mein Gesicht abschleckte, sagte ich: »Siehst du, ich habe mein Versprechen gehalten. Jetzt können wir unser Wiedersehen richtig feiern.«

»Ja, sowas, Kindchen«, hörte ich plötzlich eine Frauenstimme von oben sagen. Ich hob meinen Blick und sah vom Container eine alte Frau die Treppe heruntersteigen. Sie hatte um die achtzig Lenze auf dem Buckel, doch ihr Rücken war kein bisschen krumm und ihre Stimme war fest und bestimmend.

Sie ging auf den Grafen zu und sagte: »Viktor, Kindchen! Dass du noch lebst?«

Viktor antwortete: »Roswita, das gleiche könnte ich dich fragen.«

Sie umarmte ihn und sagte: »Charmant wie eh und je.«

Er erwiderte: »Scherz beiseite, gut siehst du aus.«

»Du ebenfalls.«

Diego, der offenbar ihr Sohn war, sagte: »Du wirst es nicht für möglich halten. Viktor ist der Pate von dem Köter da, und der Hund ist ein englischer Adeliger.«

Sie lachte auf und meinte: »Im Grunde überrascht mich das nicht. Wenn ein Hund Asse erkennen kann, kann er auch adelig sein.«

Der Graf sagte: »Noblesse oblige. Das gilt auch für Hunde.«

Emilio deutete auf unsere Geldtasche und sagte: »Was ist nun mit dem Geld, Boss?«

Diego antwortete: »Ach ja, das Geld. Das werden wir natürlich Viktor zurückgeben.«

Der Graf entgegnete: »Das ist nicht nötig. Es ist nicht mein Geld.«

»Ach, nicht?«

»Nein«, erläuterte Viktor, »es gehört dem Vormund des Foxterriers.«

»Wir werden es aber trotzdem zurückgeben.«

Viktor blickte Diego unverständig an. Er schien sich zu fragen, wieso sein alter Kumpel plötzlich so selbstlos war.

Diego meinte gelassen: »Das ist schon okay. Ich hab ja noch ein Angebot bekommen.«

»Was?«, fragte Viktor.

Diego sagte: »Eine Frau hat uns viel Geld geboten, wenn wir den Köter ...«, er räusperte sich, »... ich meine Foxterrier nicht wieder zurück ...«

Viktor und ich starrten ihn fragend an.

Diego fuhr fort: »Wir sollten ihn verschwinden lassen und das für 10.000 Dollar!«

Roswita sagte empört: »Solche Banditen sollte man auspeitschen.«

Der Graf erläuterte: »Das waren sicher die Erben, ich meine die enterbten Erben.«

Alle starrten uns fragend an.

Viktor erklärte nun das skurrile Testament von Peggy Hillerman: »Der Kleine hat ein Riesenvermögen geerbt, von seinem Frauchen, der Multimillionärin Peggy Hillerman. Tja, und nun will die gesamte Sippe ihren vierbeinigen Konkurrenten tot sehen.«

Diego schüttelte den Kopf: »Diese Amerikaner, vererben alles einem Köter, kaum zu glauben.«

Viktor fuhr fort: »Jedenfalls muss Blacky, wie wir ihn wegen seinem schwarzen Auge nennen, nun um sein Leben fürchten.«

Ich fügte hinzu: »Sie haben schon mehrere Mordanschläge auf ihn verübt.«

»Anschläge?«, fragte Diego.

»Ja«, sagte ich, »erst wollten sie ihn mit einem Porsche überfahren, dann mit einem Kuchen vergiften und schließlich mit einer Handgranate in die Luft sprengen.«

Roswita schimpfte: »Bastardos! Bandidos!«

Diego sagte: »Ich finde, wir sollten diesen Halunken eins auswischen.«

»Das könnt ihr gerne machen«, sagte der Graf, »aber vorher müssen wir den Vormund informieren, dass wir sein Mündel gefunden haben.«

Ich zückte also mein Handy und rief Lukas an.

Als er abhob, fragte er mich: »Habt ihr ihn?«

»Ja.«

»Juuuuhuuuu«, schrie er und mein rechtes Ohr schmerzte.

Ich teilte ihm die Adresse mit und er machte sich auf den Weg.

Während Lukas unterwegs war, unterhielt sich Viktor mit Diego.

Viktor fragte ihn: »Was mir nicht in den Kopf will, wie konnten wir uns in Schanghai verfehlen?«

Diego antwortete: »Ganz einfach, ich habe Mai Ling überredet, mit ihrem Beruf aufzuhören und so bin ich zu ihr gezogen. Übrigens, das Ticket für den Flug nach Neu-Delhi hab ich verkauft.«

»An wen?«

»An einen stinkreichen indischen Bauunternehmer. Der Mann war so geizig, dass er mich auf die Hälfte runtergehandelt hat.«

Viktor lachte auf: »Ein teurer Handel.«

»Ja, es kostete ihn sein Leben. – Und später habe ich Mai Ling geheiratet.«

Viktor erzählte: »Ich habe davon gehört. Es hieß, sie hätte sich einen Freier aus Europa geangelt.«

»Und der war ich.«

»Aber du bist doch Argentinier?«

»Sie hat mich immer für einen Spanier gehalten.«

Jetzt mussten beide lachen und Viktor sagte: »Ach, deshalb wurde ich nicht stutzig.«

Diego fragte: »Aber warum habe ich dich in der Dollybar nicht mehr gesehen?«

»Wegen Yin Yin. Sie hatte mich in einer Bar angemacht und zu ihrem Nachtklub abgeschleppt, dem Sweetheart. Und weil sie mir so gut gefiel, hab ich den Flug nach Neu-Delhi storniert.«

Diego sagte: »Und ich dachte, du wärst bei dem Flugzeugunglück umgekommen.«

»So wie ich.«

Diego fuhr fort: »Übrigens habe ich deiner Cousine Karoline eine Beileidskarte geschrieben.«

»Ja, sie hat mir mal erzählt, dass sich jemand einen Aprilscherz erlaubt und ihr zu meinem Tod kondoliert hat.«

»Aprilscherz?«, fragte Diego.

»Die Karte kam am ersten April an.«

Wir lachten herzhaft.

Auf einmal hörten wir aus der Ferne eine Polizeisirene. Diego und seine Leute zuckten zusammen – das musste wohl eine natürliche Reaktion von Berufsverbrechern sein. Viktor und ich hingegen schmunzelten. Denn das Tatütata war dermaßen krächzend und schrill, dass ich dem Martinshorn keine fünf Minuten mehr gegeben hätte; es pfiff buchstäblich aus dem letzten Loch.

Und auch das Auto, das kurz darauf um die Ecke gefahren kam, war kurz vorm Abnippeln: Es war ein alter, blauer Toyota, dessen Motor nur noch röchelte und dessen Karosserie mit Rostflecken übersäht war. Wäre an der Seitentür nicht POLICIA gestanden, hätte man es unmöglich für ein Polizeiauto gehalten.

Diego fragte Viktor: »Hast du die Polizei gerufen?«

Ich antwortete: »Ja, als ich noch glaubte, um mein Leben kämpfen zu müssen.«

Viktor sagte: »Ich regle das« und ging zum Polizeiwagen.

Er sprach mit dem Polizisten, der sicherheitshalber im Auto sitzen blieb, ein paar Worte … Dann schloss der Ordnungshüter die Augen, hielt die Hand auf und ein Geldschein landete in seiner Brusttasche. Damit war die Angelegenheit erledigt.

Allerdings ließ sich das Polizeiauto nicht mehr starten, der Anlasser orgelte einige Zeit, dann war Sense.

Der Polizist rief uns zu: »Könnten Sie mich bitte anschieben?«

»Aber gerne, Herr Wachtmeister«, antwortete Diego.

Er und seine Leute begaben sich darauf zum Heck des Autos, schoben kräftig an und sorgten so für die Abfahrt des Polizisten.

Kurz darauf kam Lukas in seiner Bentley-Limousine angefahren. Blacky lief ihm entgegen und jaulte vor Freude, worauf Lukas die Autotür öffnete und sein Mündel in Empfang nahm. Er hielt den kreuzfidelen Hund in seinen Armen und sagte: »Endlich habe ich dich wieder. Du weißt ja gar nicht, welche Sorgen ich mir gemacht habe.«

Diego wandte sich zu Viktor: »Was sage ich jetzt?«

Viktor antwortete: »Überlass das Reden mir.«

Er ging zu Lukas und sagte: »Es ist ein großes Glück, dass Diego, mein alter Kumpel, Blacky gefunden hat.«

Diego meinte: »Ja, er ist mir zugelaufen. Heute Vormittag stand er plötzlich in der Tür. Ich dachte mir, den Hund kenne ich doch aus der Zeitung.«

Nun mischte sich Roswita ein: »Da haben wir Viktor angerufen.«

Lukas zog die Stirn kraus: »Ich weiß nicht, Ihre Stimme kommt mir irgendwie bekannt vor …«

Viktor ging dazwischen, bevor sie sich mit ihrem »Schätzchen« oder »Kindchen« verraten konnte.

Er sagte: »Sie mussten natürlich erst meine Nummer herausfinden.«

Lukas fragte: »Und die Geldübergabe?«

Viktor antwortete: »Ach so, das Geld, das haben wir noch.«

Ich erläuterte: »Am Treffpunkt war niemand, klar, Blacky war ihnen ja ausgebüxt.«

Lukas war erleichtert und sagte zu Diego: »Sie können das Geld behalten, als Finderlohn.«

Diego wehrte ab: »Das kann ich doch nicht annehmen.«

Lukas sagte bestimmt: »Sie haben den Baron gefunden und waren so ehrlich, Viktor anzurufen. Ich finde, Ehrlichkeit sollte belohnt werden.«

Diego blickte hilfesuchend zu Viktor. Der sagte: »Er hat ganz recht, du hast dich vorbildlich verhalten. An dir sollten sich alle ein Beispiel nehmen ...«

Diegos Spießgesellen mussten gegen das Lachen kämpfen ... Einige schauten verlegen zu Boden, andere zur Decke.

Viktor klopfte Diego auf die Schulter: »Weiter so, Diego! Ehrlich währt am längsten!«

Jetzt platzte ich heraus ... Blacky rettete die Situation, indem er laut bellend umherhüpfte.

Als wir ausgegrinst hatten, sagte Diego zu Lukas: »Nun, wie soll ich es sagen ... gestern ... ich meine heute Nachmittag habe ich einen Anruf bekommen.«

Er druckste herum: »Das wird Ihnen nicht gefallen. Jemand mit einem amerikanischen Akzent hat mir 10.000 Dollar geboten, wenn ich den Köter, ich meine den Baron verschwinden lasse – für immer.«

Lukas zischte: »Wie bitte?«

Viktor meinte: »Das waren sicher die Erben.«

»Aber woher wussten sie, dass Ihnen der Hund zugelaufen war?«, wollte Lukas wissen.

Diego antwortete: »Ach, in Buenos Aires spricht sich sowas schnell herum.«

Lukas war sichtlich verärgert. Er fauchte: »Diese Erben! Das sollen sie mir büßen!«

Diego meinte: »Sie könnten sich an Ihnen rächen.«

Lukas fragte: »Und wie?«

»Ganz einfach. Ich kassiere die 10.000 Dollar und die Erben gehen leer aus.«

Lukas lachte hämisch. »Hähä, genau das machen wir. Aber wissen Sie was? Sie verlangen 100.000 Dollar!«

Diego schaute verlegen zu Viktor, der nickte stumm, so sagte er: »Das können wir gerne tun. Gehen wir doch in mein Büro.«

Wir betraten also die Lagerhalle erneut und stapften die Treppe zum Baucontainer hoch, in dem sich Diegos Büro befand.

Oben angelangt ging Diego zu einem Holzschreibtisch und holte aus einer Schublade mehrere Handys hervor – offensichtlich waren sie gestohlen.

Er nahm eines, suchte in der Anrufliste eine Telefonnummer und wählte sie; dann schaltete er auf Lautsprecher.

Kurz darauf meldete sich eine Frau mit einem amerikanischen Akzent: »Evelyn Millicent, hello.«

Diego sagte: »Hier ist Diego aus Buenos Aires. Ich möchte jetzt Ihr Angebot annehmen, allerdings nicht für 10.000 Dollar. Ich habe nämlich erfahren, dass der Foxterrier mehrere Millionen wert ist.«

Die Frau zischte hörbar: »Verdammt, woher weiß er das?«

Lukas flüsterte: »Das ist Pamela Penrose! Sie gibt sich als Evelyn Millicent aus, aber es ist unverkennbar ihre Stimme.«

Die Amerikanerin fragte: »Wie viel wollen Sie denn haben?«

Diego sagte gelassen: »100.000 Dollar.«

»What? Are you crazy?«

Diego fuhr fort: »Das ist die Summe, die ein gewisser …«, er schaute zu Lukas, der flüsterte: »Kovačević«, Diego radebrechte: »Kova … tsche …witsch geboten hat.«

»Dieser Schmarotzer!«

Lukas rief: »Miststück!« – Viktor hielt gottlob die Hand übers Handy, so verstand sie sein Schimpfwort nicht.

Diego fügte hinzu: »Wie dem auch sei. Wer am meisten bietet, bekommt den Hund.«

Pamela Penrose, alias Evelyn Millicent fluchte gotterbärmlich: »Damned! Crap! Bastard!«

Diego ging dazwischen: »Ist das ein Ja?«

»Woher soll ich so viel Geld nehmen?«, fragte sie.

Lukas flüsterte: »Die lügt wie gedruckt. Sie hat erst kürzlich von ihrem verstorbenen Mann das Haus und die Firma geerbt.«

Diego antwortete: »Dann verkaufen Sie halt Ihr Haus ... ich meine, nehmen Sie einen Kredit auf, schließlich sind Sie stinkreich, wenn Sie alles erben.«

»Okay«, sagte sie, »wann wollen Sie das Geld haben?«

»Bis wann können Sie es auftreiben?«

»In zwei Tagen.«

»Bien, die Übergabe ist in Buenos Aires.«

»Wieso dort?«, wollte sie wissen.

»Ganz einfach, weil hier der Hund ist.«

»Okay«, willigte sie ein, »ich komme mit dem Geld am Samstagnachmittag.«

»Rufen Sie mich an, wenn Sie am Flughafen gelandet sind«, sagte Diego und legte auf.

Lukas war immer noch verärgert: »Schmarotzer«, stieß er aus, »dass ich nicht lache. Die sind doch selbst schuld, dass die Peggy ihnen nichts vererbt hat.«

Wir schauten ihn fragend an und er fuhr fort: »Die sind doch ständig wie Erbschleicher um sie herumscharwenzelt. Tantchen hier, Tantchen dort, und immer dieses falsche Bussi-Bussi-Gesäusel – widerlich!«

Blacky sprang auf seinen Schoß und Lukas streichelte ihn.

»Aber wir drei, nicht wahr … wir waren ein tolles Team. Was wir alles angestellt haben …«

Blacky bellte einmal.

Viktor sagte: »Wie dem auch sei, wir haben unseren Auftrag erfüllt. Du hast dein Mündel wieder und wir werden noch eine Weile in Buenos Aires Urlaub machen.«

Lukas sagte: »Ich weiß gar nicht, wie ich euch danken soll.«

Ich meinte: »Du könntest uns den Rückflug in deinem Privatjet spendieren.«

»Natürlich fliegt ihr in meinem Jet zurück. Und sonst?«

Viktor antwortete: »Da fällt mir ein, ich hatte Unkosten. 10.000 für das Motorboot und 5.000 für den Motordrachen. Also 15.000 $.«

Lukas sagte: »Kein Problem.«

Er zückte sein Scheckheft und stellte einen entsprechenden Scheck aus.

Nachdem er das Scheckheft weggesteckt hatte, meinte er: »Ach übrigens, Blacky hat am Samstag Geburtstag und ihr seid natürlich herzlich eingeladen.«

Ich sagte: »Wir kommen gern.«

Lukas fügte an: »Ach ja, bei der Geldübergabe mit den Penroses könnte ich Hilfe gebrauchen.«

Ich wandte ein: »Aber die kennen dich doch, und mich auch.«

Diego sagte: »Dann werde *ich* eben das Geld entgegennehmen.«

Viktor schmunzelte und sagte: »Nein, diesen Spaß möchte ich mir nicht entgehen lassen. Und damit sie uns nicht erkennen, werden wir uns verkleiden.«

Lukas sagte: »Ich habe in der Villa eine Kleiderkammer, und jede Menge Bärte und Perücken, das dürfte klappen.«

Viktor meinte: »Gut, Samstagnachmittag stehen wir dir zur Verfügung.«

Anschließend fuhr Lukas mit Blacky zurück zu seiner Villa und Viktor und ich fuhren mit Diego und Roswita zu seinem Nachtklub.

Als wir uns Diegos Etablissement näherten, konnte man von Weitem eine rot blinkende Neonschrift sehen: »Jardín del amor« – »Garten der Liebe«, und darunter befand sich eine naive Darstellung von Adam und Eva im Paradies.

Viktor scherzte: »Die Szene spielt hoffentlich *nach* dem Sündenfall.«

Diego erläuterte: »*Vor* dem Sündenfall war ja nichts los.«

Ich meinte: »Es gibt also Gewinner dieser alten Geschichte.«

Roswita sagte: »In jeder Krise gibt es Gewinner, Schätzchen.«

Nachdem wir hinter dem Haus geparkt hatten, stellte sich Diego vor die Tür und sagte: »Willkommen in meiner bescheidenen Hütte.«

Wir betraten den Nachtklub und dort herrschte bereits reger Betrieb. Auf den Tischen tanzten leichtbekleidete Mädchen und die männlichen Gäste begafften sie und steckten ihnen Geldscheine unter die Strumpfbänder.

Diego geleitete uns in einen Nebenraum, wo sich eine Animierbar befand. Als die weiblichen Angestellten uns sahen, kamen zwei von ihnen zu Viktor und mir und schmiegten sich an uns.

Die Brünette hauchte in mein Ohr: »Ich bin Amanda, du bist wohl einsam …«

Das war wohl der Animierspruch, den sie immer sagte, auch wenn er gar nicht stimmte.

Roswita stieß einen schrillen Pfiff aus und deutete mit dem Kopf zur Seite, worauf sich die beiden Freudenmädchen wieder an die Bar begaben.

Wir setzten uns an einen Ecktisch, wobei Diego und Roswita gegenüber zu sitzen kamen. Bei der Kellnerin, die uns bediente, bestellten wir Tequilas.

Anschließend begann der Graf zu erzählen: »Du wirst es nicht glauben, aber ich saß wegen einem Unfall fünf Jahre im Rollstuhl.«

Diego sagte: »Du im Rollstuhl? Du veräppelst mich.«

Viktor sagte: »Nein, wirklich. Ich hatte von der Dachterrasse eines Klubs einen Freifallversuch mit einem Sonnenschirm gemacht und bin dabei leider auf die Hauer eines bronzenen Ebers gefallen.«

»Ein Eber hat dich fertiggemacht?«

Viktor nickte.

»Und ein schottischer Stier half mir wieder auf die Beine.«

Diego lachte aus vollem Halse und sagte: »Ganz der alte Viktor, nur Blödsinn im Kopf.«

Viktor zückte nun sein Handy und zeigte Diego ein Foto: »Hier, er heißt Henry.«

Als Diego das Foto sah, stieß er aus: »Caramba! Eso es un toro! Aber wie kann dich ein Stier gesund machen?«

»Durch sein Rückenmark. Es wurde genetisch vermehrt und in meine Wirbelsäule gespritzt und nun kann ich wieder gehen.«

Roswita meinte lachend: »Das passt zu dir, das Kreuz eines Bullen, hahaha.«

Viktor blickte sich um und fragte Diego: »Wo ist eigentlich Mai Ling? Die Chinesin, die dein Leben gerettet hat?«

»Wo soll sie schon sein? – Weg ist sie.«

Viktor sagte: »Aber ihr wart doch verheiratet?«

»Ja, schon, aber als hier der chinesische Staatszirkus gastierte, da ist sie schwach geworden …«

Roswita erläuterte: »Sie hat sich in einen chinesischen Artisten verliebt. – Als ob der mehr zu bieten hätte, als mein Diego.«

Nun wurden die Tequilas gebracht.

Viktor nahm sein Glas und stieß an: »Auf die Frauen!«

Diego schüttelte den Kopf und nahm einen Schluck.

Viktor begann zu lächeln und sagte: »Diego, erzähl mal die Geschichte, wie du in Ägypten als Casanova unterwegs warst.«

Diego machte eine wegwerfende Handbewegung, doch ich wollte die Geschichte unbedingt hören.

»Na, gut«, sagte Diego, »ich hab sie schon hundert Mal erzählt, aber weil ihr es seid …

Vor langer Zeit hab ich mal in Ägypten Urlaub gemacht; in Kairo war ich in einem Luxushotel abgestiegen. Da ich alleine war, dachte ich mir, vielleicht kann ich mir ja eine Ägypterin anlachen. Ich schlenderte also zum Pool und dort sah ich eine schöne Exotin alleine in der Sonne liegen. Ich ging zu ihr und fragte sie auf Englisch, ob ich ihr einen Drink spendieren dürfe.

Da zischte sie mich an: ›Was für eine Frechheit, ich bin keine Hure!‹

›Aber nein, gnädige Frau‹, antwortete ich, ›das ist ein Missverständnis. Ich will Ihnen kein Geld anbieten.‹

›Was?‹, fauchte sie, ›Sie wollen mir Geld anbieten?‹

›Aber nein, ich habe doch nur 50 Dollar.‹

›Was? 50 Dollar? Ich werde meinen Mann verständigen, der ist Polizeipräsident und der wird Sie fertigmachen.‹

Und schon sprang sie auf und lief ins Hotel. Ich war völlig perplex, dachte mir aber nichts Besonderes dabei.

Als ich an der Rezeption meinen Zimmerschlüssel verlangte, sagte der Portier: ›Ich habe das vorhin mit angehört. Sie sollten sofort abreisen, sonst ergeht es Ihnen schlecht.‹

Und er führte pantomimisch den Zeigefinger an der Kehle vorbei. Das war ein deutliches Signal, so beschloss ich meine Koffer zu packen.

Als ich gerade meinen Koffer schließen wollte, hörte ich an der Frontseite des Hotels ein Auto mit quietschenden Reifen vorfahren. Ich blickte aus dem Fenster im zweiten Stock und sah zwei Polizisten ins Hotel stürmen. Ich ging zur Zimmertür und öffnete sie einen Spalt, da hörte ich den Portier meine Zimmernummer, 213, aussprechen. Die Polizisten waren also tatsächlich wegen mir gekommen.

Ich ließ alles stehen und liegen und lief auf den Balkon, doch zum Hinunterspringen war er zu hoch. Und um Bettlaken zu einem Seil zu verknoten, reichte die Zeit nicht mehr. So stieg ich übers Geländer und balancierte auf einem zehn Zentimeter breiten Absatz zum Nachbarzimmer. Durchs offene Fenster stieg ich ein und sah, wie sich ein junges Liebespaar gerade nackt auf dem Bett vergnügte.

Ich räusperte mich und sagte: ›Roomservice, can I help you?‹

Die beiden deckten sich eiligst zu und der Junge sagte schüchtern: ›No, thank you.‹

In diesem Augenblick hörte ich, wie mein Zimmer gestürmt wurde und ein großer Tumult entstand.

Ich fragte: ›Some coffee or beer?‹

›No, thanks‹, war die Antwort.

Die Polizisten waren inzwischen am Nachbarzimmer angelangt und rüttelten an der Tür: ›Open, police!‹

Ich rief: ›Please wait, I will serve you in a moment‹ und stieg wieder auf den Balkon.

Ich tippelte auf dem Absatz weiter bis zur Hausecke und konnte hinter der Ecke eine belebte Straße mit Ständen und Markisen sehen. Auf Höhe des 1. Stocks war ein Sonnensegel aufgespannt, das ich als Sprungtuch nutzen konnte.

Ich sprang also hinunter, es machte Ratsch und durch den Riss sauste ich auf einen Obststand, worauf Orangen, Mangos, Äpfel und Melonen auf die Straße rollten. Der Händler schrie mich an und fuchtelte mit den Armen … So entschuldigte ich mich und drückte ihm einige Geldscheine in die Hand. Dann gab ich Fersengeld. Ich rannte Richtung argentinischer Botschaft, die etwa einen Kilometer entfernt war und die ich am Vortag wegen einem verlorenen Reisepass aufgesucht hatte.

Während ich Vollstoff sprintete, hörte ich hinter mir Reifen quietschen. Ich blickte über die linke Schulter und sah den Polizeiwagen in die Straße einbiegen – sie verfolgten mich also, also runter von der Hauptstraße. Ich bog nach rechts in eine Gasse ein, die gottlob zu schmal für ein Auto war. Doch wie ich mit einem Blick nach hinten sehen konnte, stieg der Beifahrer aus und rannte hinter mir her.

Verdammt, ich muss ihn irgendwie loswerden, dachte ich mir, da bot sich mir auch schon eine Gelegenheit. Vor mir saß ein Mann an seinem Mofa und ließ das Motoröl seines Mofas in eine Blechschale rinnen. Ich nahm kurzerhand die Schale und schüttete das Öl auf den Weg, dann spurtete ich weiter. Kurz darauf hörte ich einen Mann fluchen und einen anderen lachen – der Polizist war wohl auf dem Öl ausgerutscht und der andere lachte ihn aus.

Ein kurzes Stück später kam ich zu einem alten Mann, der Haselnüsse in einen Sack schöpfte. Mit den Worten: ›Tut mir leid‹, warf ich den Sack um und Hunderte Nüsse kullerten über den Boden. Laute arabische Flüche und ein heiseres

Lachen, das kurz darauf ertönte, verrieten mir, dass meine Aktion Erfolg hatte.

Ich spurtete weiter und überlegte krampfhaft, wie ich den Polizisten abhängen könnte, da bot sich mir eine weitere Möglichkeit: Zwei Männer bugsierten einen Kleiderschrank aus einem Fenster im Parterre. Ich sagte: ›Sie können sicher Hilfe gebrauchen‹, und zog den Schrank an einer Seite heraus, sodass er verkeilt zu liegen kam und die Gasse versperrte.

Mit den Worten: ›Das habe ich doch gerne getan‹, lief ich weiter, während hinter mir mehrere Männer durcheinander schrien und zeterten. Wie es schien, ließen die Möbelpacker den Polizisten nicht durch; das verschaffte mir den entscheidenden Vorsprung.

Ich lief noch eine Weile durch verwinkelte Gassen, dann erreichte ich einen Innenhof mit einem Stall. Ich versteckte mich darin und setzte mich in eine Ecke, dann kam ich langsam zur Ruhe. Es war ringsherum still, nichts rührte sich. Nur das Brummen der Millionenstadt war im Hintergrund zu hören.

Auf einmal meckerte hinter mir eine Ziege. Ich musste an die Zimtziege vom Pool denken und dachte mir: Das alles nur wegen der blöden Tussi!«

Der Graf nahm sein Glas und stimmte das Lied von Bob Marley an: »No woman, no cry.«

Ich antworte singend: »No woman, no cry.«

Diego nahm einen Schluck und fuhr fort: »Nach einer halben Stunde schlich ich Richtung argentinischer Botschaft. Ich näherte mich dem Gebäude von der Seite und blickte um die Hausecke – da sah ich ein Polizeiauto vor dem Haupteingang stehen. Ein Polizist mit ölverschmierter Uniform war ans Auto gelehnt und rauchte eine Zigarette … sie meinten es also wirklich ernst.

Ich rief mit dem Handy die Botschaft an und ein Mann sagte: ›Señor Hernandez, wir haben Ihren Anruf bereits erwartet. Gegen Sie wird ermittelt, wegen einer Straftat.‹

›Was?‹, schrie ich ins Telefon.

›Das können wir später klären‹, sagte der Mann gelassen, ›aber zuerst müssen wir Sie mal in die Botschaft bekommen. Über den Haupteingang geht es nicht, der wird bewacht.‹

›Das habe ich gesehen.‹

Der Mann fuhr fort: ›Wir haben für solche Fälle einen Notfallplan. Auf der Rückseite des Gebäudes befindet sich ein zugemauertes Portal. Um 21 Uhr schalten wir die Beleuchtung aus und lassen eine Strickleiter herunter.‹

›Ich werde da sein‹, sagte ich und legte auf.

Um mir die Zeit zu vertreiben, ging in einen nahen Park und setzte mich unter die herabhängenden Äste einer Trauerweide. Ich sinnierte vor mich hin, dass ich mir den Urlaub in Kairo ganz anders vorgestellt hatte, eher wie ein Abenteuer aus »Tausendundeine Nacht« … und welch seltsame Streiche einem das Schicksal spielen konnte …

Dann, um 21 Uhr fand ich mich am Portal ein. Es dauerte nur wenige Sekunden, dann gingen die Lichter aus und eine Strickleiter kam heruntergeflogen. Ich kletterte die vier Meter hohe Mauer hoch und auf der anderen Seite wieder hinunter und als ich mich umdrehte, begrüßte mich ein Botschaftsmitarbeiter in einem feinen Zwirn.

Er sagte: ›Señor Hernandez, herzlich willkommen in der Botschaft. Ich hätte Sie gern unter günstigeren Umständen kennengelernt, aber gegen Sie liegt ein Haftbefehl vor. Wegen versuchter Vergewaltigung der Frau des Polizeipräsidenten.‹

›So ein Quatsch‹, stieß ich aus.

Während wir ins Gebäude gingen, erzählte ich ihm den wahren Sachverhalt.

Er meinte: ›Im Grunde ist das nicht verwunderlich. Die Frau des Polizeipräsidenten soll vor der Heirat ein leichtes Mädchen gewesen sein, wahrscheinlich ist sie deshalb so empfindlich.‹

›Aha!‹, sagte ich, ›und warum spricht dann das Außenministerium keine Reisewarnung aus?‹

Er lachte kurz auf.

Ich sagte empört: ›Diese Frau ist eine Tretmine!‹

Der Botschaftsangestellte sagte: ›Wie dem auch sei, Ihre Ausreise wird nicht einfach werden.‹

›Wieso?‹, fragte ich, ›Sie könnten mir doch einen diplomatischen Pass ausstellen. Dann hätte ich Immunität.‹

›Der würde Ihnen sicher verweigert werden.‹

›Und wenn wir die Justiz einschalten?‹

Er antwortete: ›Das können Sie vergessen. Der Polizeipräsident brummt Ihnen zwanzig Jahre Haft auf.‹

›Und alles nur wegen dieser blöden Kuh!‹, sagte ich wütend.«

Der Graf prostete Diego zu: »Auf den großen Casanova!«

Ich ergänzte: »Und auf seine tolle Eroberung!«

Diego erzählte weiter: »Da eine offizielle Ausreise nicht infrage kam, musste ich mich heimlich aus dem Staub machen. Mich im Kofferraum der Botschaftslimousine zu verstecken, war zu gefährlich, denn die konnte durchsucht werden. Und als Frau ging ich auch nicht durch: Bei diesem breiten Schädel und einem Kreuz wie ein Auerochse. Ich musste mich also als Mann verkleiden.

Während wir so hin- und herüberlegten, schritt im Gang ein alter Zausel mit einem langen, weißen Bart vorbei. Fast gleichzeitig sagten wir: ›Das ist die Lösung!‹

Der Greis entpuppte sich als Osvaldo Soriano und war ein berühmter argentinischer Schriftsteller. Er war gerade wegen einem internationalen Literaturkongress in Kairo und logierte in der argentinischen Botschaft.

Als ihm der Plan mitgeteilt wurde, lachte er auf und erklärte sich spontan bereit, die Komödie mitzuspielen.

Er kommentierte: ›Bei den vielen falschen Propheten, die es heutzutage gibt, kommt es auf einen mehr auch nicht an.‹

Die Herrentoilette im 1. Stock wurde also in eine Theatergarderobe umgewandelt und die Frau des Botschafters, die mal Maskenbildnerin an der Oper von Buenos Aires war, machte sich an meinem Gesicht zu schaffen. Erst puderte sie mein Gesicht grau und dann legte sie künstliche Falten auf. Nach einem Dutzend Hautfalten schaute ich ganz verwittert und zerknautscht aus. Auf meinen Kopf platzierte sie eine Perücke, die mich kahl erscheinen ließ. Und zu guter Letzt klebte sie am Kinn einen langen, weißen Bart an.

Als der wahre Osvaldo Soriano in die Garderobe kam, zuckte er zusammen und meinte er, es komme ihm vor, als stünde er vor einem Spiegel.

Jetzt galt es noch, die heisere, zittrige Stimme des Greises zu imitieren. Ich übte ein bisschen und klang nach einer Weile tatsächlich wie ein Tattergreis.

Dann wurde es ernst. Die Botschaft buchte für mich einen Direktflug nach Buenos Aires und ich fuhr in der Botschaftslimousine durchs Portal auf die Straße. Die Polizisten vor der Botschaft hielten den Wagen an und prüften die Pässe. Meinen Pass checkten sie dabei besonders intensiv. Sie schauten auch in den Kofferraum und blickten sogar unter die Kotflügel. Doch von Diego Hernandez war nichts zu sehen.

Ich, alias Osvaldo Soriano, krächzte: ›Was suchen die Herren denn?‹

Sie antworteten: ›Wir suchen einen gefährlichen Verbrecher.‹

›Aber hoffentlich keinen Schreibtischtäter‹, und ich lachte heiser.

Da ihre Suche erfolglos war, winkten sie die Limousine durch und wir fuhren ohne Unterbrechung zum Flughafen.

In der Abfertigungshalle wurde ich von Literaturfans erkannt und um Autogramme gebeten. Auch ein Fernsehteam, das gerade eine Doku drehte, kam zu mir und interviewte mich.

Der Moderator fragte mich: ›Señor Soriano, wie würden Sie den Zeitgeist beurteilen?‹

Ich krächzte: ›Das ist wohl mehr ein Kirschgeist‹ und ich zeigte pantomimisch ein vernebeltes Gehirn.

Heiteres Lachen war die Reaktion.

Die nächste Frage lautete: ›Was sind die drängendsten Herausforderungen des modernen Menschen?‹

Ich antwortete: ›Selfies, Instagram und TikTok.‹

Zu guter Letzt: ›Was geben Sie jungen Menschen mit auf den Weg?‹

›Meidet die Hörner des Stiers, zieht an seinem Schwanz.‹

›Danke für diese Weisheitslehren!‹

Tja, drei Tage später ist dann der echte Osvaldo Soriano ausgereist. Die Polizei hielt ihn für einen Doppelgänger und kontrollierte ihn besonders streng. Einige Zweifler zogen sogar an seinem Bart, um die Echtheit zu überprüfen. Osvaldo focht das nicht an. Im Gegenteil: Er kicherte und krächzte: ›Ziehen Sie nur, meine Herren, ziehen Sie …‹

Da sein Reisepass in Ordnung war, musste ihn der Polizeipräsident, der die Täuschung jetzt durchschaute, zähneknirschend gehen lassen.

Die Geschichte um den falschen Soriano ging dann durch die Presse. Es wurde gerätselt: Wer hat sich diesen Streich erlaubt? Wer steckt hinter der Verkleidung?

Ich konnte diese Frage mit diebischer Freude beantworten: Ich war es! Ich, Diego Hernandez aus Buenos Aires!

Zu dieser Zeit war ich der König der Stammtische! Man hat mich immer wieder eingeladen und aufgefordert, meine Geschichte zu erzählen.«

Der Graf prostete ihm zu: »Auf den falschen Soriano!«

Ich ergänzte: »Und auf die Frauen! Ein steter Quell der Freude!«

Diego lächelte gequält und nahm einen Schluck.

Nun torkelte ein betrunkener Mann in die Bar, gestützt von einem Freudenmädchen.

Viktor lachte auf und sagte: »Das erinnert mich an unsere nächtliche Busfahrt von Megara nach Athen. Der Busfahrer hat bei jeder Station ein Bier getrunken wurde immer betrunkener. Bei der vorletzten Haltestelle hat ihn der Wirt seitlich stützend zum Bus gebracht und auf den Fahrersitz gehoben. Die Passagiere waren ihm egal. Der Busfahrer war so betrunken, dass er Mühe hatte, den Anlasser zu betätigen. Da sind wir eingeschritten.«

»Ja«, sagte Diego, »wir haben ihn runtergehoben. Doch er hat protestiert und irgendwas von ›er müsse doch fahren‹ gelallt.«

Viktor erzählte: »So bin ich gefahren.«

Diego meinte: »Viel besser war das auch nicht. Seitenspiegel gab's danach keine mehr.«

»Immerhin sind wir sicher angekommen in Athen.«

Diego nickte und wir tranken einen Schluck.

Aus den Augenwinkeln sah ich ein Mädchen, das mir zuzwinkerte. Ich blickte genauer hin und erkannte Amanda, die an der Bar saß. Ich erwiderte ihre Offerte und zwinkerte zurück. Da meinte Roswita, die das gesehen hatte: »Ach, das Kindchen langweilt sich …«

Sie gab ihr ein Zeichen und das Mädchen kam zu mir und schmiegte sich an mich.

Sie hauchte in mein Ohr: »Möchtest du, dass ich dir das Universum zeige?«

Ich stutzte, offensichtlich hatte ich etwas falsch verstanden. Aber so erotisch und verheißungsvoll sie das sagte, glaubte ich zu wissen, was sie wollte.

Ich antwortete: »Aber gerne.«

»Dann komm«, sagte sie und nahm meine Hand. Sie führte mich in einen Salon, wo Kurtisanen wie Hühner auf der Stange saßen.

Als wir an ihnen vorbeischritten, pfiffen sie durch die Zähne und eine meinte: »Du Glückliche, was für ein hübsches Bubi.«

Eine andere sagte: »Will das Bubi nicht bei mir sein Glück versuchen?«

Ich meinte: »Vielleicht später, doch zuerst darf Amanda ihre Liebeskünste zeigen.«

Amanda lächelte und zog mich an der Hand weiter. Wir verließen darauf den Salon und stiegen in den ersten Stock, wo sich ihr Separee befand. Als ich das Zimmer betrat, musste ich unwillkürlich ans Quartier einer Seemannsbraut denken. Denn das Bett war ein ehemaliges Ruderboot, das mit Matratzen und Kissen aufgefüllt war und an der Stirnseite stand ein großes, hölzernes Steuerrad.

Amanda ging zu einer Kommode und legte in einen Gettoblaster eine CD mit Tangoliedern ein. Dann verschwand sie hinter einem Wandschirm.

»Weißt du«, sagte sie, »als du vorhin in die Bar kamst …«

Bluse und Büstenhalter landeten auf dem Paravent,

»… da dachte ich mir, endlich mal ein hübscher Junge.«

»Wieso?« fragte ich sie, »sind die Besucher nicht nach deinem Geschmack?«

»Nein, das sind zumeist alte Knacker, die keine Frau mehr abbekommen.«

Jetzt landeten Rock und Höschen auf der spanischen Wand.

»Aber bei dir …«

»Apropos Freier«, sagte ich, »was soll mich denn dieser Service kosten?«

»Gar nichts«, antwortete sie, »die Nummer geht aufs Haus.«

Nun kam sie hinter dem Paravent hervor und ich staunte! Sie trug ein weißes, durchsichtiges Elfengewand, unter dem man ihre schlanke Figur erahnen konnte.

»Wow, bist du hübsch!«, stieß ich aus.

»Gefalle ich dir?«

»Und wie, du bist eine richtige Schönheit.«

Sie kam ganz nah und sagte: »Tanzt du einen Tango mit mir?«

Ich dachte mir, dass ein Tango hier wohl so ’ne Art Vorspiel ist und willigte ein. Wir nahmen darauf die entsprechende Haltung ein und dann ging's auch schon los. Zu »Por una cabeza« schob ich sie durch den Raum und meine rechte Hand ging dabei auf Wanderschaft …

»Hey, aber nicht doch!«, protestierte sie, doch ich sagte: »Ach, Amanda, du bist so hübsch und sexy …«

Als wir vor dem Ruderboot standen, schubste ich sie aufs Bett und legte mich zu ihr. Ich öffnete das Elfengewand und bewunderte ihr Zwillingsgebirge und ihre elegante Taille. Dann zog ich mich eiligst aus und fiel über sie her.

Doch sie wehrte mit den Händen ab und sagte: »Nein, erst ein Kondom!«

Sie holte aus der Schublade des Nachtkästchens ein Kondom hervor und rollte es auf meiner Fahnenstange aus. Dabei kam ein wilder Stier zum Vorschein, der Richtung Spitze zur roten Muleta eines Toreros rast. Ich dachte mir, dass ist wohl für Männer gedacht, die etwas Aufmunterung benötigen; doch ich war auch ohne Stiermotiv in Stimmung.

Sie legte sich nun auf den Rücken und rief: »Toro, olé!«

Sofort stürzte ich mich auf sie und begann sie zu attackieren.

Sie feuerte mich an: »Pack mich, du wilder Stier! Nimm mich auf die Hörner!«

Ich bearbeitete ihre »Muleta« nach Kräften und sie rief: »Ja, stoß mich, stoß mich durch die Luft …!«

Ich keuchte und schnaubte und sie schrie: »Spieß mich auf, Toro! Mein wilder Toro! Sí! Sí! Sí!«

So ging es in einem fort …

Ich dachte mir, eigentlich mag ich keine Stierkämpfe. Aber diese Variante fand durchaus meine Zustimmung. Und da ich in der »Arena« lautstark angefeuert wurde, gab ich mein Bestes …

KAPITEL 5

Im Morgengrauen fuhr ich mit dem Taxi zurück zu Lukas' Villa und legte mich schlafen.

Mittags frühstückten Viktor und ich auf der Terrasse. Der Baron war mit von der Partie und ergaunerte hin und wieder ein Stück Speck.

Plötzlich hörten wir Jussufs Sopranstimme rufen: »Baron Frederick, lecki, lecki, lecki!«

Der Foxterrier fetzte los und war im Nu hinter einer Ecke verschwunden.

»Über mangelnde Fürsorge braucht sich das Entführungsopfer nicht zu beklagen«, sagte ich lachend.

»Ja«, meinte der Graf, »Jussuf wird ihn mästen wie eine Weihnachtsgans.«

Nachmittags flanierten Viktor und ich durch die Calle Florida, die berühmte Fußgängerzone von Buenos Aires. Zu beiden Seiten reihten sich Flagship-Stores von Modehäusern aneinander, wie zum Beispiel Chanel, Gucci, Prada, Versace usw.

»Ein Einkaufsbummel«, sagte ich, »und ein Jahresgehalt ist futsch.«

»Ja«, meinte der Graf, »diese Straße ist so ruinös wie ein Spielcasino.«

Nach einer Weile kamen wir zu einem kleinen Platz, auf dem ein erstarrtes, vergoldetes Tanzpaar stand. Anfangs war ich mir nicht sicher, ob es sich tatsächlich um Menschen handelte. Als aber ein Passant eine Münze in den Sektkübel vor ihnen warf und sie abgehackt einen Schritt taten, war die Sache klar.

Der Graf sagte: »Nur ein Geldstück ist mir zu langweilig.«

Er zückte seine Brieftasche, nahm eine Handvoll Münzen heraus und warf sie kurz hintereinander in den Kübel: Bling, bling, bling klang es, und das Tangopaar tanzte ruckartig wie zwei Roboter.

»So ist es schon besser«, sagte der Graf zufrieden grinsend.

Nun kam ein Fahrradfahrer vorbei und spöttelte: »Wie tanzt ihr denn? Da bewegt sich ja Pinocchio noch eleganter.«

Schließlich bemerkte er die näheren Umstände und meinte: »Ach so, lebende Statuen, wirklich lustig.«

Nachdem Viktor alle seine Münzen in die »Tanzjukebox« geworfen hatte, erstarrte das goldene Tanzpaar wieder und wir setzten unseren Spaziergang fort.

Nach einem kurzen Stück kamen wir zu einem Computergeschäft, vor dessen Fensterscheibe eine große Tastatur in den Boden eingelassen war. Wie Kinder ausprobierten, konnte man mit den Füßen auf die Buchstaben treten und der Text erschien auf der Glasscheibe.

Ein junger Mann mit einem Blumenstrauß in der Hand scheuchte die Kinder weg und »tippte«: »Lucía, ich liebe dich!«, da erschien kurz darauf als Antwort: »Lassen Sie meine Tochter in Ruhe!«

Nun folgte »wrjueqijqrfoq0waowjieneieneüß2ow«, anscheinend kämpften Vater und Tochter um die Tastatur.

Nach einem mehrzeiligen Buchstabensalat stand schließlich zu lesen: »Komm heut Nacht zum Rendezvous.«

Die Tochter hatte sich also durchgesetzt.

Plötzlich stürmte ein älterer Mann aufs Geschäft zu und drängte den jungen Liebhaber zur Seite.

Er schrieb mit den Füßen: »Das Notebook, dass Sie mir letzte Woche verkauft haben, ist Mist! Ich möchte mein Geld zurück.«

»Aber natürlich, Sie haben Garantie«, war die Antwort.

Der Alte schrieb: »Möchte ich auch meinen« und ging ins Geschäft.

Anschließend kam ein geschniegelter Herr in einem blauen Anzug vorbei. Er tippte: »Wählen Sie Hector Barriez!«

Die Reaktion war: »Wir machen hier keine Wahlwerbung. Aber wenn Sie einen PC für Ihren Wahlkampf benötigen – gerne sind wir für Sie da.«

Der Wahlkämpfer war von der Antwort nicht sehr angetan und machte sich davon.

Wir flanierten weiter und kamen zu einem Straßencafé, das mit einem großen Foto von Ernest Hemingway als Fischer warb. Der Graf stellte sich daneben und einige Passanten waren der Meinung, er sähe genauso aus. Sie fragten sogar, ob er Hemingway höchstselbst sei, worauf er nickte und Autogramme gab.

Nachdem der Andrang der Fans abgeklungen war, nahmen wir an einem freien Tisch Platz und bestellten jeweils einen Kaffee.

Auf einmal hörten wir von Weitem ein Bandoneon spielen. Der Musikant kam langsam näher und spielte »Mi Buenos Aires querido«.

Von der anderen Seite hörten wir nun einen Sänger das gleiche Lied singen, offensichtlich gehörten sie zusammen. Von allen Seiten kamen nun noch weitere Musiker und schritten musizierend aufs Straßencafé zu. Ein Gitarrist kam sogar aus dem Kiosk gegenüber – anhand seiner roten Nase konnte man erkennen, dass er die Zeit bis zum Auftritt mit Hochprozentigem überbrückt hatte.

Ich sagte zum Grafen: »Was noch fehlt ist ein Klarinettist, der aus der Kanalisation emporsteigt.«

Viktor ergänzte: »Und aus der Litfaßsäule könnte noch ein Saxofonist heraustreten.«

Mittlerweile hatten sich alle Musikanten auf die kleine Tribüne am Rand des Cafés gestellt und spielten:

Mi Buenos Aires querido,
cuando yo te vuelva a ver,
no habrá más penas ni olvido.

Die Cafébesucher applaudierten stürmisch und ein Kellner ging mit einem Hut herum.

Ich sagte zum Grafen: »Ich frage mich, ob sie auch so heftig applaudieren, wenn sich die Musiker wieder auf der Straße zerstreuen?«

Viktor antwortete: »Wahrscheinlich führen sie diese Komödie nur jede Stunde auf.«

Nachdem uns die Bedienung den Kaffee serviert hatte, fragte ich den Grafen: »Sag mal, wie hast du eigentlich diesen Diego kennengelernt?«

»Durch einen ärgerlichen, aber auch glücklichen Zufall.«

»Das habe ich mir fast gedacht« sagte ich und Viktor begann zu erzählen: »Ich hatte in Acapulco Urlaub gemacht und hatte mir einen hellblauen Cadillac mit offenem Verdeck gemietet. Abends ging's bei einer Party an der Playa Majahua hoch her und ich ließ mich volllaufen. Da ich stockbesoffen war, hab ich mich einfach auf die Rückbank meines Cadillacs gelegt und mit einer Decke zugedeckt.

Plötzlich wachte ich auf und staunte nicht schlecht: Der Wagen ruckelte und jemand saß am Steuer.

›Hey‹, rief ich, ›was machen Sie in meinem Wagen?‹

Der Mann erschrak zu Tode und bremste mit quietschenden Reifen.

Er schrie: ›Das ist mein Cadillac!‹

›Nein, meiner!‹

Nachdem keiner von uns weichen wollte, entbrannte ein Kampf ums Auto, in dessen Verlauf wir uns beutelten und miteinander rangen. Der Ringkampf ging auf der Straße weiter, bis eine Polizeistreife vorbeikam und die Rauferei beendete. Routinemäßig haben die Polizisten das Auto überprüft und festgestellt, dass es gestohlen war – so haben sie uns beide mit auf die Wache genommen.

Ich konnte mir anfangs keinen Reim darauf machen, denn ich hatte den Wagen ja ordnungsgemäß gemietet.

Als am nächsten Morgen das Protokoll erstellt wurde und von einem Cadillac Automatik die Rede war, ging mir ein Licht auf. Ich hatte einen Cadillac mit Gangschaltung gemietet, das heißt, ich hatte im falschen Auto gepennt. Den Autodieb brachte diese Erkenntnis auf die Palme. Er schrie mich später in der Gefängniszelle an: ›Du Idiot bist schuld, dass ich jetzt im Gefängnis sitze. Wegen dir hat die Polente mich erwischt.‹

Ich entgegnete: ›Wieso musst du auch einen Cadillac mit einer Schnapsleiche auf der Rückbank stehlen?‹

Wir warfen uns noch einige Schimpfwörter an den Kopf, dann wurden wir wieder handgreiflich. Wir rauften einige Zeit, bis wir erschöpft auf dem dreckigen Boden der Gefängniszelle lagen.

Als wir gegenseitig unsere hochroten Gesichter und unser zerzaustes Haar sahen, lachten wir über unser Missgeschick. Wir lachten laut und lange – und waren schließlich Freunde.«

»Und dieser Autodieb war Diego?«, fragte ich.

»Genau«, antwortete Viktor.

»Und wie ging's dann weiter?«

»Nun, die Polizisten von Acapulco haben einen entscheidenden Vorteil: Sie sind bestechlich wie Orientalen. Also habe ich ihnen eine großzügige Spende angeboten. Und als Gegenleistung öffneten sie die Gefängnistüren. Übrigens haben sie die Spende als Zuschuss für die Kaffeekasse gebucht.«

Ich sagte: »Der Kaffee dürfte jetzt wohl die nächsten hundert Jahre reichen.«

Viktor lachte und meinte: »Ich würde eher sagen zweihundert Jahre.«

»Und wie seid ihr nach Schanghai gekommen?«

»Ganz einfach, Diego hatte eine Menge Schwarzgeld und wir haben dort Urlaub gemacht.«

Wir beendeten nach einer halben Stunde das Kaffeetrinken und fuhren mit dem Taxi zu einer Schlosserei, wo wir unser Geburtstagsgeschenk für Blacky in Auftrag gaben. Ich hatte dazu einen Bauplan gezeichnet, den der Arbeiter mit einem Stirnrunzeln begutachtete.

Er murmelte immer wieder: »Muy complicado, muy complicado«, was ich mit einem »nada complicado« kommentierte. So ging das eine Weile.

Als ich aber sagte: »Wir brauchen es bis morgen Nachmittag«, sagte er: »Imposible!«

Viktor überreichte ein Bündel Pesos und sagte: »Muy posible!«

Der Arbeiter machte große Augen, steckte das Geld ein und meinte: »Imposible!«

Viktor überreichte noch mehr Geldscheine und sagte: »Muy posible!«, was wiederum Widerspruch provozierte.

Immer mehr Geldscheine wanderten so in die Taschen des Arbeiters und immer schwächer wurde sein Widerstand ... Und als alle Taschen proppenvoll waren, grinste er bis über beide Ohren und meinte: »Eso es posible!«

»Na, also«, sagte ich erleichtert.

Nachdem wir mit dem Techniker alle Modalitäten unseres Auftrags geklärt hatten, kehrten wir zu Lukas' Villa zurück.

Nach dem Abendessen fuhren Viktor und ich mit dem Taxi zur Avenida Corrientes, der Partymeile von Buenos Aires.

Anfangs ließ sich die Fußgängerzone pittoresk an, mit beschaulichen Cafés und bunten Dekorationen, doch je weiter wir in die Straße vordrangen, desto hektischer wurde das bunte Treiben. Straßencafé an Straßencafé reihte sich und immer mehr saumselige Leute flanierten den Boulevard entlang.

Viktor rief mir zu: »Hier lässt es sich leben, nicht wahr?«

Ich bejahte grinsend und zeigte zwei aufgereckte Daumen.

Wir flanierten weiter den Gehsteig entlang, da blieb der Graf plötzlich stehen und schaute nach oben.

Er sagte: »Hier gibt es eine Milonga.«

Auf meinen fragenden Blick sagte er: »Das ist eine Tanzveranstaltung.«

»Verstehe, Tango und so.«

Wir schritten durch eine Schwingtür und betraten eine Bar, deren Interieur auffallend dunkel gehalten war. Auf der linken Seite standen Tische und Stühle für die Gäste und rechts hinten befand sich die Kanzel mit dem Discjockey. In der Mitte bewegten sich einige Paare auf dem abgetretenen Parkettboden und natürlich tanzten sie einen Tango.

Wir nahmen ganz vorne Platz und bestellten Sekt.

Viktor blickte sich etwas um und sagte zu mir: »Da hinten sitzt eine rassige Argentinierin.«

Ich schaute in besagte Richtung und sah an einem Tisch tatsächlich eine schwarzhaarige Schönheit sitzen. Sie hatte ihre Haare zu einem Zopf gebunden und einen hübschen

Mittelscheitel gezogen. An ihren Ohren baumelten opulente Swarovski-Diamanten und ihr Dekolleté war gewagt tief. Eigentlich hätte ich ein solch aufreizendes Outfit von einer Frau erwartet, die allein eine Bar betritt und sie auf keinem Fall allein verlassen möchte. So wunderte es mich, an ihrer Seite einen Mann zu sehen, der offensichtlich ihr Ehemann war.

Sie blickte etwas angeödet drein und schien sich an der Seite ihres Gatten zu langweilen. Das hatte Viktor anscheinend bemerkt.

Denn er rief einen Kellner herbei und fragte ihn: »Wer bitte ist diese Dame da hinten?«

Der Kellner antwortete: »Das ist Juanita de la Blanca.«

»Juanita de la Blanca«, wiederholte der Graf, »ein Name wie ein Gedicht.«

Der Kellner sagte: »Doch nehmen Sie sich von ihrem Ehemann in Acht. Der ist krankhaft eifersüchtig.«

»Das Wort ›Ehemann‹ gibt es in meinem Wortschatz nicht«, meinte Viktor, »ach, bringen Sie ihr bitte ein Glas Sekt.«

Der Kellner tat, wie ihm geheißen und stellte das Glas auf ihren Tisch. Er teilte ihr mit, wer der edle Spender sei und zeigte auf Viktor.

Sie nahm darauf das Glas, prostete dem Grafen zu und nahm einen Schluck. Ihr Ehemann indes machte ein grimmiges Gesicht.

Viktor erhob sich nun, ging zu ihrem Tisch und forderte sie zum Tanz auf. Sie willigte ein, stand auf und beide gingen zur Tanzfläche.

Als der Tango einsetzte, nahmen sie die typische Tanzstellung ein, wobei der Graf seine Tanzpartnerin so fest an sich presste, dass sie kurz aufschrie. Dann begannen sie, sich im Takt hin- und herzubewegen. Der Graf tanzte elegant und federnd wie ein Panther und sie grazil wie eine Gazelle.

Ihr Ehemann indes stierte mit glutvollen Augen und hassverzerrtem Gesicht in ihre Richtung und hielt krampfhaft das Glas Sekt in der Hand. Doch das störte die beiden Tänzer nicht. Ihre Bewegungen wurden harmonischer und fließender, dass man meinen konnte, sie würden schon ewig zusammen Milongas besuchen. Und je länger der schmissige Tango erklang, desto leidenschaftlicher fegten die beiden über die Tanzfläche.

Nachdem der Tango vorüber war, brachte der Graf seine Dame zurück an ihren Tisch und ließ selbst dann ihre Hand nicht los, als sie sich bereits gesetzt hatte.

Ihr Ehemann fand dieses Verhalten unerhört. Er haute seiner Frau kräftig auf den Handrücken, sodass die Verbindung zu Viktor gelöst wurde.

Mit einer formvollendeten Verbeugung bedankte sich dieser und ging zurück zu meinem Tisch.

Ich sagte zu ihm: »Du meine Güte, da bahnt sich was an. Der Graf de la Blanca ist ein Pulverfass auf zwei Beinen.«

Viktor antwortete: »Gerade das reizt mich.«

»Aber wenn ich an ein Pulverfass denke …«

»Dann macht es unweigerlich puff«, und Viktor deutete mit ausladenden Gesten eine Explosion an.

Ich sagte: »Hoffentlich bin ich dann weit genug entfernt.«

Viktor wandte ein: »Im Gegenteil, am schönsten ist es, wenn man direkt daneben steht.«

»Aber das ist auch am gefährlichsten.«

»Den Mutigen gehört die Welt.«

Viktor stand nun auf und ging zum Diskjockey. Er sprach einige Worte mit ihm und der DJ machte daraufhin folgende Durchsage: »Das nächste Lied ist: ›Ungeküsst sollst Du nicht schlafen gehen‹. Es ist Juanita de la Blanca gewidmet, von ihrem Grafen Viktor von Bodeswalde.«

Ein Raunen ging durch den Tanzsaal, dann erklang auch schon das Lied. Und während der Sänger in bester Schnulzenmanier von abendlichen Küssen schwärmte, warf Viktor seiner Angebeteten Kusshände zu. Diese lächelte, doch der Graf de la Blanca kniff die Augen zusammen vor Wut.

Nachdem das Chanson verklungen war, ging ein Mann zur DJ-Kanzel und sagte mit seiner dröhnenden Stimme: »Ich wünsche mir den größten und bedeutendsten Tango, den Tango alles Tangos: ›La Cumparsita‹.«

Viktor raunte mir zu: »Das ist eine Provokation.«

»Wieso?«

»›La Cumparsita‹ wird Uruguay zugeschrieben.«

Ich fragte ihn: »Was heißt das eigentlich?«

»›Ein kleiner Straßenumzug‹. Doch das hier wird was Größeres werden.«

Ich verstand anfangs nicht, was er damit meinte. Doch als drei Männer an einem Tisch laut lachten, begriff ich die Brisanz der Lage.

Der Uruguayer sagte: »Wieso lacht ihr?«

Der Mann mit der Knollennase antwortete: »›La Cumparsita‹ ist doch nur Bordellmusik.«

»Was?«

»Rummelplatzgedudel!«

»Ich geb dir gleich ›Rummelplatzgedudel‹.«

Der zweite Mann sagte mit Verve: »Der Tango aller Tangos ist: ›El choclo‹.«

Viktor erläuterte: »Das müssen Argentinier sein.«

Jetzt lachte der Uruguayer.

Er sagte: »Ein Tango über einen Maiskolben – dass ich nicht lache. Da könnte man ja gleich einen Tango über Äpfel und Birnen schreiben.«

Er lachte aufreizend: »Oder über Bananen. Der neueste argentinische Tango heißt: ›El plátano‹!«

Und er lachte aus vollem Halse.

Der Graf sagte: »Das erinnert mich an den Sachertortenstreit in Wien um die Jahrhundertwende. Zwischen dem k.u.k. Hofzuckerbäcker Demel und Hotelier Sacher entbrannte ein Streit, wer die Sachertorte erfunden habe und die Bezeichnung ›Original Sacher-Torte‹ verwenden dürfe. Und da wurde es auch handgreiflich. Es kam sogar zu einer richtigen Tortenschlacht.«

In der Tangobar hatten sich die Gemüter inzwischen erhitzt und der Ton wurde zunehmend rauer.

Der Argentinier mit der Knollennase sagte: »›El choclo‹ ist der bekannteste Tango der Welt.«

Der Uruguayer konterte: »Pah, den Maiskolben kannst du dir sonst wo hinstecken.«

Jetzt kam dem Uruguayer ein Landsmann zu Hilfe.

Er sagte: »Wir haben auch noch ›A media luz‹.«

Der Argentinier entgegnete: »Nein, der gehört uns, der Komponist war Edgardo Donato, und der war ein Argentinier.«

»Dafür hat den Text Carlos Lenzi geschrieben, und der war Uruguayer.«

»Den Text kannst du vergessen, auf die Musik kommt es an.«

»Tut es nicht.«

»Tut es doch.«

Die Streithähne steigerten sich immer mehr hinein, da legte der DJ passenderweise »A media luz« auf.

Die beiden Uruguayer bewegten ihre Hände zum Takt und sangen vergnügt mit, da stand der Argentinier mit der Knollennase auf, griff nach einem Glas Sekt und schüttete es einem Uruguayer ins Gesicht. Dieser riss wütend die Augen auf und versetzte seinem Kontrahenten einen Tritt vors Schienbein, sodass er vor Schmerz auf der Stelle hüpfte.

Der zweite Argentinier stand nun auf und haute dem Uruguayer auf die Nase, worauf dieser aufschrie und sich die schmerzende Nase hielt. Der andere Uruguayer nahm nun einen Teller mit Tomatensuppe und goss sie dem Angreifer über den Kopf, sodass sie am Gesicht herunterlief.

Für die Argentinier an den anderen Tischen gab es nun kein Halten mehr. Sie sprangen auf und begannen, Tapas nach den beiden Uruguayern zu werfen. Diese hatten inzwischen einen Tisch vertikal gestellt und verschanzten sich dahinter, sodass die Tapas daran abprallten.

Die Argentinier schrien: »Werft die Hunde hinaus!«

Jetzt flogen Gläser und Flaschen in Richtung der Uruguayer, die krachend am Tisch zerschellten.

Als noch zwei Uruguayer aus der Herrentoilette kamen und sich am Kampf beteiligten, entbrannte eine regelrechte Saalschlacht. Die Kontrahenten liefen aufeinander zu, schubsten und beutelten sich, zogen an den Haaren und versetzten sich Boxhiebe. So entstand bald ein Knäuel von Armen und Beinen auf dem Boden, begleitet von Kampfschreien und lautem Gequieke.

Zwischen dem Kriegsgeheul ertönte hin und wieder schrilles Gelächter, wenn wieder ein Teller Spaghetti in jemands Gesicht landete …

Inmitten des Wirrwarrs stand plötzlich ein riesiger Mann mit der ledernen Schürze eines Schankwirtes. Die geworfene Flaschen und Gläser prallen an ihm ab, als hätte er eine Rüstung an.

Er packte die Kontrahenten nacheinander am Hosenbund und trug jeweils zwei hinaus. Nach mehreren Gängen waren die Streithähne hinausgeworfen und die Kellner stellten die Tische wieder auf.

Auf unsere verwunderten Blicke meinte ein Kellner: »Ach, das passiert hin und wieder, ist nicht so schlimm.«

Das schien auch für Viktor zu gelten. Er stand auf und forderte die Gräfin de la Blanca erneut zum Tanz auf. Diese reichte ihm geschmeichelt die Hand, worauf der Ehemann sie wütend aus Viktors Hand schlug. Die Gräfin bekümmerte das nicht. Völlig ungerührt stand sie auf und ging mit Viktor auf die Tanzfläche.

Wie ich hören konnte, flirtete Viktor mit seiner Juanita, was das Zeug hielt.

Er sagte: »Dein Lächeln ist verheißungsvoll wie das Mondlicht in einem Martini.«

»Oh, wie nett! Bussi!«

»Dein Charme ist bezaubernd wie der Duft einer exotischen Blume.«

»Oh, wie süß! Bussi! Bussi!«

Die Flut von Komplimenten ließ die Gräfin erröten, augenscheinlich hatte ihr schon lange kein Verehrer mehr den Hof gemacht.

Der Graf indes setzte seine Charme-Offensive fort.

Er sagte: »Andere Männer haben auch ihre Vorzüge, die solltest du dir nicht entgehen lassen.«

Sie erwiderte: »Das ist ja ganz reizend, aber was ist mit meinem Mann?«

»Ach, eines kleines Leckerli zwischendurch ist immer erlaubt.«

Sie entgegnete: »Die kleinen ›Leckerlis‹ haben schon einigen Männern das Leben gekostet.«

»Mein Gott, manchmal verschluckt man sich halt ein bisschen, aber das geht vorbei.«

Der Graf nahm nun seine Gräfin und schwenkte sie seitlich nach unten, sodass ihr Haar fast den Boden berührte. Nachdem er sie wieder in die Senkrechte gebracht hatte, sagte er: »Etwas Abwechslung macht das Leben bunter.«

»Ja, aber meinem Mann wird's schnell zu bunt!«

Ich dachte mir, dieses Geturtel mündet unweigerlich in ein Duell. An sich ging mich das nichts an, aber ich war es leid, den Sekundanten zu spielen und in aller Herrgottsfrühe aufzustehen.

Da Viktor mit seiner argentinischen Gräfin beschäftigt war, stand ich auf, gab Viktor ein Zeichen und verließ die Bar.

Draußen auf der Partymeile flanierte ich durch das nächtliche Buenos Aires. Ein lauer Wind strich mir durchs Haar und von überallher drangen Großstadtgeräusche zu mir. Das Leben um mich herum pulsierte und der Sommer dampfte in allen Gassen.

Nach einem kurzen Stück bog ich die Avenida 9 de Julio ein und war überwältigt von den Dimensionen des Boulevards. Der Graf hatte nicht übertrieben, wenn er sagte, dass dies die breiteste Straße der Welt wäre.

Ich verglich im Geiste die Avenida 9 de Julio mit den Champs Élysées in Paris und vermisste den Arc de Triomphe. Dafür erspähte ich in der Ferne einen riesigen, weißen Obelisken mit einer beleuchteten Spitze. Auch nicht schlecht, sagte ich mir und ging darauf zu.

Als ich näher kam, wurde das Bauwerk immer größer und ich musste meinen Kopf immer weiter nach oben recken. Am Ende schaute ich weit nach oben, dann machte es plötzlich bum – ich war gegen ein Stoppschild geprallt. Während ich mir den Kopf rieb, musste ich an Heinrich Heines Gedicht »Die Lore-Ley« denken. Denn da schauten die Schiffer hoch zur sirenenhaften Jungfrau und übersahen die Felsenriffe, an denen ihre Schiffe zerschellten.

Gottlob, dachte ich mir, bin ich ohne Schiff unterwegs, das wäre jetzt sicher gesunken.

Ich ging zum Fundament des Obelisken und setzte mich hin, da gab es plötzlich einen lauten Knall. Ein Pappbecher mit Sekt war direkt neben mir auf den Boden gekracht.

Ich blickte nach oben und sah Hände aus einem Fenster in der Spitze des Obelisken winken; anscheinend war er begehbar. Ich begab mich zur anderen Seite, wo sich der Eingang befand und begann, die Stufen hochzustapfen.

Auf halbem Weg hörte ich im Treppenhaus deutsche Worte widerhallen.

Eine Frau sagte: »Urs, ich kann nicht mehr.«

Ein Mann antwortete: »Deine Lunge hat Löcher wie ein Emmentaler.«

»Von wegen, der Obelisk ist ja höher als das Matterhorn.«

Augenscheinlich waren es Schweizer.

Als ich zu ihnen aufschloss, sah ich eine korpulente Frau mit Wulstlippen auf einer Treppenstufe sitzen, neben ihr stand ein schmächtiger Mann mit hoher Stirn.

Wie es schien, verkörperte bei diesem Ehepaar sie das Fleischliche und er das Geistige. Sie war gewissermaßen der Körper, er das Hirn.

Er sagte: »Aber Martha, so kommen wir nie oben an.«

»Das ist mir egal«, antwortete sie.

Jetzt gab ich mich als Deutscher zu erkennen.

Ich sagte: »Hallo, ich bin Jimmy Ludstock aus Bayern.«

»Na, sowas«, antwortete sie, »es ist schön, hier deutsche Worte zu hören.«

Und wir gaben uns die Hand.

Ich sagte: »Ich dachte, Schweizer sind ausgezeichnete Bergsteiger.«

Urs antwortete: »Das ist ein Klischee. Wir sind aus Zürich, also gewissermaßen Flachländer.«

Zu seiner Frau sagte er: »Jetzt komm, steh auf.«

Er versuchte anzuschieben, doch angesichts der Körperfülle seiner Frau hatte er keine Chance, sie die restlichen hundert Treppenstufen hochzuwuchten.

Er sagte zu ihr: »Ich hab eine Idee. Ich steige nach oben, filme das Panorama und übertrage es auf dein Handy.«

Sie entgegnete: »Nein, du lässt mich nicht wieder im Stich, du bleibst hier.«

Sie wandte sich zu mir: »Wissen Sie, letzte Woche waren wir Bergwandern, da hatte ich mir den Knöchel verstaucht. Mein treuer Gatte ließ mich zurück, um Hilfe zu holen.

Als ich so allein dasitze, wurde ich von Gämsen angegriffen. Richtig aggressiv waren diese Biester. Und zu allem Überfluss hat mich ein Geißbock gestoßen. Hier«, sie deutete auf Schulter und Gesäß, »habe ich heute noch blaue Flecken.«

Urs wandte ein: »Aber hier gibt es keine Gämsen, Martha.«

»Das sagst du, du bleibst hier.«

Jetzt kam mir eine Idee.

Ich sagte: »Ich könnte doch mit meinem Handy das Panorama filmen und es auf Ihr Handy übertragen.«

Martha antwortete: »Das wäre wunderbar.«

Sie gab mir ihre Telefonnummer, ich machte einen kurzen Check und da alles funktionierte, stapfte ich weiter die Treppe hoch.

Oben angekommen, bot sich mir ein herrlicher Anblick: Die Avenida 9 de Julio war hell erleuchtet und die vielen Leuchtreklamen bildeten ein funkelndes Lichtermeer. Beide Seiten des Boulevards waren mit einer endlosen Lichterkette aus Straßenlaternen gesäumt, das mussten Tausende sein.

Ich rief Martha an und sagte: »Jetzt kommt die Übertragung …«

Ich filmte erst die Straße zur linken Seite … da hörte ich sie vor Bewunderung seufzen: »Ohhh, ahhh … ist das schön … das Lichtermeer, wie breit doch der Boulevard ist …«

Dann schwenkte ich nach rechts.

»Nicht so schnell«, ermahnte sie mich.

»Okay«, sagte ich, »langsamer.«

Ich schwenkte nun ganz langsam zur rechten Seite und wieder vernahm ich Ah- und Oh-Laute.

»Da hinten«, sagte sie, »bitte zoomen.«

»Was?«, fragte ich.

»Diese bunte Leuchtschrift.«

Ich tat, wie mir geheißen und zoomte ein Kino heran, das »El paraiso« hieß.

Martha schwärmte: »Was für ein Prachtbau! Und diese leuchtend orange, glitzernde Kuppel … davon kann ich gar nicht genug sehen …«

Ich sagte: »Darf ich jetzt die Übertragung beenden?«

»Nein, noch nicht«, wandte sie ein, »was ist das hohe Gebäude da hinten?«

Ich filmte noch eine Weile und zoomte, was das Zeug hielt, dann hatte ich keine Lust mehr.

Ich sagte: »Martha, mein Akku ist fast leer, ich muss jetzt aufhören.«

»Ach, schade«, war ihre Antwort. »Vielen Dank!«

»Aber gerne«, sagte ich, »und noch viel Spaß in Buenos Aires.«

Ich legte auf und und widmete mich nun den anderen Touristen. Ein Junge stieg auf eine Fensterbank und rutschte mit den Beinen nach außen, da schrie ein Mädchen: »Der will springen!«

Sie lief zu ihm, doch der Junge ließ sich sich seelenruhig an der Außenseite nach unten und hing sogar an einer Hand.

Das Mädchen sagte empört: »Enrico, du spinnst wohl!«

Er jedoch lachte sich kringelig und macht mit der anderen Hand ein Selfie von sich. Dann zog er sich wieder hoch und begab sich ins Innere. Offensichtlich war er ein Roofer. Mit seinen überproportional langen Armen war er fürs Roofing geradezu prädestiniert.

Kreischende Jugendliche am gegenüberliegenden Fenster ließen mich aufhorchen. Sie riefen ihren Freunden unten am Sockel des Obelisken etwas zu und warfen schließlich einen Pappbecher mit Bier nach unten. Lautes Gelächter ließ mich erahnen, dass sie sie getroffen und nass gemacht hatten.

Ich für meinen Teil stieg wieder die Treppe hinunter und setzte meinen abendlichen Spaziergang durch Buenos Aires fort.

Nach einem kurzen Stück erregte eine rote Neonreklame meine Aufmerksamkeit. Es stand zu lesen: »Salón de las Siete Delicias.«

Ich übersetzte den Namen mit »Salon der sieben Freuden« und kam zu der Überzeugung, dass es sich um ein argentinisches »Kulturinstitut« handeln müsse. Um auch in den Genuss der hiesigen »Kulturgüter« zu kommen, trat ich ein.

Es empfing mich ein Salon, der wunderschön altmodisch eingerichtet war. Das ganze Interieur war im Art déco-Stil aus den 1930er-Jahren gehalten. Die Lampen hatten bunte Schirme mit Blumenmustern und die Wände waren mit plüschigen Tapisserien verkleidet. Angesichts des heimeligen Ambientes hätte es mich nicht gewundert, wenn Carlos Gardel höchstpersönlich mit seinem pomadisierten Mittelscheitel Tangolieder gesäuselt hätte.

Als die Liebesdienerinnen mich sahen, standen sie auf und boten sich mir mit den Worten an: »Na, wie wär's mit uns zweien?«

So wie sie vor mir standen, mit ihren enggeschnürten Miederröcken und ihrer spanische Grandezza, hatte ich buchstäblich die Qual der Wahl. Und obwohl alle Chicas eine Sünde wert gewesen wären, gab ich einer gewissen Gabriela den Vorzug. Ihr kunstvoll geflochtenes schwarzes Haar hatte es mir angetan.

Sie forderte mich zu einem Tango auf, doch sie führte mich nicht etwa auf die Tanzfläche, sondern ging mit mir nach oben auf ihr Zimmer.

Als es ans Bezahlen ging, sagte sie zuerst keinen Preis, sondern zeigte mir ihr altes, abgewetztes Mieder.

Sie flötete: »Kaufst du mir ein neues Mieder? Es kostet nur 10.000 Pesos.«

Das waren genau 50 Dollar, also jener Preis, der üblich war. Das gefiel mir. Sie gestaltete den etwas peinlichen Vorgang der Geldübergabe verklausuliert und unverfänglich, als ob ich ihr Bruder wäre.

Schnell legten wir unsere Kleider ab und wollten auf dem Bett zur Sache kommen, da hörte ich es rascheln. Anfangs dachte ich, das müssten die Sprungfedern des Bettrostes sein, doch wie mir Gabriela bedeutete, kam es von der Zimmertür neben dem Bett. Wir starrten beide zum Boden und sahen, wie Geldscheine durch die Zimmertür geschoben wurden.

Gabriela stand auf, zog die Geldscheine heraus und zählte sie.

Als sie fertig war, sagte sie: »Hey, das ist mehr als du bezahlt hast.«

Dann riss sie die Tür auf und eine andere Liebesarbeiterin kam zum Vorschein.

Gabriela sagte: »Was soll das, Valentina?«

»Ich will das Bubi.«

»Das Bubi?«, fragte ich.

»Ja, das Bübchen.«

Gabriela sagte: »Das Jungchen hat mich gebucht.«

»Ich löse es aus.«

Gabriela war anfangs gar nicht erfreut von dieser Idee, als sie aber die Geldscheine in ihrer linken Hand sah, war sie damit einverstanden.

Ich saß verdutzt auf dem Bett und sagte: »Und mich fragt keiner?«

Gabriela sagte: »Geh schon, Kleiner. Die ist scharf auf dich. Da kriegste alles umsonst.«

Mit den Worten: »Na gut, dann betreibe ich eben Kurtisanen-Hopping«, schlüpfte ich in meine Kleider und ging mit Valentina auf ihr Zimmer.

Diese machte an ihrer Frisierkommode Licht und betrachtete ihr Gesicht. Obwohl sie noch sehr jung war, ich schätzte sie auf Ende Zwanzig, hatten sich in ihrem Gesicht Augenringe und Krähenfüße festgesetzt. Wie die anderen Mädchen hatte sie als »Königin der Nacht« ihre Schönheit dem Milieu zum Opfer gebracht.

Auf einmal drehte sie sich um und sagte zu mir: »Gleich, als ich dich sah, wusste ich: Du bist es! Eduardo, du bist zurückgekehrt.«

Auf der Frisierkommode erblickte ich das Foto eines jungen Mannes, der mir tatsächlich ähnlich sah. Er hatte ebenfalls ein schmales Gesicht und halblanges braunes Haar mit Seitenscheitel.

Sie fuhr fort: »Ich wusste es, dass du mich nicht vergessen kannst. Du bist hinaus in die weite Welt gezogen, aber jetzt bist du hier bei mir.«

Sie legte beim Grammofon eine Schellackplatte auf und betätigte die Kurbel, da wandte ich ein: »Aber ich bin nicht …«

»– Pst«, fiel sie mir ins Wort, »nicht Geliebter, ich weiß alles! Du wurdest aufgehalten, doch jetzt bist du hier.«

Sie umarmte mich und säuselte: »Ich bin ja so glücklich!«

Jetzt schmetterte Carlos Gardel aus »Volver«:

Zurückkehren mit verwelkter Stirn,
der Schnee der Zeit bleichte meine Schläfen.

Valentina fragte mich: »Magst du mich noch?«

»Aber ja.«

»Spielen wir unser Spiel?«

Ich hatte keinen Schimmer, was sie damit meinte, aber vorsichtshalber bejahte ich.

Sie führte mich zum Bett und wir setzten uns. Dann nahm sie meine rechte Hand, führte sie zur Kordel an ihrer Bluse und sagte: »Los, zieh.«

Ich tat, wie mir geheißen, die Bluse öffnete sich und dahinter kam ihre weibliche Fülle zum Vorschein. Sie legte nun meine rechte Hand auf ihre linke Brust und stöhnte auf.

Das also verstand sie als »ihr Spiel«. Da es mir gefiel, setzte ich es fort und zog ihr die Bluse aus. Ich küsste ihre Brüste, liebkoste ihre roten Knospen und sie ächzte und stöhnte, dann war kein Halten mehr, ich küsste ihren Mund, ihren Hals, ihre Schulter und dann pressten wir unsere Lippen wieder aufeinander, ich riss ihr den Rock und Höschen vom Leib und sie zog mir T-Shirt und Jeans aus, dann warf ich mich auf sie und wir lagen umklammert auf dem Bett, ich spürte meinen Herzschlag hämmern und sie begann lustvoll zu ächzen, wir ließen den Takt des Tangos weit hinter uns, immer schneller, immer inniger rutschten unsere Leiber aufeinander, wie ein Körper durchzuckte es uns und ich hörte sie schreien, ich spürte meinen Pulsschlag pochen, immer heißer, immer brodelnder kochte mein Blut, dann gab es eine Explosion und meine Rakete zischte los, immer höher und höher, plötzlich waren meine Tanks leer und ich plumpste auf sie wie ein Kartoffelsack.

– Stille. Die Musik war verstummt.

Als ich ausgekeucht hatte, lächelte sie mich listig an und sagte: »Willst du immer noch behaupten, du seist nicht Eduardo? Ich könnte die Platte nochmal auflegen … und vielleicht noch ein Mal …«

»Ich bin Eduardo!«, schoss es aus mir heraus.

»Schummelst du auch nicht?«

»Nein, ich bin es wirklich!«

»Eduardo hat mir immer süße Worte ins Ohr geflüstert …«

Sie hatte mich an der Angel und ich muss gestehen, es gefiel mir; es gefiel mir sogar sehr. Gottlob fiel mir der Text aus »La cumparsita« ein, das Lied wurde ja ständig im Radio gespielt. Ich legte den leidenschaftlichen Schmelz eines Tangosängers in meine Stimme und begann zu singen:

> Würdest Du wissen, dass ich in meiner Seele
> immer noch jene Liebe trage, die ich für Dich hatte.
> Wer weiß, wenn Du wüsstest,
> dass ich Dich niemals vergessen habe …

»Oh« rief sie, »du bist es wirklich!«

Sie legte wieder »Volver« auf und wir wiederholten die liebestolle Heimkehrer-Nummer.

Als ich wieder zu Atem kam, sagte sie: »Ich bin noch nicht ganz überzeugt, ob du's wirklich bist. Eduardo hat mich immer ans Bett gefesselt, sodass ich ihm ganz ausgeliefert war. Hier, mit diesen Nylonstrümpfen.«

Sie legte ihre Handgelenke zusammen und machte ein unschuldiges Gesicht. Obwohl ich völlig ausgepowert war, brannte ich sofort wieder lichterloh. Oh Mann, dachte ich, die weckt Tote auf.

Ich fesselte ihr die Hände zusammen, da sagte sie: »Und jetzt oben ans Bettgestänge.«

Ich tat, wie mir geheißen, da sagte sie: »Und jetzt die Beine auseinander, in den Spagat. Ich war mal Tänzerin, aber das weißt du ja alles.«

Ich nickte heftig und schlang die Nylonstrümpfe um ihre Knöchel. Dann lag sie bereit für die Liebe vor mir.

Ich wollte mich schon auf sie stürzen, da sagte sie: »Leg bitte die Platte auf.«

Ich rannte zum Grammofon, setzte den Tonarm auf die Platte, doch nichts rührte sich. Verdammt, da muss man ja kurbeln, stellte ich fest und drehte die Kurbel wie verrückt. Die Kurbelei erschien mir endlos, dann endlich setzte ich die Nadel auf die Platte und eilte mit einem Hechtsprung zu meiner Geliebten.

Ich setzte »ihr Spiel« fort, so gut ich es konnte, während Carlos Gardel sang:

> Und obwohl ich nicht die Rückkehr wollte,
> kehrt man immer wieder zur ersten Liebe zurück.

»Oh ja«, stöhnte sie, »endlich kommst du heim, endlich kommst du ganz zu mir, komm zu mir …«

Ich gab mein Bestes und kam ihr so nahe, wie es die Natur zuließ.

Doch sie flehte: »Komm näher!«

Ich drückte meinen Leib noch stärker gegen den ihren und ächzte: »Näher geht es nicht, Geliebte.«

Schließlich brach ich zusammen und rollte mich zur Seite. Ich pfiff aus dem letzten Loch und keuchte wie ein lungenkranker Gewichtheber.

Sie erriet meine Erschöpfung und unterließ es dieses Mal, mich sexuell anzustacheln. So löste ich die Fesseln und wir schliefen selig umschlungen ein.

Um fünf Uhr früh klingelte mein Handy. Es war der Graf.

Er sagte: »Das Pulverfass explodiert gleich.«

»Was explodiert gleich?«

»Das Pulverfass.«

Ich fragte schlaftrunken: »Also jetzt doch ein Duell?«

»Ja, im Parque Lezama, am Monumento Fuente a Don Pedro de Mendoza.«

»Moment, das muss ich mir aufschreiben.«

Ich notierte mir den Ort und rief mir ein Taxi.

Der Taxifahrer hatte eine Hakennase wie ein Geier und war ebenso gierig – ständig wollte er mir was verkaufen.

Als ich ihm das Fahrtziel nannte, machte er ein Kreuzzeichen und sagte: »Also ein Duell?«

»Ja, woher wissen Sie das?«

»Alle Duelle finden dort statt, das hat Tradition. Haben Sie schon Ihr Testament gemacht? Ich kenne einen billigen Notar.«

Ich antwortete: »Nicht nötig, ich bin nur der Sekundant.«

Er sagte: »Haben Sie einen Wundarzt bestellt? Hier«, er reichte mir eine Visitenkarte, »das ist Doktor Casimiro Altobello.«

Ich fragte ihn: »Der Doktor praktiziert auch nachts?«

»Eigentlich nur nachts.«

Er hielt den rechten Zeigefinger an seinen Mund: »Und er ist sehr verschwiegen.«

Natürlich, dachte ich mir, ein Arzt, dessen Sprechzeiten nach Sonnenuntergang beginnen, muss schweigen können wie ein Beichtvater.

Wir waren inzwischen von der Hauptstraße in einen schmalen, unbefestigten Weg abgebogen und fuhren auf eine Waldlichtung zu, da tauchte auf der rechten Seite ein großer, schwarzer Mercedes auf.

»Ah«, sagte der Taxifahrer, »Graf de la Blanca.«

»Sie kennen seinen Wagen?«

»Wer kennt ihn nicht? Die Farbe Schwarz passt zu ihm.«

»Ich hoffe«, sagte ich, »das ist kein schlechtes Omen.«

Der Taxifahrer hielt an und überreichte mir nach dem Bezahlen noch einige Visitenkarten.

Er erläuterte: »Sollten Sie mal Duellpistolen benötigen … und hier ein Schützenverein für Schießübungen … ach ja, das ist günstiges Beerdigungsinstitut … kann ich nur empfehlen …«

Ich nahm die Visitenkarte und sagte: »Das Duellwesen scheint ja in Buenos Aires eine florierende Industrie zu sein.«

»Natürlich«, lachte er auf, »ohne Duelle wären wir schon längst pleite.«

Nachdem ich ausgestiegen war, wünschte er mir viel Glück und ein langes Leben …, dann fuhr er langsam davon.

Ich ging auf die Waldlichtung zu und wunderte mich über die vielen Abplatzungen an den Bäumen. Es gab kaum eine Rinde, die keinen Schusskanal aufwies. Du meine Güte, dachte ich mir, das sieht aus wie auf einem Schlachtfeld. Auf der anderen Seite bedeuteten die vielen Fehlschüsse, dass es mit der Treffsicherheit der Duellanten nicht weit her war. Das ist gut für Viktor, sagte ich mir und fasste wieder Mut.

Als ich schließlich den Rand der Lichtung erreichte, hörte ich jemand lallen: »Da ist ja mein treuer Knappe!«

Es war Viktor. Er torkelte sturzbetrunken auf mich zu und umarmte mich. Klar, dachte ich, nur in einem solchen Zustand kann man so eine Dummheit begehen.

Sachlich fragte ich ihn: »Welche Entfernung? Wie viele Schussfolgen?«

»Was? Ach so, ich glaub 20 Meter, einmal.«

Ich atmete auf. Bei der Entfernung würden sie sich wahrscheinlich verfehlen und nach einem Schuss würde alles vorbei sein.

Vor dem Mercedes sah ich zwei schwarz gekleidete Männer an einem Klapptisch stehen. Sie hatten einen Pistolenkasten geöffnet und hantierten mit Duellpistolen.

Während ich zu ihnen ging, kamen sie mir ein Stück entgegen und beide humpelten. Ich war erleichtert das zu sehen. Denn ich zog daraus den Schluss, dass Graf de la Blanca nicht sehr zielsicher war und hin und wieder die Sekundanten traf. Gleichzeitig machte ich mir Sorgen um meine Gesundheit – so beschloss ich, mich möglichst weit von den Duellanten entfernt aufzustellen.

Als ich bei ihnen war, gaben wir uns die Hand und sie stellten sich als Hector Lopez und Jorge Neruda vor. Wie ich sehen konnte, war der Ladevorgang an beiden Pistolen fast beendet. Sie hatten bereits Schwarzpulver in den Lauf geschüttet und stopften jetzt die Schusspflaster mit einem Ladestock hinein. Dann gaben sie noch die Rundkugeln in den Lauf und – beide Pistolen waren schussbereit.

Ich nahm eine Duellpistole und hielt sie ausgestreckt vor mich hin. Wider Erwarten war sie kein bisschen kopflastig, was ich angesichts des langen Laufs vermutet hatte.

Herr Lopez schien meine Verwunderung bemerkt zu haben, denn er sagte: »Die sind von Gastinne Renette, dem Büchsenmacher von Napoleon III.«

»Dann kann der Graf von Bodeswalde sich glücklich schätzen, wenn er mit dieser Pistole gemeuchelt wird«, bemerkte ich sarkastisch.

Herr Lopez erwiderte: »Der Graf de la Blanca meuchelt nicht, er gewährt den Tod.«

Zu meinem Erstaunen sagte er das ganz ohne Ironie.

Ich entgegnete: »Ich hoffe, Graf Viktor weiß diese Großzügigkeit zu schätzen.«

Als beide Pistolen schussbereit waren, fragte ich die Sekundanten: »Zwanzig Schritte, nur ein Schusswechsel?«

Beide nickten.

Ich ging darauf zu Viktor und sagte: »Alles in Ordnung, wird schon schiefgehen.«

Herr Lopez klopfte nun ans Seitenfenster des schwarzen Mercedes und kurz darauf stieg Graf Hipólito de la Blanca aus.

Als er Viktor sah, blähte er die Nüstern und wollte auf ihn losstürmen, doch die beiden Sekundanten hielten ihn zurück.

Herr Neruda sagte: »Herr Graf, man erweist dem Gegner zuerst Förmlichkeiten.«

Der Graf rief: »Ich pfeif auf Förmlichkeiten, ich will den Strolch endlich niederknallen.«

Viktor ging auf die Männer zu und lallte überaus höflich: »Aber, aber, mein lieber Graf de la Blanco.«

Der Graf rief: »De la Blanca!«

»Verzeihen Sie! Lieber Graf, wir wollen doch die Etikette nicht vergessen. Wenn Sie die Güte hätten, meine Leber zu verfehlen. Durch den vielen Alkoholgenuss ist sie fast zerfressen. Hier«, er deutete auf seine linke Seite, »meine Milz hingegen, geht es noch gut, die kann was vertragen.«

Graf Hipólito kochte vor Wut, er schnaubte wie ein wilder Stier.

Viktor indes fuhr fort: »Und bitte nicht ins Herz schießen. Ich habe noch Herzschmerzen, weil mich meine verheiratete Geliebte verlassen hat.«

»Ihre Geliebte war verheiratet?«

»Aber ja, alle meine Geliebten waren verheiratet, ich habe nun mal eine Schwäche für Ehefrauen.«

Der Kopf des Grafen lief rot an und er zischte: »Hijo de puta! Culo!«

Nun fuhr ein Auto vor und bremste mit quietschenden Reifen. Die Fahrertür ging auf und heraus sprang Juanita, die Ehefrau des Grafen de la Blanca.

Sie rief: »Dacht ich's mir, dass du wieder hier bist. Du kannst dich doch nicht jeden Tag duellieren?«

Viktor streckte seine Arme nach ihr aus und rief: »Komm zu mir, meine Geliebte.«

Graf de la Blanca schrie: »Cabrón! Pendejo!«

Er stürmte auf Viktor zu, doch die Sekundanten hielten ihn zurück.

Juanita schüttelte den Kopf: »Ihr seid ja völlig irre!«

Sie lief zu ihrem Mann und flehte ihn an: »Hör auf, Hipólito, es war überhaupt nichts.«

Er antwortete streng: »Du hast mit ihm getanzt und dich an ihn geschmiegt.«

»Das ist nun mal so beim Tango Argentino.«

»Ja, aber was ihr gemacht habt, war purer Sex.«

»Blödsinn!«

Graf Hipólito stieß seine Frau zur Seite und die beiden Sekundanten überreichten den Duellanten die Pistolen. Juanita wollte ihrem Mann die Pistole wegnehmen, doch er wehrte sie unwirsch ab.

Auf der anderen Seite fing Viktor an zu singen: »Links, rechts, vor, zurück, das macht Spaß, das bringt Glück.«

Er tänzelte herum und drehte Graf Hipólito eine lange Nase.

Dieser schnaubte vor Wut und quetschte Schimpfwörter zwischen seinen Zähnen heraus: »Hijo de puta! Pendejo!«

Er hob die Duellpistole an und zielte auf Viktor, doch seine ausgestreckte Hand zitterte, so wütend war er.

Schließlich fiel ihm Juanita in den Arm, es löste sich ein Schuss, doch die Kugel pfiff an Viktors rechtem Schuh vorbei.

Der Graf fluchte: »Maldito! Mierda!«

Nun war Viktor an der Reihe. Schwankend hielt er die Duellpistole in die Höhe, da lief Juanita zu ihm und flehte ihn an: »Tu ihm nichts, Viktor.«

Der Graf hob seinen Arm weiter an, zielte über seinen Kontrahenten, dann knallte ein Schuss und ein großer Ast fiel Graf Hipólito auf den Kopf. Dieser sank zusammen und kauerte halb bewusstlos auf dem Boden.

Nun ging im benachbarten Haus ein Licht an und jemand schrie: »Ruhe! Immer diese Knallerei am Morgen!«

Als Graf de la Blanca zu sich kam, kroch er auf allen vieren zum Klapptisch seines Sekundanten und rief: »Gebt mir noch eine Pistole!«

Ich schritt ein und sagte: »Vereinbart war eine Schussfolge!«

»Das ist mir wurst! Ich werde den Strolch zur Strecke bringen!«

Juanita packte ihren Mann an den Armen und sagte: »Komm jetzt.«

Zu den beiden Sekundanten sagte sie: »Los, helft mir.«

Sie taten, wie ihnen geheißen, und schleppten den Grafen zu ihrem Auto. Dort legten sie ihn auf die Rückbank und schlossen die Türen.

Juanita eilte zu Viktor und sagte: »Es tut mir leid, Viktor, ich liebe ihn nun einmal.«

Sie gab ihm einen flüchtigen Kuss, dann lief sie zu ihrem Auto, stieg ein und fuhr davon.

Hector Lopez kam zu mir und sagte: »Ich möchte mich für das ungebührliche Verhalten des Grafen de la Blanca entschuldigen.«

Ich antwortete: »Entschuldigung akzeptiert« und wir gaben uns die Hand. Dann packten sie ein und fuhren ebenfalls ab.

Viktor und ich blieben zurück. Er schüttelte den Kopf: »So eine bezaubernde Frau – an der Seite eines solchen Trottels.«

»Du meinst, er hat sie nicht verdient?«

»Nein, aber dafür ist er mit rasender Eifersucht gestraft. Ich finde, das ist ausgleichende Gerechtigkeit.«

»Vor allem wenn man bedenkt, dass er jeden Tag erst nach Sonnaufgang ins Bett kommt.«

Viktor bemerkte: »Und heute mit einer Beule am Kopf.«

Wir grinsten vor uns hin.

Dann rief ich uns ein Taxi und wir fuhren zurück zu Lukas' Villa.

KAPITEL 6

Mittags frühstückten Viktor und ich auf der Terrasse und bei der Gelegenheit gratulierten wir dem vierbeinigen Baron zum fünften Geburtstag. Blacky war überhaupt nicht verwundert, dass wir übertrieben freundlich zu ihm waren und dass er plötzlich die doppelte Ration zu fressen bekam. Anscheinend hatte ihn Jussuf dermaßen verwöhnt und verhätschelt, dass er das für selbstverständlich hielt.

Nach einer Weile setzte sich Lukas an unseren Tisch und sagte zu Viktor: »Dein Freund Diego hat sich gemeldet. Die Erben sind soeben auf dem Flughafen gelandet und wollen sich um 14 Uhr mit ihm treffen.«

Ich fragte ihn: »Wie viele sind es denn?«

Er antwortete: »Zwei. Pamela und Paul Penrose.«

Viktor meinte: »Dann kann der Spaß beginnen.«

Ich sagte zu Lukas: »Aber du musst dich am besten verkleiden.«

Er erwiderte: »Kein Problem. Beim letzten Fasching war ich so gut verkleidet, dass mich nicht einmal meine Mutter erkannte.«

Der Graf fügte hinzu: »Sicherheitshalber sollten wir eine Stretchlimousine mit getönten Scheiben mieten und du spielst den Chauffeur.«

Ich ergänzte: »Und wir verkleiden uns als Gauchos vom Land.«

Nach dem Frühstück begaben wir uns in die Kleiderkammer und dann gab's viel zu lachen. Denn wir probierten alle möglichen Kostüme aus. Viktor streifte sich ein schwarzes Zorro-

Kostüm über, mit ausladendem Hut und Augenbinde, was bei uns zu großem Gelächter führte. Ich versuchte mich als Großmogul mit einem goldenen Gewand und riesigem Turban – womit ich ebenfalls einige Lacher einheimste.

Nachdem wir noch einige Standard-Kostüme anprobiert hatten, wie etwa Clown, Affe, Indianer, entschieden wir uns für die Aufmachung von Gauchos. Wir klebten uns dazu große, schwarze Schnurrbärte an, warfen uns Ponchos über die Schulter und setzten Cowboyhüte auf. Lukas zog sich eine Chauffeursuniform an, mit Käppi und riesiger Sonnenbrille.

Als wir so vor dem großen Spiegel standen, schaute Blacky zur Tür herein und fing an zu knurren: Anscheinend erkannte er uns nicht sofort.

Viktor meinte zufrieden: »Wenn selbst der Baron uns nicht erkennt, kann nichts mehr schiefgehen.«

Nachdem Viktor diese Worte gesprochen hatte, fing Blacky an zu bellen. Wie es schien, gefielen ihm unsere Kostüme.

Anschließend fuhren wir in voller Kostümierung mit dem Mercedescabrio zu einer Autovermietung. Während der Fahrt wurden immer wieder andere Verkehrsteilnehmer auf uns aufmerksam und machten lachend mit ihren Handy Fotos.

Als wir in der Avenida Tucumán 47 aufs Firmengelände einbogen, fiel mir die Kinnlade herunter und ich bekam Stielaugen. Denn eine Nobelkarosse nach der anderen war da geparkt. Da war ein Ferrari Testarossa, wie ihn der Privatdetektiv Magnum in der gleichnamigen Fernsehserie fuhr. Dann ein F430 Scuderia, ein F40 und ein schwarzer Daytona. Ich hatte den Supersportwagen bisher nur im Kino gesehen und war beeindruckt von seinen schnittigen Linien.

Nachdem wir ausgestiegen waren, schauten wir uns die Lamborghinis an, die auf der anderen Seite geparkt waren. Am Beginn der Reihe stand ein weißer Diablo, der trotz seines hohen Alters immer noch eine gute Figur machte. Ich musste unwillkürlich an den James Bond-Film »For your eyes only« denken, wo ein Bösewicht Bonds Diablo knacken wollte und in einer heftigen Explosion in die Luft flog.

Als nächstes bewunderten wir den bulligen Murciélago und zum Schluss den futuristischen Centenario. Der sah wirklich abgespaced aus, als ob ihn ein Außerirdischer von einem andern Stern abgestellt hätte.

Nachdem wir die Kolonne der Supercars abgeschritten und die technischen Details besprochen hatten, kamen wir zu den Stretchlimousinen.

Eine war so übertrieben lang, dass ich murmelte: »Wie will man damit durch den Stadtverkehr kommen?«

Der Graf meinte: »Ja, damit kann man wirklich nur geradeaus fahren.«

Neben der Stretchlimo mit Überlänge stand eine, die unseren Ansprüchen genügte. Sie hatte einen geräumigen Fahrgastraum und eine getönte Trennwand zur Fahrerkabine, sodass die Passagiere den Fahrer nicht richtig sehen konnten.

Lukas sagte: »Die ist wie gemacht für unseren Streich.«

Viktor meinte: »Dann wollen wir sie mal mieten, hoffentlich ist sie noch zu haben.«

Wir betraten das Büro und was ich da sah, konnte ich kaum glauben. Eine Frau saß an einem Schreibtisch, der aus dem vorderen Teil eines antiquierten, roten Mercedes bestand. Auf Höhe der Frontscheinwerfer war eine abgerundete Holzplatte montiert, auf der alle Büroutensilien lagen.

Viktor witzelte: »Fahren Sie nach der Arbeit mit Ihrem Mercedes-Schreibtisch nach Hause?«

Ich fügte hinzu: »Das ist sehr praktisch. Kein lästiges Warten mehr vor roten Ampeln. Sie arbeiten einfach weiter …«

Sie lächelte gequält und sagte: »Ich kenne diese Witze, und Sie dürfen mir glauben, dass ich mir diesen Schreibtisch nicht ausgesucht habe. Also, was kann ich für Sie tun?«

Lukas sagte: »Wir würden gern die Stretchlimo neben der überlangen mieten, für heute Nachmittag.«

»Tut mir leid«, entgegnete sie, »die ist bereits vermietet.«

»An wen?«, wollte Lukas wissen.

»Das ist vertraulich.«

Lukas zückte sein Scheckheft und begann einen Scheck auszustellen. Er zeigte ihr die Zahl und sagte: »Würden wir dadurch eventuell die Zugangsberechtigung zu dieser vertraulichen Information bekommen?«

Sie lächelte und meinte: »Eventuell.«

Lukas überreichte ihr den Scheck und sie sagte: »Gräfin Mendoza de Santiago y Corrientes.«

Wir mussten lauthals lachen.

»Warum lachen Sie?«, fragte sie.

Viktor machte einen Kratzfuß, was uns noch lauter lachen machte. Sie hingegen verstand nur Bahnhof.

Viktor klärte sie schließlich auf: »Wir haben der Gräfin vor einigen Tagen einen Besuch abgestattet, und das war sehr skurril.«

Er zückte sein Handy und wählte eine Nummer.

Kurz darauf sagte er: »Hier Graf Viktor von Bodeswalde, wir waren vor einigen Tagen bei Ihnen wegen dem entführten Foxterrier. – Ja, genau, wegen dem Mistvieh. Könnte ich bitte die Gräfin sprechen?«

Nach einigen Sekunden: »Hallo Frau Gräfin, hier Viktor von Bodeswalde. – Ja, wir haben den Baron inzwischen gefunden und er ist wohlauf. Frau Gräfin, weshalb ich anrufe. Sie haben für heute bei ›Coches rápidos‹ eine Stretchlimo gemietet. Nun will es der Zufall, dass wir genau diese Stretchlimo für eine wichtige Transaktion benötigen. Dürfte ich Sie fragen, ob Sie uns die Limousine gnädigerweise überlassen würden. – Ja, es ist von äußerster Wichtigkeit. – Das ist zu gütig von Ihnen. Wenn Sie es wünschen, wird der Baron Sie gerne aufsuchen. – Ach, nicht? – Aber natürlich habe ich dafür Verständnis, nicht jeder Hund kann so wohlerzogen sein wie Ihre Lieben.«

Im Hintergrund hörte man Hunde bellen und den Butler schimpfen.

Viktor fuhr fort: »Vielen Dank für Ihr Entgegenkommen.«

Die Sekretärin, die das Gespräch mit angehört hatte, hielt Lukas einen Zettel hin: »Hier unterschreiben. Und hier die Schlüssel.«

Während Lukas seinen Namen aufs Dokument schrieb, sagte sie: »Sie können doch eine Stretchlimo fahren?«

Lukas antwortete: »Aber ja, ich war mal Chauffeur.«

Mit den Autoschlüsseln und einigen Papieren marschierten wir anschließend zur Stretchlimousine.

Lukas stieg als Erster ein und äußerte sich bewundernd über die Ausstattung der Limousine: »Wow, alles da.«

Er drückte nacheinander Dutzende Knöpfe und kommentierte begeistert deren Funktion: »Head-up-Display, abblendbarer Innenspiegel, Assistenzpaket für die Stadt und fürs Parken, Geschwindigkeitsbegrenzer, kamerabasierte Verkehrszeichenerkennung, Spurwechselwarnung …«

»Gibt's auch einen Warp-Antrieb?«, witzelte ich.

Er antwortete: »Hier kommt man sich tatsächlich wie auf der Brücke vom Raumschiff Enterprise vor.«

Viktor und ich stiegen in den Fond und wir waren ähnlich begeistert wie Lukas. Der Fahrgastraum war dermaßen geräumig, dass man darin eine Party veranstalten konnte.

Darauf angesprochen meinte Viktor: »Genau dafür wurde sie gebaut: Für mobile Partys.«

Ich sagte zu Lukas: »Fahr mal die Trennscheibe hoch.«

Unser Chauffeur tat, wie ihm geheißen und gottlob konnte man vom Fond aus den Fahrer kaum erkennen.

Viktor drückte nun den Knopf der Wechselsprechanlage und scherzte: »James, fahren Sie bitte los, aber gemach, gemach.«

»Zu Befehl«, antwortete Lukas, »der Herr Graf wird sich vorkommen wie in Abrahams Schoß.«

Lukas fuhr los und er hatte nicht übertrieben: Sanft und gleichmäßig beschleunigte er und man hatte das Gefühl, in einer Sänfte zu schweben. Nur bei den Kurven hakte es ein bisschen. Denn das Hinterteil eckte hin und wieder an Straßenlaternen an. Aber auch dieses Problem bekam unser Chauffeur schließlich in den Griff und so cruisten wir mit höchstem Komfort durch die Stadt.

Nach einer Viertelstunde erreichten wir den Treffpunkt, wo wir die Penroses auflesen sollten.

Als wir sie am Straßenrand stehen sahen, räusperte sich der Graf und sagte: »So, jetzt wird es ernst!«

Nachdem Lukas angehalten hatte, öffnete ich die Tür und sprach mit einem spanischen Akzent: »Hello, please get in.«

Sie folgten meiner Einladung und setzten sich uns gegenüber. Beide trugen lächerliche Perücken und verstellten ebenfalls ihre Stimmen, was Viktor und mich schmunzeln ließ.

Viktor fragte mit rollendem R: »Do you have the rrr-ransom?«

Pamela Penrose antwortete erbost: »Hier!« und schmiss mir ihren Koffer auf den Schoß.

Der Graf sagte: »Aber, aber, meine Dame. Das Geld ist gut investiert.«

Paul zischte: »Das möchte ich auch meinen.«

Ich öffnete den Koffer und begann, die Scheine zu zählen.

Da sagte Pamela: »Bringen Sie den Köter um die Ecke!«

Lukas hustete hörbar.

Paul fragte: »Was hat Ihr Chauffeur?«

Der Graf antwortete: »Nun, er ist Hundeliebhaber.«

»Ist das ein Problem?«

»Nein, ganz und gar nicht.«

Viktor sagte zu Lukas: »Carlos, schalt das Mikrofon aus.«

Dann wandte er sich wieder den Penroses zu.

Er sagte: »Also, zurück zum Abmurksen: Haben Sie Präferenzen?«

Pamela zischte: »Drehen Sie ihm meinetwegen den Hals um.«

Und sie demonstrierte es mit ihrem Schal.

Lukas fuhr plötzlich einen Slalomkurs, sodass es uns hin- und herwarf.

Pamela meinte: »Ich finde, Sie sollten Ihren Chauffeur wechseln. Er hat für solche Geschäfte einfach nicht die Nerven.«

Der Graf sagte: »Sie haben recht, er ist eine Mimose!«

Paul bemerkte: »Wie dem auch sei: Schaffen Sie das Mistvieh aus der Welt!«

Lukas machte jetzt eine Vollbremsung!

Viktor rief nach vorne: »Carlos, es reicht!«

Ich hatte inzwischen das Geld gezählt und schloss den Koffer: »Alles da.«

Viktor sagte: »Wenn Sie mir zum Schluss noch eine Frage gestatten würden: Woher kommt der Hass auf den Vierbeiner?«

Pamela schimpfte: »Weil er schuld ist, dass wir enterbt wurden. Völlig pleite sind wir, dabei sind wir die nächsten

Angehörigen der verstorbenen Peggy Hillerman. Wir hätten die 300 Millionen bekommen müssen, verstehen Sie?«

Sie trommelte mit beiden Händen auf ihre Brust: »Wir! Und nicht diese Töle!«

Der Graf entgegnete völlig gelassen: »Aber anscheinend war die Erblasserin anderer Meinung.«

Pamela kreischte: »Weil sie verrückt war! Vollkommen crazy!«

Und sie wedelte mit den Händen vor ihrer Stirn.

Viktor sagte: »Nun gut, der Deal steht!«

Beim Aussteigen sagte Pamela: »Ich möchte diesen Köter nie wieder sehen, verstehen Sie?«

Dann setzte sie hinzu: »Schade, dass ich ihm nicht selbst den Garaus machen kann.«

Der Graf sagte sarkastisch: »Wieso, nicht? Wenn Sie dafür bezahlen.«

»Nein, es genügt, wenn Sie das erledigen«, und sie schlug die Autotür zu.

Viktor sagte: »Du lieber Mann, hat die einen Hass. Beinahe bin ich froh, dass ich nicht Blacky bin.«

Lukas ließ das Trennfenster herunter und sagte über die Schulter: »Diese Schweine! Am liebsten wäre ich gegen eine Wand gefahren.«

Wir fuhren zurück zum Autoverleih und Lukas parkte die Stretchlimo behänd ein, als wäre sie ein Mercedes Smart.

Als ein Angestellter die hintere Tür öffnete, fragte er lachend: »Waren Sie auf einem Faschingsball?«

Viktor antwortete: »Gewissermaßen, allerdings bei Sadisten.«

»Satanisten? So sehen Sie gar nicht aus.«

Ich meinte: »Wir waren ja auch fehl am Platze.«

Der Angestellte lachte auf und wir stiegen aus. Wir gingen zu Lukas' Cabrio, entledigten uns unserer Verkleidung und verstauten alles im Kofferraum. Anschließend betraten wir das Büro.

Die Sekretärin an ihrem Mercedes-Schreibtisch sagte: »Ach, Sie sind schon zurück?«

Viktor antwortete: »Ja, und der Stretchlimo ist nichts passiert. Sie ist ganz, bis auf ein paar Kratzern am Heck.«

»Sehr beruhigend.«

Der Angestellte kam nun herein, teilte ihr den Zählerstand mit und sie rechnete an ihrem PC herum. Nach einer Weile sagte sie: »40.000 Pesos«, worauf Lukas einen entsprechenden Scheck ausstellte.

Sie sagte noch: »Danke, dass Sie ›Coches rápidos‹ in Anspruch genommen haben«, dann verließen wir das Büro.

Als wir in Lukas' Cabrio einstiegen, meinte er: »Irgendwie langweilig.«

»Was meinst du?«, fragte ich ihn.

»Mit einem Cabrio zu fahren. Da fehlt die Herausforderung.«

Viktor sagte: »Die meisten Menschen sind froh, dass sie sich dieser Herausforderung nicht zu stellen brauchen.«

Ich ergänzte: »Und nicht wenige Autofahrer sind schon mit einem kleinen Auto überfordert.«

Wir waren mittlerweile auf die Hauptstraße eingebogen und ich blickte auf den Geldkoffer auf meinen Schoß.

Ich sagte: »Übrigens, was machen wir jetzt mit den 100.000 Dollar?«

Viktor und Lukas zuckten mit den Schultern.

In diesem Augenblick fuhren wir an einem Mann vorbei, der dreißig Hunde auf einmal spazieren führte. Die Meute zog dermaßen an den Leinen, dass er sie kaum bändigen konnte.

Ich rief dem Mann zu: »Hey, brauchen Sie Unterstützung?«

Er entgegnete: »Nein, ich werd mit der Meute schon fertig.«

In diesem Moment querte eine Katze die Straße, worauf die Hundemeute ihr hinterherjagte und den armen Mann auf dem Boden mitschleifte. Nach einigen Metern ließ er die Leinen los und die Meute spurtete bellend und jaulend davon.

Der Mann lag mitten auf der Straße und schimpfte gotterbärmlich. Nach einer Weile stand er auf, klopfte sich den Staub aus der Kleidung und ging zu einem Gebäude, auf dem über der Haustür zu lesen stand: »Los huérfanos felices« – »Die glücklichen Waisen.«

Unter dem Schild waren fröhlich dreinblickende Welpen abgebildet, offensichtlich handelte es sich um ein Tierheim.

Lukas fuhr heran und hielt direkt davor, und ich sagte zum Tierpfleger: »Wir würden dem Tierheim gern eine kleine Spende zukommen lassen.«

»Ach, die paar Pesos«, antwortete er, »die machen das Kraut auch nicht fett.«

Ich öffnete den Koffer und sagte: »Und wie sieht's mit 100.000 Dollar aus?«

Seine Augen wurden riesengroß und ich konnte in seinen Pupillen das Dollarzeichen förmlich sehen. Unwillkürlich griff er nach dem Geldkoffer, den ich aber schnell zurückzog. Ich hatte sofort begriffen, dass er das Geld in die eigene Tasche stecken wollte.

Ich sagte: »Wären Sie so freundlich, uns zum Geschäftsführer des Tierheims zu bringen?«

Er murmelte versonnen: »Zum Geschäftsführer … Nun ja, der ist momentan … Aber ich könnte die Spende ebenso in Empfang nehmen …«

Viktor schritt nun ein und sagte: »Wenn er nicht da ist, werden wir ein andermal wiederkommen.«

»Ein andermal? Das wird nicht nötig sein. Er müsste eigentlich hier sein … übrigens ich bin Sancho.«

»Viktor, Lukas, Jimmy«, antworteten wir und stiegen aus.

Sancho sagte: »Ich darf mal vorgehen« und setzte sich in Bewegung, wir trabten hinterher. Wir marschierten an Hundeställen vorbei, die verwaist waren – klar, dachte ich, die Insassen sind ja gerade unterwegs und machen die Stadt unsicher.

Als Sancho am Büro des Direktors klopfte, hörten wir einen Mann schreien: »Verdammt, wer stört!«

»Ich, Chef«, sagte Sancho und öffnete die Tür.

Zum Vorschein kam ein älterer Mann, der hinter einem zerschlissenen Schreibtisch saß. Sein Gesicht war zerfurcht von Kummerfalten und seine Augenringe ließen ihn wie eine Eule aussehen. Wie man deutlich sehen konnte, war er mit den Nerven runter. Kein Wunder, dachte ich mir, Tag und Nacht das Gebelle – das kann einen schon fertig machen.

Er sagte: »Ah, du bist schon zurück, Sancho.«

Dieser druckste herum: »Ich ja, aber meine Schützlinge …«

»Sag jetzt nicht, dass du sie wieder …«

Er nickte und der Direktor stützte seinen Kopf in die Hände.

Er seufzte: »Du meine Güte, dann plündert die Meute wieder Nicolettas Feinkostladen.«

In diesem Augenblick klingelte das antiquierte Telefon auf dem Schreibtisch. Der Direktor blickte sorgenvoll auf den Hörer und machte keine Anstalten abzuheben.

Ich sagte: »Gehen Sie nur ran.«

Ich legte den Koffer auf den Schreibtisch, öffnete ihn und drehte ihn zum Chef – doch der verzog keine Miene. Augenscheinlich dachte er, es handle sich um Spielgeld.

Lukas sagte: »Das ist eine kleine Spende eines Artgenossen, der heute Geburtstag hat: 100.000 amerikanische Dollar!«

Die Augen des Direktors wurden riesengroß und sein Gesicht hellte sich auf: »Das ist ja großartig!«

Plötzlich mutig geworden, nahm er den Telefonhörer und hielt ihn 30 cm weit entfernt vor seinem rechten Ohr. Aus dem Hörer war eine kreischende Frauenstimme zu hören.

»Jetzt reicht's, Luis! Dieses Mal verklage ich dich! Jawohl, ich hole jetzt die Polizei ...«

Er sagte: »Aber Nicoletta, ich bezahle alles.«

Sie zeterte weiter und sparte nicht mit Schimpfwörtern, während der Direktor ruhig sprach: »Hast du gehört? Ich bezahle alles.«

Sie setzte ihr Geschimpfe fort, offensichtlich war das ein eingespieltes Ritual.

Plötzlich hielt sie inne: »Was? Du bezahlst?«

»Ja, lass die Meute sich austoben, ich bezahle alles. Ich habe heute eine großzügige Spende erhalten, das reicht für hundert Feinkostläden. Also, lass den Hunden ihren Spaß.«

Sie jauchzte auf und er legte auf.

Der Direktor schloss den Koffer und fragte Lukas: »Wer ist der edle Spender?«

»Baron Frederick, 7. Baron of Devonshire.«

»Ach, der Foxterrier, der entführt wurde?«

Wir nickten.

Der Direktor sagte: »Dann ist er wohlbehalten zurückgekehrt?«

Wir nickten erneut und er meinte: »Sehr nobel von ihm, an seine Artgenossen zu denken.«

Viktor sagte: »Noblesse oblige.«

»Natürlich. Übermitteln Sie bitte dem Baron meinen herzlichen Dank.«

Lukas antwortete: »Das tue ich gerne.«

Wir verabschiedeten uns vom Direktor und fuhren zurück zu Lukas' Villa.

Als wir durchs Tor fuhren, hupte Lukas einige Male und Blacky kam munter bellend angerannt.

Lukas atmete auf: »Ach, tut das gut. Ich kann euch gar nicht sagen, wie ich das die letzten Tage vermisst habe.«

Er sagte zum Baron: »Komm, steig ein, hopp!«, worauf der Foxterrier ins Auto sprang.

Ich fragte Lukas: »Was hast du vor?«

»Wir fahren jetzt zu Julio. Schließlich hängt die Zukunft seines Hundesalons von Blackys Rückkehr ab.«

Lukas gab dem Foxterrier die Anweisung, sich zwischen Viktor und mich zu setzen und düste los. Die gute Laune, die Lukas seit der Rückkehr seines Mündels an den Tag legte, schien sich direkt auf seinen Gasfuß auszuwirken. Denn er sparte nicht mit Sprit und sauste flott durch die Stadt. Blacky hielt tapfer seinen Kopf in den Fahrtwind, sodass es seine Haare und Ohren nach hinten wehte. Das sah richtig verwegen aus.

Wenig später waren wir auch schon am Hundesalon »Al perro feliz« angekommen. Ich öffnete die Tür und Blacky lief hinein, da hörten wir einen Freudenschrei gellen.

Als wir den Salon betraten, sahen wir Julio, wie er Blacky in den Armen hielt und ihn wie ein Baby wiegte.

Er sagte: »Herr Baron, ich kann Ihnen gar nicht sagen, wie leid mir das tut, das Sie ausgerechnet in meinem Salon Opfer einer Entführung geworden sind. Aber ich werde alles wiedergutmachen.«

Und er steckte ihm gleich einige Leckerlis ins Maul. Blacky ließ sich sichtlich gerne hofieren und umsorgen.

Lukas sagte: »Übrigens hat der Baron heute seinen 5. Geburtstag.«

Julio flötete: »Oh, das ist aber ein glücklicher Zufall.«

Er nahm Blackys rechte Pfote und sagte: »Alles Gute zum Geburtstag.«

Plötzlich hielt er inne: »Du meine Güte, ich hab ja kein Geschenk.«

Lukas meinte: »Das macht doch nichts.«

»Das sagen Sie! Aber im Salon ›Al perro feliz‹ werden Geburtstage immer gefeiert.«

Er holte aus einem Regal Blackys Napf und eine Dose Hundefutter, da besann er sich eines anderen.

Er rief ins Hinterzimmer: »Carmita, bring doch mal ein rohes Schnitzel.«

»Wozu?«, antwortete eine Frauenstimme.

Julio verschwand jetzt hinter dem Vorhang und man hörte beide streiten: »Baron Frederick ist hier und ich will ihm ein leckeres Gastmahl bereiten.«

»Aber ich hab nur zwei Schnitzel«, wandte sie ein.

Julio insistierte: »Aber er hat doch heute Geburtstag und er ist unser bester Kunde.«

»Die Köter fressen doch eh alles, wenn sie Hunger haben. Wieso also ein teures Schnitzel opfern?«

»Jetzt stell dich nicht so an. Wir werden uns eben ein Schnitzel teilen. Wir sind eh zu fett.«

»Du bist zu fett, ich nicht!«

»Pah!«

Julio kam wieder hinter dem Vorhang hervor und versuchte den Zwist wegzulächeln.

Mit sanfter Stimme sagte er: »Alles paletti, es wird gleich serviert.«

Kurz darauf erschien Carmita mit dem Schnitzel auf einem Teller. Sie war wie Julio stark übergewichtig und eine Diät wäre bei ihr nicht fehl am Platze gewesen.

Blacky machte sich sofort über das Schnitzel her und als er es verschlungen hatte, nutzten die Salonbetreiber den günstigen Augenblick für ein Fotoshooting. Julio hob den Foxterrier empor und hielt ihn in den Armen, während Carmita versuchte, die Aufmerksamkeit Blackys mit Zungenschnalzern zu bekommen.

Bevor sie den Auslöser am Handy drücken konnte, sagte Julio: »Moment, unser neuer Sicherheitsbeauftragter muss auch aufs Bild.«

Er rief: »Alvaro! Komm doch bitte mal.«

Man hörte hinter einer Tür ein Rumpeln und eine tiefe Männerstimme murren. Es hatte den Anschein, als ob Julio den Krampus höchstpersönlich aufgeweckt hätte. Und was da nach einer Weile zum Vorschein kam, hätte durchaus als mexikanischer Knecht Ruprecht durchgehen können. Denn Alvaro trug einen grimmigen Bart und hatte über dem Oberkörper diagonal Patronengurte hängen.

Julio beorderte seinen Sicherheitsbeauftragten neben sich und gemeinsam mit Blacky schauten sie in Carmitas Handykamera. Dann blitzte es mehrmals und Julio war zufrieden.

Er sagte: »Herr Lukas, ich darf doch den Journalisten folgenden Text diktieren: ›Baron Frederick ist nach seinem Abenteuer heil und unversehrt zum Hundesalon ›Al perro feliz‹ zurückgekehrt und wird weiterhin den einzigartigen Service dieses First-Class-Salons in Anspruch nehmen. Beschützt werden die vierbeinigen Kunden ab sofort durch Alvaro Sanchez, einem Nachkommen von Pancho Villa.‹«

Wir mussten angesichts des überbordenden Werbetextes schmunzeln, doch Lukas erhob dagegen keinen Einspruch. Im Gegenteil: Er lud Julio zu Blackys Geburtstagsparty ein, was diesen sichtlich rührte.

Er sagte geschmeichelt: »Was für eine Ehre, natürlich werde ich kommen.«

Unter tausend Danksagungen und Verbeugungen der Salonbetreiber verließen wir den Hundesalon »Al perro feliz« und marschierten zu Lukas' Cabrio.

Als wir auf der Avenida Santa Fe zurück zu Lukas' Villa fuhren, bellte der Baron an der Plaza Libertad wie verrückt. Wir blickten uns um und suchten nach dem Grund von Blackys Aufregung, bis wir schließlich an der Ecke Marcelo Torcuato de Alvear die beiden Penroses in einem Straßencafé sitzen sahen. Wie ich von Weitem erkennen konnte, stand auf ihrem Tisch ein Champagnerkübel und zwei Sektgläser; sie hatten also etwas zu feiern.

Lukas fuhr heran und glücklicherweise tat sich eine Parklücke auf, sodass wir direkt vor ihnen zum Stehen kamen.

Die Penroses stießen gerade auf das Ableben des vierbeinigen Barons an und nippten an ihren Gläsern, da sprang Blacky munter bellend auf sie zu – lautes Prusten war die Reaktion.

Lukas war mittlerweile ausgestiegen und an ihren Tisch gegangen.

Er sagte: »Hallo, was macht ihr denn hier?«

Die Penroses waren sichtlich überrascht und Pamela antwortete übereilig: »Wir sind hier im Urlaub.«

Lukas heuchelte: »Nein, so ein Zufall.«

Paul fügte hinzu: »Nicht wahr?«

Lukas fuhr fort: »Dürfen wir uns setzen?«

»Aber natürlich«, antwortete Pamela und Lukas stellte uns den beiden vor.

Der Kellner holte drei Stühle und brachte drei weitere Sektgläser und wir setzten uns.

Pamela fragte Lukas: »Und was machst du hier?«

Lukas zeigte auf Blacky und antwortete: »Wir sind wegen ihm da.«

Pamela sagte: »Ja, grüß dich Frederick, gut siehst du aus.«

Lukas fuhr fort: »Ihr werdet es nicht glauben, Frederick wurde entführt.«

Paul sagte: »Nein, wirklich? Das ist ja furchtbar!«

Mit knirschenden Zähnen zischte er: »Was macht der Köter hier?«

Lukas fügte hinzu: »Wir haben ihn erst heute Nachmittag zurückbekommen.«

Pamela meinte: »Dafür macht er einen guten Eindruck.«

Lukas sagte: »Ja, den kann nichts aus der Ruhe bringen.«

Pamela fragte: »Und wisst ihr, wer ihn entführt hat?«

Viktor antwortete: »Leider nein, am Telefon war immer nur eine alte Frau, wahrscheinlich eine Hundenärrin.«

Ich ergänzte: »Und der Baron hat sich wahrscheinlich losgerissen und ist nach Hause gelaufen.«

Pamela zischte: »Diese Idiotin!«

Paul heuchelte: »Was für ein Glück. Nicht auszudenken, wenn ihm was passiert wäre.«

Lukas bemerkte: »Das kannst du laut sagen.«

Der Graf las der Etikett der Sektflasche laut vor: »Champagne Barons de Rothschild Blanc de Blancs, eine teure Sorte, gibt's was zu feiern?«

Pamela fragte überrascht: »Zu feiern? Ach so, feiern wir was?«

Paul sagte: »Wir? Nein.«

Pamela fügte übereilig hinzu: »Aber ja doch. Wir feiern doch dein Baby.«

»Mein Baby? – Aber natürlich, das habe ich ja ganz vergessen, meine Frau hat heute ein Kind bekommen.«

Lukas sagte: »Und dann machst du in Buenos Aires Urlaub?«

Paul überlegte fieberhaft, da schoss es aus ihm heraus: »Frühgeburt!«

Der Graf meinte lächelnd: »Ja, unverhofft kommt oft.«

Paul knirschte sarkastisch: »Das kann man wohl sagen.«

Viktor hob sein Glas und sagte: »Auf das Baby.«

Wir taten es ihm gleich und stießen auf Paul's Baby an.

Lukas fragte: »Was ist es denn?«

Paul sagte: »Bitte, was?«

»Ich meine, ist es ein Mädchen oder ein Junge?«

Beide Penroses sagten gleichzeitig: »Mädchen-Junge.«

Sie blickten sich überrascht an. Dann sagten sie: »Junge-Mädchen.«

Der Graf meinte lächelnd: »Also ein Zwitter?«

Pamela gab ihrem Bruder einen Klaps auf den Unterarm und lächelte verlegen: »Nein, natürlich ist es ein Mädchen, Paul ist ja ganz durcheinander.«

Paul sagte: »Kein Wunder, ich werde heute zum ersten Mal Vater.«

Ich meinte: »Da kann man schon mal das Geschlecht verwechseln.«

»Nicht wahr?«

Beide Penroses schauten sich betreten an.

Lukas fragte weiter: »Wie heißt es denn?«

Paul sagte: »Wie? Na … na … na …«

Pamela stieß aus: »Esmeralda!«

Lukas wiederholte: »Es-mer-al-da! Ein schöner Name.«

Paul meinte: »Finde ich auch.«

Wir hoben nun das zweite Mal unsere Gläser und brachten einen Toast aus: »Auf Esmeralda! Lang möge sie leben!«

Als wir an unseren Gläsern nippten, fing Blacky an zu bellen.

Lukas gab daraufhin dem Kellner ein Zeichen und sagte: »Bitte noch ein Glas, für den Hund.«

Der Kellner lächelte, offenbar hielt das für einen Scherz. Doch als Lukas ernst blieb, brachte er ein weiteres Glas. Lukas befüllte das Glas mit Sekt und stellte es auf den Boden, worauf der Baron sein Glas vorsichtig mit den Vorderzähnen nahm und es ex trank.

Die Tischnachbarn, die das sahen, applaudierten und filmten das Schauspiel mit ihren Handys.

Lukas blickte auf seine Armbanduhr und sagte: »Wir müssen weiter.«

Pamela fragte: »Was hast du vor? Bleibst du in der Stadt?«

Lukas antwortete: »Ja, vorerst, wegen dem Geburtstag –«

Viktor trat mit dem Fuß gegen sein Schienbein, »– ich meine wegen dem Geburtstag meiner Tante, die kommt zu Besuch.«

Pamela sagte: »Ich wusste gar nicht, dass deine Tante noch lebt, sie hatte doch einen Unfall.«

»Ja schon, aber sie hat sich überraschend schnell erholt.«

Pamela und Paul Penrose warfen sich bedeutungsvolle Blicke zu, das verhieß nichts Gutes.

Lukas stand auf und sagte: »Also, wir müssen los.«

Wir erhoben uns ebenfalls und verabschiedeten uns von den beiden Penroses.

Als wir um die Ecke gefahren waren, lachten wir schallend.

Lukas gluckste: »Hast du diese Gesichter gesehen? Wenn Blicke töten könnten.«

Viktor meinte: »Aber, dass du dich wegen Blackys Geburtstag verplappert hast, ist weniger lustig.«

»Das werden sie schon nicht rauskriegen.«

Der Graf sagte besorgt: »Dass Blacky ausgerechnet heute eine Party schmeißt, macht die Sache nicht einfacher.«

Lukas entgegnete: »Aber absagen kommt auch nicht infrage. Nicht wahr, Frederick?«

Blacky bellte einmal.

Lukas fügte schnell hinzu: »Habt ihr gehört?«

Ich sagte: »In Ordnung. Aber du solltest die beiden Leibwächter anweisen, besonders aufmerksam zu sein.«

Lukas nickte, damit war die Sache beschlossen.

Als wir vom Hundesalon zurückgekehrt waren, instruierte Lukas die beiden Leibwächter.

Er sagte zu ihnen: »Die beiden Penroses sind in der Stadt und sie haben wegen Blacky gerade 100.000 Dollar verloren.«

Torsten Leinhos meinte: »Dann dürften sie kochen vor Wut. Jürgen und ich werden die Augen offen halten.«

José kam in den Flur und sagte: »Handwerker sind gekommen. Sie fragen, wo sie ›das Gerät‹ aufstellen sollen.«

Lukas fragte: »Welches Gerät?«

Viktor antwortete: »Unser Geburtstagsgeschenk für Blacky.«

Wir gingen zur Terrasse und Viktor wies die Handwerker an, den Apparat direkt am Pool aufzubauen.

Lukas wollte natürlich wissen, was es ist, doch ich wiegelte ab: »Es soll auch für dich eine Überraschung sein.«

»Wie du meinst«, sagte er und ging zurück ins Haus.

Die Handwerker gingen frohen Mutes zu Werke und schon nach einer halben Stunde hatten sie am Pool einen großen

Würfel aufgestellt. Sie umhüllten den Klotz mit rotem Geschenkpapier und versahen ihn mit einer goldenen Schleife, die bis zum Boden reichte. So konnte Blacky sie mit dem Maul packen und daran ziehen.

Nachdem ich die Ausführung des Geräts geprüft und alles für gut befunden hatte, machten sich die Handwerker auf den Heimweg.

Ich für meinen Teil zog mich auf mein Zimmer zurück und legte mich ins Bett. Ich stellte mir den Wecker auf Viertel vor acht, sodass ich ausgeruht die Party genießen konnte.

Als der Wecker klingelte, stand ich auf und zog mir eine Jeans und ein Sakko an. Ich wählte meine Kleidung bewusst leger, sodass ich während der Party darauf keine große Rücksicht zu nehmen brauchte.

Unten im Parterre hatte sich kurz vor 20 Uhr die Festgesellschaft versammelt. Vorkoster Jussuf war wie immer in tunesischer Landestracht gekleidet mit einer zinnoberroten Pumphose und einem roten Fes auf dem Kopf. Die beiden Leibwächter Torsten Leinhos und Jürgen Tennenbaum trugen einen blauen Zwirn und Lukas einen schwarzen Smoking. Der Graf war wie ich leger angezogen, ebenso die fünf Musiker der Musikkapelle »Los cinco locos«.

Viktor raunte mir zu: »›Die fünf Verrückten‹ sind ein vielversprechender Name.

»Ja«, meinte ich, »hoffentlich werden sie ihrem Namen gerecht.«

Wie aufs Stichwort stimmte die Combo das Lied »Happy Birthday« an, da ging die Tür auf und das Geburtstagskind stürmte herein. Lukas nahm Blacky in die Arme und gratulierte als Erster.

Er nahm seine rechte Pfote in die Hand und sagte: »Alles Gute zum fünften Geburtstag.«

Dann waren die übrigen Hausbewohner an der Reihe. Blacky war etwas unsicher angesichts des Menschenauflaufs um ihn herum; er schien sich zu fragen, was die alle von ihm wollten. Doch als ein Leckerli nach dem anderen in seinem Maul landete, verflog seine Unsicherheit.

Lukas sagte: »Und nun wollen wir die Gäste begrüßen.«

Wir marschierten zur Hintertür, wo sich bereits eine muntere Gästeschar eingefunden hatte. Als sie Lukas mit Blacky im Arm sahen, bildete sich eine Schlange und einer nach dem anderen sprach vor.

Als Erster gratulierte ein gewisser Rodrigo mit seinem Dackel Pablo. Auffällig an den beiden war, dass Herrchen wie Hund den gleichen verdrossenen Gesichtsausdruck an den Tag legten. Anscheinend hatten sich beide, ohne es zu wissen, diesbezüglich langsam angenähert.

Als nächste gratulierte eine gewisse Leonora mit ihrem King Charles Spaniel Alejandro. Auch die beiden trugen Partnerlook, allerdings nicht im Gesicht, sondern sie mit ihrem Kleid und ihr Hund mit seinem Fell: Beides war regelmäßig schwarz-weiß gefleckt, dass man im ersten Augenblick meinen konnte, Alejandros Fell wäre aus Stoff.

Der dritte Gratulant hatte keinen Hund dabei, sondern nur sich selbst. Aber das in einer auffällig selbstgefälligen Weise, dass ich dachte, einen Narzissten vor mir zu haben.

Lukas klärte meine Verwunderung auf, indem er sagte: »Hola Miguel. Na, was macht die Schauspielerei?«

Er war also Schauspieler, dachte ich, das selbstgefällige Lächeln passte zu seinem Beruf. Er saß sicher jeden Abend in seiner Garderobe und zwinkerte seinem Spiegelbild zu: »Schön, dass es dich gibt. Schade, dass ich schon liiert bin, wir zwei hätten eine wundervolle Romanze erleben können …«

Eine schwarzhaarige Schönheit riss mich aus meinen Gedanken. Sie hieß Estefania und trug ein schwarz-rotes Flamencokleid. Wie ich dem Small Talk entnehmen konnte, kannte sie Lukas vom Tennisklub.

Dann kam ein Gast, den ich bereits kannte. Es war Julio, der Betreiber des Hundesalons »Al perro feliz«. Er schüttelte Blackys rechte Pfote überschwänglich, denn, wie man seinem freudigen Gestammel entnehmen konnte, hatte Blackys Werbeauftritt seine Wirkung nicht verfehlt. Das Kundentelefon hatte unentwegt geläutet und das Auftragsbuch war wieder voll.

Ganz am Schluss kamen zwei Schönheiten, die Lukas als Blanca und Olivia empfing. Blanca war blond und trug ein türkises Sommerkleid und Blanca war brünett und mit einem rosa Cocktailkleid angetan. Beide Frauen kamen sofort auf die geplanten neue Statuten des Jockey Clubs zu sprechen und Olivia sagte: »Nein, völlig unmöglich, dass jetzt auch Damen aufgenommen werden sollen, die nicht den höchsten Kreisen angehören.«

Lukas pflichtete ihr bei und versprach, alles in seiner Macht stehende zu tun, um das zu verhindern.

Als sich alle Gäste im Salon versammelt hatten, schlug Lukas mit einem Teelöffel gegen sein Sektglas und hielt eine kleine Ansprache: »Liebe Freunde, herzlich willkommen zur Geburtstagparty von Frederick, dem 7. Baron of Devonshire, genannt Blacky. Die Großzügigkeit des vierbeinigen Barons ist legendär, den ganzen Tag schon wird Futter an Straßenhunde verteilt.«

Applaus brandete auf.

Lukas erbat sich wieder mit dem Teelöffel Silentium und fuhr fort: »Und heute wird Blacky eine Tombola für den Bau von Tierheimen veranstalten.«

»Bravo«, riefen die Gäste und klatschten lautstark.

Lukas hob nun sein Sektglas und sagte: »Ein dreifach Hoch auf das Geburtstagskind.«

Die Festgäste hoben ebenfalls ihre Gläser und riefen: »Hoch soll er leben!«

Sie prosteten ihm zu und nippten an ihren Gläsern.

Lukas stellte sein Glas auf den Boden, worauf Blacky es mit den Vorderzähnen nahm und ex austrank.

Miguel sagte anerkennend: »Der kann saufen.«

Ich kommentierte: »Er ist eben ein Hund von Welt.«

Lukas sagte: »Jetzt kommen wir zur Bescherung.«

Er ging zu einem Tisch, wo José die Geschenke der Gäste aufgetürmt hatte.

Lukas nahm ein Geschenk, stellte es auf den Boden und wies den Baron an, es auszupacken. Dieser zog an der Schleife und mit einem Tusch der Musikkapelle enthüllte er einen silbernen Napf.

Seine Kumpel Pablo und Alejandro kamen angelaufen und untersuchten das Geschenk; wie es schien, wollten sie feststellen, ob es sich wirklich so gut aus Silbergeschirr frisst.

Wieder erklang ein Tusch und zum Vorschein kam ein Bettchen, das mit einem Tigerfell ausgekleidet war.

Olivia kreischte auf und rief: »Was für ein tolles Fell!«

Sie ging in die Hocke und streichelte es mit den Händen.

Miguel fragte sie: »Willst du probeliegen?«

Lukas sagte: »Das hat der Baron aber gar nicht gern.«

Kaum hatte er es ausgesprochen, legte sich Blacky hinein und machte es sich bequem. Seine Kumpel Pablo und

Alejandro wollten auch probeliegen, doch Blacky zeigte sich überraschenderweise engherzig und knurrte sie an.

Später, als der Baron schon mehrere Gläser Sekt getrunken hatte, wuchs seine Großzügigkeit und er ließ seine Kumpel auch in seinem neuen Bettchen schlafen.

Die Bescherung ging munter weiter und Blacky enthüllte u. a. eine Parasailing-Ausrüstung. Die bestand, wie Julio erklärte, aus Seil, Fallschirm und einem Kombigurt für Mensch und Hund.

Er sagte traurig: »Ich würde mit dem Baron gern selbst parasailen, aber leider bin ich nicht sportlich genug.«

Lukas meinte: »Machen Sie sich nichts draus, es wird sich schon jemand finden, der das mit Blacky macht.«

Nachdem Blacky alle Geschenke im Salon »ausgepackt« hatte, gingen wir für mein Geschenk hinunter zum Pool.

Viktor zeigte Blacky das Ende der goldenen Schleife, worauf er es mit dem Maul schnappte und kräftig daran zog. Er zerrte so lange an der Schleife, bis das Geschenkpapier zerriss und ein großer Apparat zum Vorschein kam.

Anfangs wusste der Baron mit dem Gerät nichts anzufangen; er schnüffelte hier, er schnüffelte da, schließlich schaute er uns fragend an. Den anderen Partybesuchern erging es ähnlich. Auch über ihren Köpfen schwebten Fragezeichen.

Ich erlöste sie schließlich aus ihrer Ungewissheit, indem ich dem Geburtstagskind die Handhabung erläuterte: »Du springst hier auf die Schale am Ende des Wurfarms«, Blacky tat, wie ihm geheißen, »und ich werde die Gummiseile spannen.«

»Ach so«, sagte Lukas, »das ist ein Katapult.«

Ich stellte das Gewicht auf 10 Kilo ein und drehte solange an der Ratsche, bis die nötige Spannung erreicht war. Dann löste ich den Splint, der Wurfarm schnellte nach oben und

Blacky flog in einem hohen Bogen durch die Luft … mit einem Platsch landete er im Pool.

Das Partyvolk lachte und Leonora sagte: »Das wird ihm aber nicht gefallen. Mein Alejandro ist wasserscheu wie eine Katze.«

Da war sie aber beim Baron an der falschen Adresse. Blacky kletterte aus dem Pool, schüttelte das Wasser aus seinem Fell und setzte sich gleich nochmal auf den Wurfarm.

»Ich werd verrückt«, sagte Leonora, »der mag das.«

Der Graf sagte lachend: »Der Baron ist eben ein Poolhund.«

Miguel scherzte: »Klar, wenn man ständig in Fünf-Sterne-Hotels residiert.«

Ich hatte mittlerweile das Katapult gespannt und Blacky wirbelte nochmal durch die Luft. Dies wiederholte sich noch einige Male.

Blackys Kumpel Pablo und Alejandro war das Spielgerät nicht geheuer. Sie schnüffelten ein bisschen herum, doch auf den Wurfarm wollte sich keiner setzen.

Nachdem das Geburtstagskind das Katapult ausgiebig getestet hatte, sagte sein Vormund: »So, jetzt kommt mein Geschenk. Folgt mir bitte unauffällig.«

Wir spazierten nach unten zum Steg, wo eine große Kiste in einem silbernen Geschenkpapier stand. Wie schon beim Katapult zog Blacky an der Schleife und zu unserer Überraschung enthüllte er einen Pkw-Anhänger. Wir fragten uns, was da wohl drinnen sein könnte und stellten dabei lustige Mutmaßungen an.

Leonora meinte zum Beispiel: »Von der Größe her würde ein Mercedes Smart hineinpassen. Aber der Baron hat doch keinen Führerschein.«

Miguel sagte: »Dann fährt er eben schwarz.«

Ich fügte an: »Genügend Geld für Strafzettel hat er ja.«

Lukas hatte inzwischen die Tür geöffnet und zog einen Sack heraus. Aus dem Sack zerrte er eine weiße Hülle, die seltsame Muster aufwies. Was kann das nur sein, fragten wir uns und man konnte die Fragezeichen über unseren Köpfen förmlich sehen.

Als nächstes holte Lukas eine Flasche heraus, auf der »Helio« stand. Damit war die Sache klar: Sein Geschenk war ein Heliumballon!

Lukas befestigte einen Schlauch an der Hülle und blies sie langsam auf. Die Hülle bauschte sich auf und schwebte langsam empor wie ein weißes Gespenst.

Als sie etwa zwei Meter hoch war, rief Estefania: »Das ist ein Hund!«

Tatsächlich waren jetzt die Umrisse eines Hundes zu erkennen. Und als der Ballon weiter nach oben stieg, rief Leonora: »Das ist der Baron!«

Sie hatte recht. Der Ballon stellte einen weißen Foxterrier dar, der ein linkes schwarzes Auge hatte und lächelte. An den vier Beinen waren Schnüre befestigt, die einen kleinen, goldenen Korb trugen. Darin sollte wohl Blacky Platz nehmen und emporschweben.

Das Partyvolk forderte Blacky auf, sein Geschenk auszuprobieren, doch Lukas wiegelte ab.

»Nein«, sagte er, »noch nicht. Erst kommt die Geburtstagstorte an die Reihe. Und die Tombola muss der Baron auch noch eröffnen. Also Leute, gehen wir wieder nach oben.«

Die Festgäste taten, wie ihnen geheißen, und so marschierten wir wieder nach oben zur Villa.

Die Servicekräfte hatten in der Zwischenzeit eine Geburtstagstorte mit dem Konterfei von Blacky auf den Tisch gestellt und Blacky sollte die fünf Kerzen ausblasen. Anfangs wusste er nicht, was wir von ihm wollten. Doch als Lukas beide Hände auf- und zuklappen ließ, verstand der Baron und begann, die Kerzen anzubellen.

Das Geburtstagskind bellte – und wir zählten. Erst löschte er eine Flamme aus, dann zwei, dann drei, dann vier und zum Schluss – auch wenn sich die Flamme wehrte und einfach nicht ausgehen wollte, die Fünfte!

Stürmischer Jubel brandete auf.

Lukas nahm nun ein Kuchenmesser und begann, die Torte zu tranchieren.

Leonora tat die Torte leid. Sie jammerte: »Fredericks Gesicht ist so schön dargestellt. Die Schlappohren und das linke schwarze Auge. Eine Schande, dass wir es jetzt zerstören.«

»Nun gut«, sagte Lukas, »dann soll der Baron selbst entscheiden, ob er sein Konterfei vernichten möchte.«

Er gab Blacky einen Wink, worauf er sich sofort auf die Torte stürzte und sie gierig anfraß.

Lukas meinte: »Ich denke, damit ist diese Frage geklärt.«

Er hob Blacky von der Torte herunter und gab ein Kuchenstück in seinen silbernen Napf. Auch seine beiden Kumpel Pablo und Alejandro bekamen je ein Stück auf einem Teller.

Dann waren die übrigen Festgäste an der Reihe.

Estefania lobte den Kuchen über alle Maßen: »Mhmm«, sagte sie, »ein Mandarinenkuchen mit Likör.«

Lukas erläuterte: »Das ist das Lieblingsgetränk des Barons.«

»Eines muss man ihm lassen: Er hat Geschmack.«

Als wir alle aufgegessen hatten, klatschte Lukas in die Hände und sagte: »Jetzt kommen wir zur Tierheim-Tombola.«

Die »Tierheim-Tombola«, wie Lukas sie nannte, bestand aus einem Zylinderhut, in dem Tischtennisbälle lagen. In jedem Ball befand sich ein Zettel, der einen Stadtteil von Buenos Aires bezeichnete. Das Geburtstagskind sollte nun einen Ball auswählen und in dem benannten Stadtviertel sollte ein Tierheim gebaut werden.

Lukas rief Blacky zu sich und deutete mit dem Finger auf den Hut, worauf der Foxterrier gleich einen Ball packte und ihn zerbiss.

Lukas nahm daraus den Zettel und las laut vor: »La Recoleta.«

Ein Raunen ging durchs Partyvolk und wie ich hören konnte, erhob sich allgemeiner Widerspruch.

Julio sagte: »La Recoleta ist ein Reichenviertel. Die können ein Tierheim nun wirklich aus eigener Tasche bezahlen.«

Der Baron war gleicher Meinung. Denn er schnappte sich noch einen Ball und bald ertönte aus Lukas' Mund: »Villa 31.«

Beifall brandete auf und Rodrigo sagte: »Diese Spende macht Sinn. Denn nicht nur die Menschen leben dort in ärmlichsten Verhältnissen, sondern auch Katzen und Hunde.«

Eigentlich sollte die Verlosung jetzt vorbei sein. Doch das Geburtstagskind zeigte sich spendabel und zerbiss einen Ball nach dem anderen. Lukas kam kaum mit dem Vorlesen mit, so war zu hören: »Barracas, Montserrat, La Boca, Puerto Madero, Caballito …«

Nachdem Blacky alle Tischtennisbälle zerbissen hatte, hatte Lukas alle 15 Stadtteile von Buenos Aires vorgelesen.

Wir stießen darauf mit Sekt an und ließen den edlen Spender hochleben.

Lukas sagte: »Nachdem das Geburtstagskind geschlemmt hat, tut eine kleine sportliche Ertüchtigung Not. Und damit der Baron nicht allein trainieren muss, bekommt er eine Trainingspartnerin zur Seite gestellt. Ich darf also vorstellen: Aurelia!«

Eine Servicekraft trug nun eine hellbraune Katze herein, die etwas übergewichtig war. Lukas übernahm sie und hielt sie hoch, worauf die drei Hunde ganz aufgeregt an ihm emporsprangen. Die Katze fauchte und machte einen Buckel, was Lukas mit den Worten kommentierte: »Ich sehe, die Chemie stimmt für ein beherztes Training, also wollen wir den Startschuss geben.«

Er hob die Katze ein Stück über dem Boden, sodass sich ihre Beine in Bewegung setzten und sagte: »Auf die Plätze, fertig, los!«

Er setzte die Katze auf dem Boden ab, ihre Pfoten griffen und sie zischte los ... die drei Hunde liefen jaulend hinterher. Die Combo begleitete die wilde Jagd mit einer schmissigen Polka.

Das »Viergespann« lief aus dem Salon und die vertikale Treppe hinunter zum Ufer, wo einige Büsche standen. Diese umrundeten sie einige Male, dann kamen sie die Treppe herauf und stürmten in den Salon zurück.

Olivia rief begeistert: »Aurelia läuft grazil wie ein Panther, das hätte ich ihr mit dem Bauch gar nicht zugetraut.«

Das hätte sie besser nicht getan, denn die Katze flüchtete unter ihren Rock und die drei Spießgesellen folgten ihr sogleich. Was sich da nun abspielte, konnte nur erahnt werden. Aber Olivia's Kreischen ließ darauf schließen, dass es hoch herging.

Olivia hob in ihrer Not den Rock empor, worauf die Katze und die Hundemeute von ihr weg sausten – Olivia selbst lief zur Toilette, wahrscheinlich, um die Kollateralschäden zu begutachten.

Das nächste Opfer der wilden Jagd war Blanca. Die Katze kletterte an ihr hoch und hielt sich mit ihren Krallen an ihrer Schulter fest, was Blanca aufschreien ließ. In ihrem Schmerz packte sie Aurelia und schleuderte sie einige Meter Richtung eines Kellners, der gerade ein vollgestelltes Tablett auf der rechten Hand balancierte. Die herbeigeeilte Hundemeute brachte den Kellner zum Stolpern und so landeten mehrere Gläser Orangensaft auf dem Kleid von Leonora. Diese schrie auf: »Was für eine Sauerei!« und stöckelte ebenfalls zur Toilette.

Viktor sagte lachend: »Wenn das so weitergeht, wird die Damentoilette bald überquellen.«

Doch seine Befürchtung war unbegründet. Denn Aurelia führte die Meute weiter ins Innere der Villa, wo man bald links, bald rechts lautes Gebelle hörte. Zwischendurch war das Klirren von Glas und Porzellan zu vernehmen.

Lukas meinte lakonisch: »Tja, der Veranstalter eines sportlichen Wettkampfes muss nun mal Opfer bringen.«

Nach einer Weile kam Aurelia in den Salon zurück und sprang beherzt aufs Kuchenbüfett, was eine regelrechte Tortenschlacht nach sich zog. Denn Blacky und seine beiden Kumpane folgten der Katze und so rauften sie in Cremeschüsseln und Sahnetorten. José wollte instinktiv eingreifen, doch Lukas hielt ihn zurück.

Er sagte: »Das Geburtstagskind soll heute seinen Spaß haben.«

Und das hatte der Baron sichtlich. Er suhlte sich regelrecht in Schlagobers und Schlagrahm und nach einer Weile sahen alle vier Kombattanten aus wie Torten auf vier Beinen.

Aurelia entkam schließlich der Tortenschlacht, indem sie vom Büfett heruntersprang und eine Gardine hochkletterte. Die drei Hunde sprangen am Vorhang hoch, konnten die Katze aber nicht erreichen.

Lukas sagte: »Es hilft nichts, Blacky und seine Kumpel müssen geduscht werden.«

Leonora jammerte: »Du meine Güte, dass wird ein Theater werden, Alejandro mag doch kein Wasser.«

Lukas hatte das gleiche Problem.

Er sagte: »Was mache ich nur mit Aurelia? Sie mag ebenfalls kein Wasser, aber in diesem Zustand kann ich sie nicht zurückgeben.«

Rodrigo fragte: »Wieso zurückgeben?«

Lukas antwortete: »Sie gehört meiner Nachbarin.«

Miguel scherzte: »Wirf sie doch einfach über den Gartenzaun.«

Wir lachten auf und Rodrigo fügte an: »Und wenn sie dann ins Haus läuft und auf dem Sofa Platz nimmt …«

Jetzt lachten wir lauthals.

Eine Servicekraft erklärte sich schließlich bereit, Aurelia zu duschen. Sie sagte: »Ich kann gut mit Katzen.«

»Gott sei Dank«, seufzte Lukas, er war sichtlich erleichtert.

Nachdem die wilde Jagd vorüber war, widmete ich mich wieder Lukas' Gästen. Eine Frau fiel mir dabei besonders auf: Sie hatte schwarzseidenes Haar, glutvollen Augen und sichelförmige Augenbrauen.

Ich sagte zu ihr: »Verzeihung, ich habe mich Ihnen noch nicht vorgestellt, Jimmy Ludstock.«

»Estefania López«, antwortete sie, und sie gab mir die Hand, »aber wir können uns gerne duzen.«

»Jimmy.«

»Estefania.«

Und ich gab ihr einen Kuss auf die Wange.

Estefania sagte zu mir: »Das Katapult war doch dein Geschenk, nicht wahr?«

Ich nickte.

Sie fuhr fort: »Können damit auch Menschen durch die Luft geschleudert werden?«

»Grundsätzlich ja, die Spannkraft der Gummiseile reicht dafür locker.«

»Gut, dann möchte ich es mal ausprobieren.«

»Im Ernst?«

»Ja, ich war früher mal Turmspringerin.«

Wir gingen nach unten zum Pool und sie setzte sich sogleich auf die Schale des Wurfarms. Als ich sie so ansah, wurde ich gewahr, dass sie keinen Badeanzug, sondern ein schwarz-rotes Flamencokleid trug.

»Ähm«, sagte ich, »Turmspringerinnen tragen normalerweise einen Badeanzug.«

»Ach, mein Kleid tut's zur Not auch«, meinte sie nonchalant und sie schmunzelte dabei schelmisch.

»Na gut«, sagte ich, »wie schwer?«

»Muss ich das wirklich sagen?«

»Mhm«, brummte ich, und ich hielt mein linkes Ohr an ihren Mund.

Sie flüsterte mir ihr Gewicht ins Ohr und ich stellte das Katapult entsprechend ein. Dann begann ich die Ratsche zu drehen.

Als die gewünschte Spannkraft erreicht war, sagte ich: »Jetzt geht's los: Drei, zwei, eins ...«

Zog den Splint heraus, der Wurfarm katapultierte sie nach oben und sie flog im hohen Bogen durch die Luft ... am Scheitelpunkt der Flugkurve machte sie einen Salto, streckte sich und tauchte mit den Armen voran ins Wasser ein.

Als sie patschnass aus dem Pool kletterte, sagte ich: »Dafür gebe ich eine 10.«

»Danke, aber zu viel des Lobs. Es war nur eine 8.«

»Wieso?«, wollte ich wissen.

»Nun, die Arme waren nicht ganz gestreckt und es hat beim Eintauchen zu sehr gespritzt.«

»Es war trotzdem eine tolle Leistung. Wenn man bedenkt, dass du mit einem Kleid gesprungen bist.«

Lukas war inzwischen zum Katapult gekommen und sagte zu ihr: »Wenn du dich umziehen willst, ich habe eine umfangreiche Kleiderkammer, such dir ein Kleid aus.«

»Auch Markenkleider?«

»Ja, Chanel, Gucci, Versace, was das Herz begehrt.«

»Darf ich auch zwei nehmen?«

»Natürlich.«

Sie kreischte auf und lief quietschend zur Villa.

Leonora, die ihr besudeltes Kleid nur notdürftig reinigen konnte, kam zu uns herunter und sagte: »Was? Sie bekommt ein Designer-Kleid?«

Lukas meinte: »Ja, weil ihres nass ist.«

Leonora murmelte: »Wenn das so ist …« und sie sprang beherzt in den Pool.

Blanca und Olivia, die ganz in der Nähe standen, lachten über sie. Als sie aber den Grund erfuhren, sprangen sie ebenfalls ins Wasser. So planschten bald mehrere Damen im Pool herum. Nach einer Weile kletterten sie heraus und rannten johlend die Treppe hinauf.

Julio schüttelte den Kopf: »Ich weiß nicht, die Frauen … für ein Markenkleid würden die alles tun.«

Viktor sagte: »Dafür würden sie sogar einen Mord begehen.«

Da mein Sektglas leer war, ging ich die Freitreppe hoch und gesellte mich am Büfett zu Rodrigo und Miguel.

Rodrigo sagte: »Wer nur in Dialogen anderer stattfindet, sollte dringendst seine Lebensinhalte überprüfen.«

Miguel wandte ein: »Hauptsache, man findet überhaupt irgendwo statt.«

»Aber doch nicht im Tratsch der anderen?«

Miguel dozierte: »Oskar Wilde hat einmal gesagt: ›Schlimmer, als wenn die Leute über dich reden, ist, wenn sie *nicht* mehr über dich reden.‹«

»Ja«, entgegnete Rodrigo, »das mag für Schauspieler gelten. Ich als Normalbürger hab's aber nicht gern, wenn man über mich tratscht. Davon bekomme ich Albträume.«

Ich meinte zu Miguel: »Aber Sie als Schauspieler haben ein dickes Fell. Das lässt Sie kalt.«

»Oh nein«, wandte er ein, »auch Schauspieler haben Albträume. Ich träume zum Beispiel immer wieder von meinem schlimmsten Hänger. Der passierte während der Abschiedsvorstellung der Schauspielschule. Der Zuschauerraum war voller Intendanten und Regisseure, auf der Suche nach vielversprechenden Talenten. Alle Schauspielschüler wussten: Dies ist die große Chance ihres Lebens, wenn sie hier versagen, dann kann alles umsonst gewesen sein, dann bekommen sie eventuell kein Engagement.

Mein Part war eine hochdramatische Szene in einem modernen Stück: Nach einem heftigen Streit mit meiner Geliebten schlägt sie mich, ich falle zu Boden und sollte eigentlich jammern und lamentieren … doch ich wusste nicht mehr weiter, der Text war aus meinem Kopf verschwunden, ich hatte den totalen Blackout! Ich versuchte krampfhaft, den Anschluss zu finden, doch es wollte mir nichts einfallen.

In Panik fing ich an zu schwitzen, mein Gesicht war voller Schweißperlen, dann, nach endlos scheinenden Sekunden, fiel mir der Text wieder ein und ich machte weiter.

Nach der Vorstellung fühlte ich mich elend. Ich dachte mir, das war's dann wohl, all die Mühsal der letzten Jahre war umsonst … Doch zu meiner großen Überraschung kam ein namhafter Regisseur zu mir und sagte: ›Diese Szene war der Höhepunkt des Abends, fantastisch gespielt, einfach meisterlich … Und die Schweißperlen im Gesicht: Unfassbar, dass sich jemand so mit der Rolle identifizieren kann, das kann man nicht besser machen…‹

Er hat mir dann ein Engagement am renommierten Teatro Colón in der Avenida 9 de Julio verschafft. Tja, ich verdanke meine Karriere also einem Hänger …«

Wir lachten herzhaft und ich sagte: »Und deshalb haben Sie Albträume?«

»Ja, leider befasst sich mein Traum-Ich nur mit dem negativen Anfang dieser Geschichte und nicht mit dem positiven Ende …«

Rodrigo meinte: »Tja, Träume können fies sein …«

Plötzlich hörte ich hinter mir ein Frauenstimme: »Da bin ich wieder.«

Ich drehte mich um und sah vor mir eine schöne Frau in einem roten Seidenkleid stehen. Es war Estefania.

Ich sagte: »Lass mich raten: Versace.«

»Fast.«

»Also ein Italiener.«

Sie nickte.

»Valentino?«

»Nein.«

»Dann kann es nur Gucci sein.«

»Erraten.«

»Ich muss schon sagen, das Kleid steht dir prächtig.«

»Gracias.«

Ich sagte: »Dreh dich mal um …«

Sie tat, wie von mir erbeten und ich lobte ihr Kleid in den höchsten Tönen.

Nach einer Weile sagte sie: »Weißt du, worauf ich jetzt Lust habe?«

»Auf eine Modenschau?«

»Nein, Parasailing!«

»Parasailing?«

»Ja, ich will Parasailing machen. Der Baron hat doch eine Parasailing-Ausrüstung geschenkt bekommen. Und wenn du das Motorboot steuerst, erheb ich mich in die Lüfte.«

»Wie kommst du ausgerechnet auf Parasailing?«

»Weil ich ab und zu Paragliding mache.«

»Na gut«, sagte ich, »Blacky wird uns sein Geschenk schon leihen.«

Wir gingen also zur Geschenktafel, nahmen das Parasailing-Set und marschierten runter zum Steg. Dort entfalteten wir den Fallschirm auf dem Rasen und machten die Schnüre klar. Als nächstes war das Gurtzeug an der Reihe. Ich half Estefania, mit dem Kleid hineinzusteigen und die Gurte festzuziehen. Danach entrollte ich das zusammengewickelte Seil und zog es hinunter bis zum Motorboot. Das Ende befestigte ich am Heck des Bootes.

Da wir startklar waren, ließ ich den Motor an und nahm langsam Fahrt auf. Das Seil spannte sich, ich gab Gas und schon hing Estefania am aufgeblähten Gleitschirm. Ich steigerte weiter die Geschwindigkeit und sie stieg immer höher, bis sie schließlich eine Flughöhe von 30 Metern erreicht hatte. Sie jauchzte und gluckste vor Freude, da klingelte mein Handy.

Ich ging ran, es war Jean.

Ich sagte: »Jean, es geht gerade schlecht, an mir hängt eine argentinische Schönheit.«

»Wo hängt sie?«

»An meinem Motorboot, wir machen gerade Parasailing.«

»Ach so, dann rufe ich später nochmal an.«

Ich legte auf und fuhr mit dem Boot auf den Río de la Plata hinaus. Meine Passagierin über mir machte sich einen Spaß daraus, mir zuzurufen, was sie gerade sah.

Sie sagte: »Hey, der Nachbar feiert auf dem Dach eine Poolparty.«

»Na, und? Das tun wir doch auch.«

»Ja, aber dort sind alle nackt.«

»Möchtest du die Party wechseln?«

Sie lachte auf und meinte: »Nein, für heute bin ich mit Lukas' Party zufrieden.«

Ich fuhr weiter, da rief sie plötzlich: »Hey, das müssen Einbrecher sein.«

»Was?«

»Ich seh in einer dunklen Villa immer wieder Lichtkegel aufblitzen, das sind sicher Taschenlampen von Einbrechern.«

Ich rief hoch: »Und wenn schon, wenn es ihnen Freude macht.«

»Ja, du hast recht, leben und leben lassen.«

Ich fuhr weiter, da hörte ich ganz in der Nähe das laute Tuten einer Schiffssirene. Ich wandte meinen Kopf nach rechts und sah einen riesigen Tanker an uns vorbeifahren.

Estefania rief: »Hey, die spielen auf dem Deck Tennis.«

»Platz genug haben sie ja.«

»Das kann man wohl sagen. Das Deck reicht für ein Dutzend Tennisplätze.«

Da wir uns schon weit von der Küste entfernt hatten, rief ich zu Estefania: »Ich kehre jetzt um.«

»Nein, bitte nicht, es gibt noch so viel zu sehen.«

Ich entgegnete: »Vielleicht ein andermal«, und schlug das Lenkrad ein. Das Motorboot beschrieb darauf eine Kurve und wir brausten zurück.

Als wir uns dem Strand näherten, bemerkte ich, dass Estefania für eine sichere Landung zu hoch war.

Ich rief zu ihr hinauf: »Du musst ziehen!«

Ich bedeutete Estefania mit der rechten Hand, das rechte Steuerseil nach unten zu ziehen, doch sie machte das nur zaghaft.

Ich rief erneut: »Du musst kräftiger ziehen, sonst kommst du den Palmen zu nahe.«

»Wem komme ich zu nahe?«

»Den Palmen«, schrie ich.

Sie tat noch immer nicht, was ich ihr geraten hatte, und so kam, was kommen musste: Sie landete in der Krone einer Palme.

Die herbeigelaufenen Gäste von Lukas' Party riefen: »Hey, geh nicht gleich auf die Palme!«

Wir lachten alle, doch Estefania schrie: »Rettet mich.«

Julio meinte lapidar: »Die ist wirklich auf der Palme.«

Ich hatte das Motorboot inzwischen zurück zum Steg gesteuert und sah mir den Schlamassel von der Ferne an. Die Palme war ungefähr 15 Meter hoch, mit einer normalen Leiter war da nichts zu machen. So sagte ich zu José: »Habt ihr eine ausziehbare Aluleiter?«

»Ja, aber die kommt höchsten auf 12 Meter.«

»Na gut, dann werden wir sie auf Stelzen setzen.«

Gesagt, getan. José schleppte eine zweiteilige Aluleiter und eine kurze Holzleiter herbei und wir banden die Holzleiter mit dem Parasailing-Seil an der Aluleiter fest. Dann legten wir die Leiter an der Palme an und fuhren den zweiten Teil aus. Gottlob reichte er hinauf bis zur Krone, sodass wir die verunglückte Paragliderin herunterholen konnten.

Rodrigo und Miguel wollten die Schönheit retten, doch ich ging dazwischen.

Ich sagte: »Durch mich ist sie in diese missliche Lage geraten, und ich werde sie auch daraus befreien.«

Die beiden Leibwächter hielten die Leiter fest und ich stieg hinauf.

Plötzlich machte es bum und ich spürte einen stechenden Schmerz am Schädel. Wie ich bemerkte, war mir eine Kokosnuss auf den Kopf gefallen.

Benommen stieg ich wieder hinunter und sagte zu José: »Bring mir bitte einen Motorradhelm.«

Er tat, wie ihm geheißen und kurz später stieg ich mit einem Sturzhelm auf dem Kopf die Leiter hoch. Es machte hin und wieder doing, doch das war jetzt kein Problem mehr. Die Kokosnüsse prallten von meinem Helm ab und fielen nach unten.

Als ich schließlich oben angekommen war, sagte ich: »Hallo, schöne Frau, wie geht's? Schöne Aussicht, nicht wahr?«

Estefania entgegnete: »Lass den Quatsch, Jimmy, bring mich runter.«

»Wie Madame befehlen. – Steig erst mal aus dem Gurtzeug, das behindert dich nur.«

Sie befreite sich von den Gurten und ich machte mit dem linken Arm eine einladende Geste nach unten, doch diese Einladung wollte sie nicht annehmen.

Sie verzog ängstlich das Gesicht und wisperte: »Muss ich da wirklich runtersteigen?«

»Du kannst auch hier bleiben und es dir gemütlich machen. Lukas wird dir sicher seine Palme vermieten.«

Jetzt lächelte sie leicht und meinte: »Na gut, wenn du mich hältst.«

Sie kletterte auf die Leiter, doch ihre Beine versagten den Dienst und sie rutschte ab.

Ich fing sie auf und meinte: »Gib mir mal deinen linken Fuß.«

Ich fasste ihren linken Fuß und setzte ihn auf der Leitersprosse ab. Dann war der Rechte dran.

»So«, sagte ich, »und jetzt halt dich an den beiden Leiterholmen fest und es kann nichts mehr passieren.«

Sie tat, wie ihr geheißen und so stiegen wir Sprosse für Sprosse die Leiter hinunter.

Unten johlte und jauchzte das Partyvolk und als wir wieder sicheren Boden unter den Füßen hatten, gab's Szenenapplaus.

Estefania lächelte gerührt und gab mir zum Dank ein Küsschen.

Dann sagte sie: »Ach, war das schön.«

Ich blickte sie verwundert an.

Sie ergänzte: »Ich meine den Gleitflug. Die vielen Lichter, der bunte Hafen. Machen wir doch eine Hafenrundfahrt.«

Alle anderen riefen: »Au fein, wir veranstalten ein Wettrennen.«

Gemäß der Ansage liefen wir zum Steg und stiegen in die Wasserfahrzeuge, die dort angetäut lagen.

Ich schnappte mir wieder das Motorboot und Estefania war meine Beifahrerin. Die anderen bestiegen Jetskis, wobei Lukas mit Blacky fuhr.

Dann ging die Sause los: Wir gaben Gas und preschten auf dem Wasser dahin. Einige Partypeople hatten Sektflaschen in den Händen und tranken aus der Flasche. Andere johlten und kreischten vor Freude.

Lukas und Viktor sausten an der Spitze unserer Spaß-Armada, offensichtlich wollten sie wissen, wer der Schnellste ist. Doch als der Graf sich langsam an Lukas' Jetski vorbeischob, reduzierte er absichtlich die Geschwindigkeit – er wollte dem Geburtstagskind wohl den Sieg überlassen. Dieses feierte dann auch seinen Triumph, indem es an der Sektflasche nuckelte, die ihm sein Vormund ins Maul hielt.

Da das Wettrennen entschieden war, fuhren die anderen mit ihren Jetskis zum Pier zurück. Estefania hingegen wollte die Küste erkunden, so fuhren wir am Ufer entlang.

Wir kamen dabei an bunten Fischerbooten vorbei, die an morschen Pfählen angebunden waren und von der Dünung sanft gehoben und gesenkt wurden.

Estefania meinte: »Das sieht aus wie eine La-Ola-Welle.«

»Ja«, kommentierte ich, »die Boote haben sicher ihren Spaß.«

Wir fuhren weiter und passierten einen Hafen mit einem Dutzend weißer Segeljachten. Auf einer Jacht fand gerade eine Party statt. Bikinimädchen tanzten vor Jungs und animierten sie, Fotos von ihnen zu machen. Anscheinend fochten sie eine Art Schönheitswettbewerb aus.

Estefania machte ein trauriges Gesicht.

Sie sagte: »Schade, dass ich bei der heute stattfindenden Misswahl nicht teilnehmen darf.«

Ich meinte: »Deine Teilnahme haben sicherlich neidische Konkurrentinnen verhindert.«

»Meinst du?«

«Aber sicher. Als sie gesehen haben, wie schön du bist, war ihnen klar, dass sie keine Chance haben und so haben sie das Auswahlkomitee bestochen.«

Sie lächelte und gab mir einen Kuss.

Ich verringerte die Geschwindigkeit und bog in eine kleine Bucht ein; an einem angeschwemmten Baumstamm legte ich an.

Estefania fragte mich: »Wo aus Deutschland stammst du?«

»Aus Bayern.«

Sie schmunzelte und meinte: »Ich war mal in München auf dem Oktoberfest. Das war eine Gaudí.«

Ich lachte auf, denn sie betonte das ›i‹ hinten wie der spanische Architekt Antoni Gaudí.«

»Warum lachst du? Habe ich was Falsches gesagt?«

»Nein, es heißt nur Gaudi! Die Betonung liegt vorne beim ›au‹.«

Sie wiederholte das Wort mit der richtigen Betonung, doch mit ihrem starken spanischen Akzent hörte es sich immer noch lustig an. Um sie zu trösten, sagte ich: »Mein Spanisch ist übrigens auch nicht perfekt. Im Gegenteil, ich bräuchte dringend Nachhilfeunterricht.«

»Na gut«, sagte sie, »dann werde ich deinem Spanisch mal auf die Sprünge helfen.«

Sie deutete auf ihr Gesicht. »Wie nennt man das?«

Ich streichelte ihre Wangen und meinte: »La cara. Übrigens ein hübsches Gesicht.«

»Auf Spanisch?«

»Una cara bonita.«

»Gracias.«

Sie deuteten nun auf ihren Mund.

Ich überlegte eine Weile. Schließlich sagte ich: »La boca.«

»Correcto.«

Ich schaute auf ihren roten Kussmund und sagte: »Mir will das Wort dafür nicht einfallen.«

»Wofür?«, wollte sie wissen.

»Dafür«, und ich gab ihr einen Kuss.

Sie sagte: »Das nennt man un Beso.«

»Ah, eso es interesante, wie war das noch gleich?«

Ich küsste sie erneut und als sie mich nachher fragend anschaute, sagte ich: »Damit ich es nicht vergesse.«

Sie schmunzelte und ich öffnete einen Knopf ihrer Bluse.

»Wie nennt man das?«

»Bribón.«

»Bribón?«

»Schlingel.«

»Nein«, sagte ich, »ich meine die Bluse.«

»Ah, la blusa.«

Dann deutete ich auf ihr Zwillingsgebirge. »Und wie nennt man das?«

Sie errötete und flüsterte mir das Wort ins Ohr …

Auf diese Weise arbeiteten wir uns durch die menschliche Anatomie, bis wir schließlich an den Hot Spots angekommen waren und zu Bodytalk übergingen …

Sie blickte mich unschuldig an und wisperte: »Als kleines Mädchen habe ich immer von einem stolzen Kapitän geträumt, der mich auf eine weite Reise nimmt. – Bist du ein guter Kapitän?«

»Ja, schon, ich bin sozusagen Kap Hornier.«

»Was ist denn das?«

»Jemand, der ums Kap Horn gesegelt ist.«

»Und, bist du das?«

»Im übertragenen Sinne ja.«

Sie kam ganz nah und flötete: »Kannst du eine Fregatte wie mich segeln?«

»Natürlich, ich segle dich, wohin du willst.«

»Auch über die sieben Meere?«

»Selbstverständlich.«

»Dann leg mal los!«

Ich zog ihr das Kleid aus und war ganz geblendet von ihrer Schönheit.

Nach einer Weile sagte sie: »Hey, Kapitän, willst du nicht das Schiff inspizieren?«

»Du hast recht.«

Ich strich mit der Hand über ihre Brüste und an ihrer Taille entlang und sagte: »Was für schnittige Linien.«

»Du bist also mit der Fregatte zufrieden?«

»Sehr sogar.«

Dann zog ich mich aus und verkündete: »Gnädige Frau, es ist soweit, wir gehen auf große Fahrt.«

»Ahoi.«

»Ahoi.«

Ich warf mich auf sie und sie begann zu ächzen.

»Ja, heul nur auf, mein stolzes Schiff.«

Wir segelten hart am Wind und machten gute Fahrt, da rief ich: »Señora, die Azoren liegen vor uns, neuer Kurs Kap der guten Hoffnung!«

Sie stöhnte: »Sí, sí, durchbrich mit mir die Wellenberge.«

Wir pflügten durch das stürmische Meer und meine Fregatte stöhnte und knarzte.

Sie fragte: »Wo sind wir jetzt?«

»Das Kap der guten Hoffnung liegt direkt vor uns.«

»Ich höre es Rauschen und Pfeifen.«

»Jawohl, wir pflügen durch die Wellenkämme.«

Sie schrie: »Der Sturm beutelt das Schiff hin und her.«

»Wir reiten die Wellen rauf und runter.«

»Sí, sí, und jetzt ein Wellenbrecher, síííííííííí.«

Ich gab Kommando: »Und jetzt zum indischen Ozean.«

»Ahoi.«

»Ahoi.«

Ich rief: »Weiter forsch gesegelt.«

»Aye, aye, Käpt'n.«

Wir kamen weiterhin gut voran und sie fragte: »Sind wir schon in der Südsee?«

»Melde gehorsamst: Tahiti backbord.«

»Was für wunderschöne Palmenstrände, und jetzt ums Kap Horn.«

»Jawohl.«

»Mach gute Fahrt, du toller Kap Hornier!«

»Der Kurs ist gesetzt, Kap Horn liegt direkt vor uns.«

Sie rief: »Ich höre den Sturm heulen.«

»Das sind die Donnernden Vierziger.«

»Halte direkt drauf.«

»Ich steuere in den Orkan hinein.«

Sie kreischte: »Die Wogen schlagen über mir zusammen, lass die Gischt über mich spritzen.«

»Ich spritz, ich spritz ...«

»Síííííííííííííí ...«

Dann ging dem Kapitän die Puste aus und ich plumpste auf sie.

Ermattet sagte ich: »Ich hab die Segel gerefft und den Anker geworfen.«

Plötzlich hörten wir in der Nähe Applaus und jemand sagte: »Bravo.«

Wir schreckten hoch und eine männliche Stimme sagte: »Wie viel?«

»He?«

»Wie viel wollen Sie für die Show, die Sie uns darbieten?«

Ich blickte über die Bordwand und sah, wie sich jemand eine Zigarette anzündete. Ich stellte den Fokus meiner Augen scharf und sah nun einen alten Mann und eine alte Frau auf der Veranda einer Hütte sitzen. Sie waren keine drei Meter von uns entfernt und wir hatten sie in der Dunkelheit nicht gesehen.

Estefania zog eiligst ihr Kleid wieder an und ich streifte meine Jeans wieder hoch.

Ich stammelte: »Verzeihung, wir wussten nicht, dass wir Publikum haben.«

Der Mann sagte: »Sie brauchen sich nicht zu entschuldigen. Im Gegenteil, wir haben zu danken, Sie haben uns in unsere Jugend zurückversetzt.«

Die Frau sagte: »Auch wir mussten uns heimlich treffen, in einem Fischboot, aber das ist lange her.«

»Eine Ewigkeit.«

Sie Alte fuhr fort: »Schuld daran war Don Pedro, der Vorsitzende der Fischereiinnung.«

Der Alte ergänzte: »Der war scharf auf sie.«

»Wissen Sie, damals war ich noch schön und knackig und er wollte unsere Hochzeit hintertreiben.«

»Und auch Bürgermeister war darin verstrickt, dieser Lump!«

»Aber am schlimmsten war dieser Don Pedro, die Haie sollen ihn fressen.«

Die Alte spuckte aus und erzählte weiter: »Er hat sogar meinen Vater erpresst. Wenn ich ihn nicht heirate, wollte er ihm seine Fischereilizenz entziehen.«

»Schließlich hat der Gouverneur ein Machtwort gesprochen und wir durften heiraten.«

Die Alte lachte auf: »Ich habe mein schönstes Kleid angezogen und bin zum Gouverneur gefahren. Unter Tränen habe ich ihm von unserer Liebe erzählt und dass ich ins Wasser gehen würde ... Das war vor fünfzig Jahren, weißt du noch, Benito?«

Der Alte nickte, ebenfalls zu Tränen gerührt.

Ich unterbrach die Romeo- und Julia-Story und sagte: »Das ist ja alles sehr schön. Aber wir müssen die Vorstellung nun abbrechen.«

Beide lachten heiser und der Mann meinte: »Schade, Sie haben wirklich Talent.«

Sie meinte: »Ach, noch einmal jung sein …«

Er sagte: »Komm, Josefina, ein bisschen was rührt sich bei mir auch noch …«

Anschließend schlurften sie in ihre Hütte.

Wir verabschiedeten uns von ihnen und fuhren zurück zu Lukas' Villa.

Am Steg war das Partyvolk gerade dabei, Blackys Heliumballon steigen zu lassen. Lukas setzte den Baron in die goldene Gondel und Viktor gab mehr Seil, sodass das Geburtstagskind langsam nach oben schwebte. Blacky schien die Ballonfahrt zu gefallen, denn er bellte und jaulte freudig. Viktor gab noch mehr Seil, so erreichte Blacky in seiner Gondel bald eine stattliche Höhe. Mir war dieses Szenario nicht geheuer, denn so weit oben, war der Alleinerbe ein leichtes Ziel. Und wie wir wussten, waren die beiden Penroses in der Stadt.

Ich teilte Lukas meine diesbezüglichen Bedenken mit, doch der wiegelte ab: »Dem Baron wird schon nichts passieren.«

Plötzlich knallte ein Kanonenschuss und ein lautes Pfeifen durchschnitt die Luft. Ich schaute nach oben und sah, wie der Hunde-Ballon zusammenklappte, sich verdrehte und an Höhe verlor. Das Partyvolk schrie auf und Blacky sauste in seiner Gondel nach unten, bis er schließlich auf dem Meer aufschlug. Die Ballonhülle legte sich langsam über ihn, sodass man ihn nicht mehr sehen konnte.

Die Frauen riefen: »Um Gottes willen, es wird ihm doch nichts passiert sein!« und »Der arme Hund! Wie kann man nur so grausam sein?«

Der Graf zeigte nach rechts und schrie die beiden Leibwächter an: »Los, fahrt zur Bucht!«

Sie taten, wie ihnen geheißen und Viktor und ich sprangen ins Motorboot und düsten los.

Als wir den Heliumballon erreichten, hoben wir die schlaffe Hülle an und suchten nach Blacky. Wir beleuchteten mit unseren Handytaschenlampen die Wasseroberfläche, konnten aber nur die leere Gondel ausmachen, vom Baron fehlte jede Spur.

Ich rief: »Blacky, Blacky«, doch er antwortete nicht.

Ich murmelte besorgt: »Er wird doch nicht etwa …«

»Keine Angst«, beruhigte mich Viktor, »Blacky ist eine Wasserratte, der säuft nicht ab.«

Wie zum Beweis hörten wir hinter unserem Boot ein leises Winseln. Wir drehten uns um und da sahen wir den Foxterrier im Wasser schwimmen.

»Da bist du ja«, stieß ich aus und wir zogen ihn gemeinsam ins Boot.

Blacky schüttelte das Wasser aus seinem Fell und blickte uns vorwurfsvoll an, als wollte er sagen: »Wieso macht ihr wegen dieser Lappalie so ein Aufhebens?«

Lukas, der uns hinter der Ballonhülle nicht sehen konnte, rief uns zu: »Was ist? Lebt er?«

»Ja«, rief ich zurück, »alles in Ordnung.«

Das Partyvolk jubelte und jemand sagte: »Der hat wirklich sieben Leben.«

Während wir zum Steg zurückfuhren, schaute ich zur Bucht, wo die Kanone abgefeuert worden war. Ich sah Rauchschwaden aufsteigen und in einiger Entfernung einen schwarzen, amerikanischen Straßenschlitten davonfahren. Obwohl ich die Insassen nicht erkennen konnte, war mir klar, dass das die beiden Penroses sein mussten.

Nach einer Weile kamen die Leibwächter mit ihrem roten Cabrio angedüst, doch sie kamen zu spät. Die Attentäter hatten längst das Weite gesucht.

Die Leibwächter hielten an der Kanone an und telefonierten mit Lukas.

Der sprach ins Handy: »Schade, dass ihr die Penroses nicht mehr gekriegt habt. Aber schubst die Kanone ins Meer, sodass sie keinen Schaden mehr anrichten kann. Und dann kommt zurück.«

Sie taten, wie ihnen befohlen und man konnte von Weitem die Wasserfontäne sehen, die die Kanone aufspritzen ließ.

Wir hatten inzwischen den Baron an Land gebracht und Lukas nahm sein Mündel freudig entgegen.

Er streichelte ihn und sagte: »Mit dir macht man was mit.«

Viktor sagte zu Lukas: »Die Leibwächter sollen auf den Baron aufpassen, er darf keine Sekunde allein sein. Und keine Flugmanöver mehr.«

Lukas nickte und spazierte mit dem Foxterrier ins Haus.

Auf einmal läutete mein Handy; es war wieder Jean. Er sagte, dass noch eine lustige Anekdote eingetrudelt sei.

Estefania, die mir gegenüberstand, sagte: »Wir haben jetzt Wichtigeres zu tun. Meinst du nicht?«

Sie fuhr mit ihren Händen ihre Kurven ab.

Ich erwiderte: »Du hast recht, in diesem Augenblick kann nichts interessanter sein.«

Ich schaltete mein Handy aus, hakte sie unter und ging mit ihr auf mein Zimmer. Und während die Partybesucher munter weiterfeierten, genoss ich mit meiner argentinischen »Schönheitskönigin« die Wonnen der Liebe …

ENDE

Im Verlag Reinhold Hartl ist erschienen:
»Der Drache der Akropolis«

Der Lebenskünstler Jimmy Ludstock avanciert durch sein unbekümmertes Wesen zum Privatsekretär eines querschnittgelähmten Grafen. Der kauft zu seinem Amüsement heitere Anekdoten und bezahlt mit Goldstücken. Wegen dem Drachen in seinem Wappen und seinem zügellosen Lebensstil vor seinem Unfall wird der Graf scherzhaft »Drache der Akropolis« genannt.

Der Graf lässt seine Querschnittlähmung nach einem neuen Verfahren behandeln. Die ganze Stadt stellt sich nun die bange Frage: Wird der »Drache der Akropolis« wieder entfesselt und die Stadt mit seinen tolldreisten Streichen heimsuchen?

»Lysander und Passepartout«

Der kleinkriminelle Jimmy fungiert als Türöffner, französisch Passepartout, für den exzentrischen Maler Lysander, der das unstillbare Verlangen verspürt, seine Bilder nach dem Verkauf noch zu übermalen. So nimmt ein turbulenter Streifzug durch die nächtlichen Villen der Stadt seinen Lauf …

Reinhold Hartl wurde 1964 in Teisendorf geboren und wuchs in der Marktgemeinde Waging am See auf. Er studierte Theater- und Literaturwissenschaft an der LMU in München und hospitierte an Theatern und bei Filmproduktionen. In den 1990ern unternahm er mehrere ausgedehnte Reisen nach Asien und Südamerika, bevor er ab den 2000ern als IT-Berater in der Energiebranche arbeitete. Seit dem Studium widmet er sich dem Schreiben satirischer Theaterstücke und Romane. Der Autor lebt in München.